Richard Wunderer

Heimkehr ins Glück

Richard Wunderer

Heimkehr ins Glück

Roman

rosenheimer

2. Auflage

Titelfoto: Michael Wolf, München
Druck und Bindung: GGP Media, Pößneck
Printed in Germany

ISBN 3-475-53501-7

Gegen Mitternacht schreckte unheimlich drohendes Brausen die Leute auf dem Bergheim-Hof aus dem Schlaf und versetzte sie in Panik. Späte Winterstürme konnten leicht auch mächtige Fichten wie Zündhölzer knicken, Dächer der Wohnhäuser, Stallungen und Speicher aus den Verankerungen reißen, Mensch und Tier den Tod bringen. Darum fürchtete die Bäuerin sogar in ihrer Schlaftrunkenheit, der Weltuntergang könnte nahe sein. Sie warf ihr Bettzeug zurück, war mit ein paar schnellen Schritten am Fenster und schaute in die mondhelle Nacht. Draußen regte sich kein Zweig. Der Sölla-Bach schnitt sich nur wie ein dünner silbriger Faden seinen Weg durch die Weidegründe rund um den Hof. Kein Hochwasser nach einem Wolkenbruch höher oben in den Vorbergen bedrohte in dieser Nacht den einsamen Hof. Der Tod hatte sich mächtig in die fernen Felswände gekrallt, das Sterben kam nicht bis ins Tal.

Mitte März, ein paar Tage bevor noch der Frühling im Kalender stand, blühten am nächsten Morgen auf den Auwiesen rings um den Einschichthof die ersten Blumen. Der Hahn trippelte mit seiner Hennenschar vorsichtig zögernd über die Steige aus dem Stall ins Freie, um aber gleich darauf eifrig unter den Obstbäumen zu scharren. Für Käfer und Larven hatte sich somit das Überwintern in eisiger Kälte kaum gelohnt, aber auch die Hühner sahen im hellen Blau des wolkenlosen Himmels die Raubvögel nicht kreisen. Hungrige Füchse krochen struppig und abgemagert aus ihrem Bau. Mit dem neu erwachenden Leben kam auch wieder der Tod in die Welt.

Die Bäuerin Martha Bergheim trat vor die Haustür und schaute zu den bewaldeten Vorbergen hinauf, wo sich in das geheimnisvolle Dunkel der Nadelwälder schon das helle Grün der Laubbäume und dazwischen Lärchengold mischte. Wieder erlebte sie geradezu andächtig das Wunder, als der Sonnenball aus dem Auwald heraufstieg und die Baumwipfel in sein rotgoldenes Licht hüllte, so dass es aussah, als stünden sie in Flammen. Die Welt erwachte zu neuer Schönheit. Tief atmete Martha die klare Morgenluft ein. Sie wusste, auch für sie würde an diesem Tag das Leben wieder bunter und fröhlicher werden als in den letzten zwei Jahren. Aber doch nie mehr so glücklich wie vor dem Unglück.

Kaffeeduft, der aus dem offenen Küchenfenster drang, erinnerte sie, dass es Sonntag und somit für sie arbeitsfrei war. In den Stallungen halfen die beiden Mägde Erika und Reni zusammen, die härtere Arbeit erledigte der Laithofer-Knecht. War besonders viel zu tun, so packte auch der Florian mit an, der künftige Bauer auf dem Hof. Er wollte allerdings nicht dulden, dass sich die Mutter am Sonntag schon vor dem Kirchgang ins Dorf müde arbeitete. Nur er anerkannte auch mit Worten, dass sie an Wochentagen vor den drei Dienstleuten ihr Tagwerk begann und als Letzte Feierabend machte. „Mutter, du bist auf dem Hof die Bäuerin und keine Dirn! Es tut mir weh, 'bald ich sehen muss, wie du dich abschindest!“, schimpfte er sie zornig, und als sie das Steinpflaster vor den Stallungen kehren wollte, nahm er ihr den Besen aus der Hand.

Weniger Skrupel hatten Christina und Burga, seine jüngeren Schwestern. An den Wochenenden fanden sie beinahe immer Tanzveranstaltungen in einem der umliegenden Dörfer, weshalb sie an den Sonntagen nur recht unwillig aus den Betten krochen. Martha Bergheim jagte sie ebenso unerbittlich auf, wie sie verlangte, dass ihre Töchter unbedingt vor Mitternacht auf den Hof zurückkommen mussten. „Durch den Wald und den Fluss entlang immer zu zweit!", schärfte sie ihnen ein. „Das heißt: Ihr beide miteinander!"

„Ich bin zweiundzwanzig!", versuchte Burga einen Widerstand.

Christina, die sich außerhalb des Hofs am liebsten Tina nannte, erinnerte die Mutter: „Auch mit achtzehn bin ich längst kein Kind mehr! Ein bissel mehr Vertrauen könntest du zu uns schon haben!"

Die Martha Bergheim blieb unerbittlich. „So spät in der Nacht ist der Weg von Windeck heraus nicht ungefährlich. Zu zweit könnt ihr einander helfen."

Burga verbarg ihre Enttäuschung, indem sie spöttelte: „Mit der Tina unterwegs fühl ich mich um vieles sicherer, aber wenn im Gebüsch auch nur ein Vogel raschelt, kriegt sie's mit der Angst!"

Christina sagte nichts darauf. Sie dachte an einen, der im Gösing-Fluss ertrunken war, als er helfen wollte. Bei der morgendlichen Sonntagsarbeit sprangen sie beide nur im Notfall ein, wenn es gar nicht anders gegangen wäre, aber für gewöhnlich behaupteten sie, den Schönheitsschlaf unbedingt zu brauchen.

Florian schaute ihnen prüfend ins Gesicht und stellte fest: „Bisher hat er bei euch nichts genützt!"

Dafür drohten sie ihm mit Prügeln, aber die drei

Geschwister waren niemals auch nur eine Stunde im Ernst aufeinander böse. Noch vor zwei Jahren hatten sie alle zusammen als die glücklichste Familie auf dem Bergheim-Hof gelebt.

Wie an jedem Sonntagmorgen, trafen sie auch an diesem in der großen Küche zusammen: Florian, Burga, Christina und die drei Dienstleute. Nur der Platz der Bäuerin am Tisch war noch frei. Ein paar Minuten später kam auch sie. Nicht nur überrascht, sondern geradezu ungläubig schauten sie auf die Martha Bergheim. Sie hatten, wie jeden Morgen seit zwei Jahren, eine ernste Frau im dunklen Gewand erwartet, das Haar streng zurück gekämmt und zu einem Knoten aufgesteckt. Statt dessen ließ sie es frei bis in den Nacken fallen, wo es mit einer altsilbernen Spange zusammengefasst wurde. Sie trug ein braunes Dirndlkleid mit einer weißen Bluse und einer hellen Schürze.

Lächelnd wünschte sie noch einmal: „Guten Morgen." Bevor sie sich setzte, erklärte sie: „Heute endet für mich das zweite Trauerjahr. Glaubt nicht, dass auch meine Trauer um einen der liebsten Menschen zu Ende ist, aber ich will zeigen, dass von nun an mein Leben wieder weitergehen wird."

Es schien, als wäre nach zwei Trauerjahren ein Schatten aus dem Raum fortgegangen. Die drei Dienstleute murmelten befangen, dass die Sonne an diesem Tag besonders hell scheine. Burga, die ältere Bauerntochter, zupfte etwas an Mutters Haar zurecht. Christina, die jüngere, schenkte ihr frischen Kaffee ein, was ihr sonst nur am Muttertag einfiel. Florian sagte kein Wort, sondern betrachtete seine Mutter ernst und schweigend.

Die Dienstleute hatten mit dem Frühstücken schon zeitiger begonnen und waren deshalb früher damit fertig. Martha Bergheim forderte sie auf: „Ihr könnt schon nach Windeck vorausgehen, wir kommen gleich nach."

Nur der Laithofer Franz hockte sich missmutig auf die Hausbank, denn an diesem Sonntag war er mit der Hofwache an die Reihe gekommen. Noch bis zuletzt hoffte er, eine der beiden Mägde würde sich seiner erbarmen und ihm freiwillig daheim Gesellschaft leisten, aber die beiden Dirndln blieben herzlos. Sie machten sich sogar übermütig kichernd auf den Weg.

Martha Bergheim holte aus ihrer Schlafkammer zwei trocken gepresste Rosen und schob sie in ihr Gebetbüchl, dann machten auch sie sich zu viert auf den Kirchgang. Der Wiesenweg zum Fluss hinunter war breit genug, dass sie alle nebeneinander gehen konnten, doch am Ufer entlang fanden später jeweils nur zwei Platz. Florian hielt sich neben der Mutter, die beiden Schwestern kamen hinten nach und ließen sogar einigen Abstand, denn sie wussten genug zu ratschen, was vor allem ihr Bruder nicht unbedingt hören sollte.

„Mutter, ich hab gar nicht mehr gewusst, wie jung und schön du bist", sagte er leise.

Seine Bewunderung klang echt, gerade deshalb wies sie ihn zurecht: „Was du wieder einmal zusammenredest! Eine Frau mit fünfundvierzig ist nicht grad jung, und schöner würde mich nur noch das Glück machen. Ob ich darauf hoffen dürft, weiß ich nicht. Erwarten oder vom Schicksal gar fordern sollte man in meinen Jahren nichts mehr."

Daraufhin ereiferte er sich erst recht: „Versteck dich

halt nicht wieder in einem grauen Sack! Wenn wir in der Kirch nebeneinander sitzen, werden heute alle Leut auf dich schauen, und ich bin stolz."

Wenn der Florian von ihr beinahe zu lieb redete, taugte ihr das nicht, denn sie ahnte eine Gefahr. Schon einmal war er beim Hellriegel-Wirt in der „Goldenen Krone" auf einen jungen Bauern losgegangen, nur weil der ihr ein bissel zu frech schöngetan hatte. Als nun der Uferweg neben dem Gösing-Fluss schmal und nicht ungefährlich wurde, wollte er sie am bloßen Arm beschützend führen.

„Beim Wasser ist es kühl. Mich fröstelt beinahe", sagte sie. Er half ihr in die Strickjacke, dann entschied sie: „Nahe am Ufer könnte der Weg unterwaschen sein. Zur Sicherheit gehen wir besser hintereinander."

Von nun an türmten sich zur Rechten bedrohlich wirkende Steinwände auf, die immer näher ans Wasser rückten. Schon aus der Entfernung hörte man das Rauschen des Flusses, wo er sich zwischen Felsen durchzwängen musste. An dieser Stelle hielt die Martha Bergheim an und wartete, bis auch ihre beiden Töchter nachgekommen waren. Sie zeigte zu einer hölzernen Gedenktafel am Fels. Ein Windecker Bauer hatte das tragische Ereignis auf seine schlichte Art malerisch dargestellt, und die Mutter las laut vor, was darunter geschrieben stand: „Ein Büberl wäre ohne ihn ertrunken. Dafür ist nachher er versunken. Nur Gott kann's ihm lohnen, dem Bergheim Martin." Sie holte aus ihrem Gebetbüchl die beiden fast schon vergilbten Rosen, drückte auf jede ein Bussel. Dann warf sie die Blumen ins Wasser, und sie alle verfolgten, wie die roten Farbflecken noch eine Weile im Gischt herumwirbelten, bis die Strömung sie ins ruhige, dunkelgrüne Wasser der Gösing trug. Erst dort versanken sie, wie vor zwei Jahren der Bergheim-Bauer. Die Martha hätte ihm so gern noch ein paar Worte gesagt, doch ihre Stimme erstickte in einem Aufschluchzen. Florian, mit dreiundzwanzig Jahren eines Tages der nächste Bauer auf dem Hof, half ihr schnell über die Verzweiflung hinweg, indem er den Vater mit denselben Worten grüßte, wie sie auf der Gedenktafel standen: „Nur Gott kann's dir lohnen, Martin Bergheim."

Schweigend gingen sie den Weg weiter nach Windeck.

In der kleinen Stadt herrschte bereits fröhliche Sonntagsstimmung. Junge Leute suchten noch Gesellschaft für die Gaudi später beim Wirt, die älteren gingen schon zum Kirchentor, wo der Pfarrer Josef Breit jeden persönlich begrüßte und für alle ein paar freundliche Worte fand. Bei der Siegel Hanna erkundigte er sich, ob's ihren drei Kühen schon wieder besser ginge, der alten Winkelhofer-Tant empfahl er ein Hausmittel zum Einreiben gegen das Reißen.

Als er die Bergheim-Leute über den Platz kommen sah, musste er, um genauer zu sehen, die Augen zusammenkneifen, denn beinahe hätte er die Bäuerin nicht erkannt. Er machte ihr ein paar Schritte entgegen und rief: „Hast du dich heute nur für den Kirchgang so schön gemacht, oder gehst du nachher zum Hellriegel-Wirt? In der ‚Goldenen Krone' gibt's am Nachmittag Tanz. Wenn ich auch hinkomm, Martha, erweist du mir dann die Ehre für einen ersten Walzer? Wenigstens einen halben, bevor mir die Luft ausgeht."

Ihre freudige Zusage blieb aus. Sie erklärte ihm so

befangen, als müsste sie sich entschuldigen: „Heute vor zwei Jahren ist mein Mann ertrunken. Damit ist zwar meine Trauerzeit zu Ende und ich trag nicht mehr Schwarz, aber im Herzen bleibt allerweil das Leid. Du verstehst, Herr Pfarrer, dass mir noch lang nicht nach Tanzen ist."

„Versteh ich nicht!", widersprach er ihr so unwillig, dass in einigem Abstand ein paar Ratschkathln sogar neugierig stehen blieben. „Wie ist es bei uns der Brauch? Nach jedem Begräbnis spielt die Musik erst im Wirtshaus zum Totenmahl ein paar ernste Stücke, dann aber schon fröhliche. Lasset die Toten in Frieden ruhen und freut euch des Lebens!"

Die Martha Bergheim wischte sich schnell über die Augen, zwang sich zu einem Lächeln und versprach: „Ich werd auch wieder mehr Freude erleben können, aber heute geh ich nach der Messe gleich heim."

„Wie du's machst, Martha, wird es richtig sein. Denk jedenfalls daran: Unser Walzer ist nur aufgeschoben, nicht aufgehoben."

An diesem Sonntag schauten die Windecker Pfarrkinder beinahe mehr auf die Bergheim-Bäuerin als auf den Hochwürden. Sie konnten es kaum fassen, was für ein bildsauberes Frauenzimmer sich zwei Jahre lang in schwarzen oder dunkelgrauen Kitteln versteckt hatte. Als die Martha nach dem Schlusssegen auf den Pfarrplatz heraus trat, kamen eine ganze Menge Leute auf sie zu und begrüßten sie so herzlich, wie wenn sie schon ewig lang nicht mehr bei ihnen gewesen wäre. Einladungen zum Hellriegel-Wirt wies sie dankend zurück. Der Bürgermeister Kurt Hofner blieb sogar hartnäckig: „Liebe Frau Bergheim, mir wirst du doch keinen Korb geben! Auf ein Glas Roten und ein gutes Gespräch haben wir zwei uns in den letzten Jahren nur recht selten zusammengesetzt."

Vor all den Leuten wollte sie nicht schon wieder vom Todestag ihres Mannes reden, aber sie blieb bei ihrer Entscheidung. „Nicht bös sein, Herr Bürgermeister, aber akkurat heute nicht. Pfüat euch alle, ich geh schon heim."

„Ich komm mit dir, Mutter", erklärte ihr sogleich der Florian sehr bestimmt.

Das behagte ihr auch nicht besonders. Während sie langsam die Hauptstraße hinunter gingen, hielt sie ihm vor: „Du bist ein junger Mann von dreiundzwanzig Jahren. Warum suchst du dir keine Freundin? Gibt es in ganz Windeck kein Dirndl, das dir gefallen würde?"

Sie fühlte es geradezu, wie er sich gleich vor ihr verschloss. Darum überraschte sie seine Antwort nicht: „Ich mach mir nicht viel aus der Tanzerei, und die meisten Dirndln gehen nur auf die Gaudi aus."

„Was ist daran so schlecht?", versuchte die Martha behutsam, ihren Sohn auszuhorchen.

Darauf antwortete er nicht, sondern deutete zu dem kleinen Platz hin. Seitlich vom Kriegerdenkmal stand eine steinerne Schandsäule, an die man in alten Zeiten schlechte, sittenlose oder böse Weiber zur Strafe für ein paar Stunden ankettete. Die Martha hätte ihm gern darauf etwas entgegnen wollen, aber im nächsten Augenblick sah sie auf der Steinbank ein junges Paar sitzen. „Unsere Burga", sagte sie gedankenverloren vor sich hin. Unsere, wie wenn nicht nur sie, sondern auch der Florian sich um das Dirndl kümmern sollte.

Diesen Eindruck wollte sie gleich wieder löschen, weshalb sie scherzend feststellte: „Meine Tochter sitzt ohnehin nur brav und sittsam im Schatten der Schandsäule!"

Florian gelang es nicht, ebenso verständnisvoll zu lächeln, sondern er warf ein: „Wer sündigt schon unter der Sonne gleich neben dem Kriegerdenkmal? Meine Schwester vielleicht nicht, aber ich kenne den Andreas."

Um mehr über den zu erfahren, sagte die Martha: „Ich kenne ihn zwar nicht, aber er schaut recht anständig aus."

Florian blieb feindselig. „In Anzenau, wo er daheim ist, denken nicht alle gut über ihn und nennen ihn den ‚Wolf im Schafspelz'."

„Mit zweiundzwanzig sollte unsere Burga schon gescheit genug sein, um sich eine anständige Gesellschaft auszuwählen. Jedenfalls kann sie auf sich aufpassen!", schloss die Mutter.

Sie ärgerte sich erst recht, dass der Florian dagegen ziemlich geringschätzig einwandte: „Haben sich Frauenzimmer erst einmal verliebt, so werden sie alle narrisch, und da spielt das Alter keine Rolle!"

Martha spürte, wie ihr Hitze in die Wangen stieg. Zur Beruhigung sagte sie sich vor, auf dem Hof und vor allem in Windeck konnte niemand etwas ahnen. Einen Vorwurf dürfte ihr erst recht niemand machen, am wenigsten der Florian. Sie fand, er spielte sich überhaupt schon zu sehr auf den künftigen Bauern und das männliche Familienoberhaupt heraus! Damit er ihren Zorn nicht merken sollte, redete sie erst nur Belangloses, später lieber überhaupt nichts. Er trottete stumm neben ihr her, aber sie merkte, dass auch er über Probleme nachgrübelte.

Als sie schon den Uferweg entlang der Gösing gingen und er sich wieder schützend zwischen sie und das Wasser drängte, konnte sie ihr Schweigen nicht länger durchhalten. Um ihn nicht arg zu verletzen, nahm sie seine Hand und versuchte einen heiteren Ton. „Lieb von dir, dass du mich heimbegleitest, aber das wäre nicht nötig gewesen. Ich finde den Weg auch allein, und du solltest mit der Windecker Jugend fröhlich feiern. Du müsstest mich also nicht bewachen."

„Beschützen" hätte sie sagen wollen, aber er schien ihre wahren Bedenken ohnehin nicht zu erraten. Froh, dass nun zwischen ihnen wieder gesprochen wurde, rechtfertigte er sich: „Um dich nicht unnötig zu beunruhigen, hätt ich es dir nicht sagen wollen."

„Was?"

Noch zögerte der Florian, doch er wusste, dass es ohnehin unmöglich war, einem mütterlichen Verhör auf die Dauer zu entgehen. „Heute habe ich es wieder gehört, dass sich in der Gegend ein Sittenstrolch herumtreiben soll. An ein Liebespaar im Wald hat er sich angeschlichen. Eine Dirn hat bei der Polizei gemeldet, der Lump habe sie von hinten gepackt und ihr die Bluse zerrissen, wie sie bei Dunkelheit über eine Wiese am Stadtrand gegangen ist."

Die Bergheim-Mutter blieb so plötzlich stehen, dass der Florian beinahe gegen sie angerannt wäre. „Hast du den Verstand verloren!", tuschte sie ihn wütend zusammen. „Du weißt, dass sich so ein Kerl in unserer Gegend herumtreibt, dafür willst du mich am helllichten Tag beschützen! Aber wenn deine Schwestern, zwei junge Dirndln, bei der Nacht diesen Weg allein gehen müssen, macht dir das keine Angst?“

Der plötzliche Angriff verwirrte den Florian, aber um sich zu verteidigen, musste er gestehen: „Sie haben mir das Wort abgenommen, dass ich dir nichts von einem Sittenstrolch sage. Wie du schon bist, hättest du ihnen vielleicht sogar noch das bissel Freude in Windeck verboten!“

„Wie ich schon bin!“, begehrte sie fassungslos auf. „Ich sorg mich eben um meine Kinder, auch wenn sie keine Kinder mehr sein wollen. Aber ich will eben nicht erleben, dass eines von euch in der Gösing …“

Vor Aufregung brachte sie kein Wort mehr über die Lippen, drehte sich um und wollte allein nach Windeck zurücklaufen. Erst nach einigen Schritten holte der Florian sie ein, hielt sie am Arm fest und beschwor sie: „Bleib doch, Mutter! Willst du's an die große Glocke hängen, dass ich mein Wort gebrochen und geredet hab? Außerdem bin ich fest überzeugt, dass du jetzt deine lieben Töchter nicht mehr in Windeck findest. Die Burga ist mit dem Andreas Wolf längst weggefahren, und die Christina hab ich seit dem Schlusssegen in der Kirche nicht mehr gesehen. Denk ruhig und vernünftig: Es gibt überhaupt keinen Grund, warum du dich um die zwei Dirndln so arg sorgen müsstest. Die haben schon Begleiter gefunden, die sie bei der Nacht bestimmt nicht allein den Weg neben dem Fluss gehen lassen!“

Auch dagegen hätte die Bergheim-Mutter viel einwenden können, aber sie sagte nichts mehr. Junge, dazu noch verliebte Leute hätten sie für altmodisch gehalten. Außerdem fiel ihr noch rechtzeitig ein, was ihr der Florian bei der Schandsäule gesagt hatte: „Haben sich die Frauenzimmer erst verliebt, so werden sie alle narrisch, und da spielt das Alter keine Rolle!“ Diesen Satz konnte sie so leicht nicht vergessen.

Am übernächsten Sonntag gingen die Leute vom Bergheim-Hof wieder denselben Weg entlang dem Gösing-Fluss nach Windeck. Diesmal kam der Laithofer Franz mit ihnen, denn als Hofwache hatte die jüngste Magd, die Greindl Irene, daheim bleiben müssen. Schon unterwegs ging es recht lustig her. Seit der zweiten Jährung des Todestags vom Martin Bergheim war wieder Zeit vergangen, die angeblich alle Wunden heilte, und man wollte nicht immer nur ans Sterben denken. Vor allem der Franz versprühte fröhliche Laune. Allein schon sein strohblondes Stoppelhaar, die wässrigblauen Augen und die kleine Knollennase boten den Dirndln von Windeck genug Möglichkeiten zu gutmütigem Spötteln, und der Knecht lachte bereitwillig dazu. Er war mit seinen fünfunddreißig Jahren kein Spaßverderber, sondern machte bei jeder Gaudi mit. Dafür kassierte er sich als Dank meistens sogar mehr Bussel als die schönsten Männer der kleinen Stadt.

In der Kirche blieb man würdig ernst, auch wenn der Laithofer Franz versteckt den Dirndln zuzwinkerte und manche der Schönen darauf in ihr Gebetbüchl kicherte. Zu peinlicheren Störungen kam es nicht. Möglicherweise war deshalb die Bergheim Martha so gut gelaunt, dass sie nachher über den Hauptplatz auf die „Goldene Krone“ zusteuerte und ihrer Familie ebenso wie den zwei Dienstleuten ankündigte: „Heute bleiben wir noch eine Weile in Windeck und essen beim Hellriegel.“

Der Franz drückte gleich zärtlich den Arm der Erika, der zweiten Magd vom Bergheim-Hof, mit der er angeblich schon vor Jahren eine Liebschaft gehabt hatte. Für den kommenden Nachmittag erwartete er sich wohl wieder drei Genüsse: gutes Essen, ein oder zwei Maß Bier und nachher wenigstens ein paar aufregende Busseln. Zwar streifte die Erika seine Hand wie ein lästiges Insekt ab, doch er vertröstete sich auf später und flüsterte ihr zu: „Gelt, Schatzl, ich versteh: Alles zu seiner Zeit. Denkst du gar nicht mehr an früher?“

Burga und Christina, die Bergheim-Töchter, schauten auf dem Kirchenplatz unruhig um sich. Beinahe konnte man meinen, sie suchten jemanden. Wohl darum zeigten sie über die Aussicht auf ein gemeinsames Essen im besten Wirtshaus der kleinen Stadt nur wenig Freude. Der Florian aber rief fröhlich: „Heute hat unsere Mutter die Spendierhosen an. Ich kann mir nur noch nicht denken, was wir feiern sollten! Wer von uns soll sich verlieben, verloben oder gar verheiraten?“

Er schaute vielsagend von einer Schwester zur anderen. Dass niemand auf sein Scherzen einging, fiel nicht so deutlich auf, denn in diesem Augenblick kam ihnen schon der Hellriegel-Wirt an der Tür entgegen. „Welch seltener Besuch!“, rief er, was sich allerdings nur auf die Martha Bergheim beziehen konnte. Er streckte ihr beide Hände entgegen, als wollte er sie zur Begrüßung sogar busseln, doch das traute er sich doch nicht. Statt dessen bot er ihr seinen Arm und führte sie zum Tisch im Erker. Burga und Tina setzten sich schnell so hin, dass sie durch die drei Fenster den

Hauptplatz in alle Richtungen überschauen konnten. Für die Mutter schob der Florian einen Stuhl zurecht und nahm sich den ihr am nächsten. Die beiden Dienstleute, Franz und Erika, fühlten sich an dem kleinen Nebentisch wohler, denn dort fiel es nicht so auf, wenn sie die Suppe hörbar schlürften und vom Messer noch den letzten Bratensaft genießerisch abschleckten.

Der Johann Hellriegel bediente so liebe Gäste persönlich, wobei er sich für jedes Angebot weit zur Bergheim-Bäuerin herunterneigte, so dass man glauben konnte, er wollte ihr zärtliche Geheimnisse zuflüstern. Die jedoch entschied recht unbeeindruckt für alle: „Leberknödelsuppe, Rindsbraten und Gemüse, zum Abschluss einen Kaiserschmarren mit Kompott. Hast du's, Hellriegel?"

„Kommt gleich! Zu trinken?"

„Zwei Maß Bier, auf den Tisch einen Liter Roten, und für mich ein Mineralwasser", bestellte die Mutter.

Die Burga bat noch: „Herr Hellriegel, hast du für mich ein Glas Milch?"

„Dir zuliebe wird die Kuh gleich gemolken!", flachste der Wirt. „Aber das Kinderspielzeug musst du dir selbst mitbringen!"

Dafür hackte sie humorlos zurück: „Musst mich gar nicht ausspotten, wenn mir halt zum Kaiserschmarren unverfälschte Milch besser schmeckt als dein gepantschter Wein!"

Zwar kriegte sie damit von einigen Tischen her Lacher, doch die gute Stimmung war ihr für einige Zeit verdorben, und sie schaute wieder sehnsüchtiger zum Fenster auf den Hauptplatz hinaus.

Frieden und Harmonie hielten ohnehin nur bis kurz nach dem Essen an. Kaum war der letzte Bissen vom Teller, sagte die Burga: „Mahlzeit, dank'schön, Mutter. Gelt, ich werd bald gehen."

Die Christina griff dankbar das Stichwort auf und behauptete hastig: „Für mich wird's auch schon langsam Zeit."

Martha Bergheim unterdrückte die Frage an ihre Töchter, wohin sie so plötzlich gehen wollten, aber der Florian wagte es, seine beiden Schwestern in Verlegenheit zu bringen. „Wohin, ihr Schönen?", fragte er sie freundlich mit scherzhaftem Augenzwinkern.

In diesen Sekunden verwandelte sich die beinahe kindlich gutmütige Christina in die sehr erwachsene Tina und spöttelte bissig: „Grad dir muss ich's nicht auf die Nase binden, was ich am Abend tun will. Ein kalter Frosch wie du würde mich ohnehin nicht verstehen. Damit alles klar ist: Bin ich noch ein Kind, das sich vom großen Bruder gängeln lassen muss?"

Dieser harte Angriff überraschte ihn. Er hätte es auch bestimmt nicht verdient, dass ihn gleich darauf die Burga ähnlich feindselig zurechtwies: „Müsste ich am Ende gar dich um eine Ausgangserlaubnis bitten?" Auch wenn sie es nicht aussprach, hörte man heraus, dass diese Zurechtweisung eigentlich für die Mutter bestimmt war, über deren forschenden Blick sie nicht weniger entrüstet war als über die unverschämte Neugier Florians. „Ich denk halt, dass ich mit zweiundzwanzig niemand mehr Rechenschaft darüber schuldig bin, mit wem ich am Sonntag ein paar Stunden beisammen bin. Oder?"

„Noch einen schönen Tag!", wünschte Christina

zuletzt doch versöhnlich allen, winkte zurück, und dann waren die beiden Dirndln schon zur Tür draußen.

Der Florian wich seiner Mutter nicht von der Seite, bis sie in beinahe strengem Ton fragte: „Was willst heute du noch anfangen?"

Er zögerte, überlegte, erst als er merkte, dass sie ungeduldig wurde, sagte er: „Der Hofner, der Doktor Burger und der Kandl Fritz hätten mich für den Abend zu einer Kartenrunde eingeladen."

Martha Bergheim schien aufzuatmen und drängte ihren Sohn: „Du hast doch angenommen, wirst hingehen? Eine prominente Gesellschaft: der Bürgermeister, der Arzt und der Bäcker. Grad passend für den künftigen Bergheim-Bauern!"

Dennoch zeigte der Florian keine besondere Begeisterung. „Eigentlich mach ich mir aus dem Karteln gar nicht so viel. Höchstens, Mutter, du kommst mit. Ja?"

Sie versuchte, sich mit einem Lacher herauszureden: „Du weißt, kein Kiebitz ist am Spieltisch gern gesehen. Außerdem ..."

Dieses letzte Wort hätte sie nicht aussprechen sollen, denn der Florian wurde hellhörig und hakte gleich ein. „Außerdem?", forschte er.

Sie sah keine Möglichkeit mehr, sich herauszureden, also nahm sie allen Mut zusammen und sagte betont leichthin: „Außerdem fahre ich heute für ein paar Stunden von Windeck fort."

„Fort?" Der Florian verstand noch lang nicht alles, was sie damit sagen wollte, aber er fühlte plötzlich eine Angst, die er sich nicht erklären und gegen die er sich nicht wehren konnte. „Was heißt: fort?"

„Unsinn! Ich mach heute einen Besuch, und wahrscheinlich werd ich sogar noch früher als meine Töchter daheim sein. Du sollst dich um mich nicht sorgen, Florian. Auch mich wird hoffentlich jemand heimbringen, so wie die Burga und Christina. Aber nicht über den Uferweg entlang der Gösing, sondern auf der Straße. Auf unserer Wirtschaftsstraße. Also kann mir nichts zustoßen."

Sie merkte dem Florian geradezu an, wie er in Gedanken alle ihm bekannten Besitzer von Autos prüfte. Welchen von ihnen könnte seine Mutter an diesem Abend besuchen wollen? Als er keinen passenden Namen herausfand, fragte er unverblümt: „Wer ist es? Zu wem fährst du heute noch mit dem Bus? Und wohin?"

Martha Bergheim zögerte, dann erkannte sie nur noch eine Möglichkeit, ihr Geheimnis zu wahren. Sie erinnerte ihn zwar leise, aber sehr bestimmt: „Florian, ich bin deine Mutter, habe zwei Jahre lang um deinen toten Vater ehrlich getrauert. Nun steht mir auch noch das Recht auf ein bisschen Glücklichsein zu." Ihren Sohn, der sie vielleicht beinahe zu sehr lieb hatte, erinnerte sie, ein kleines Lächeln auf den Lippen: „In meinen Jahren könnte ich längst Großmutter sein. Ich weiß genau, dass ich euch manchmal mit meiner Besorgtheit auf die Nerven gehe. Wem wäre aber ich noch Rechenschaft über mein Leben schuldig? Ihr braucht mich längst nicht mehr."

„Meinst du?" fragte er so leise, dass sie ihn kaum verstehen konnte.

Eine Viertelstunde später fuhr von der Bahnstation ein Bus tiefer ins Tal. Es überraschte den Florian keineswegs, als er von seinem Platz beim Magazin her die Burga einsteigen sah. Aber seine Schwester war nicht allein, sondern mit ihr fuhr der Andreas Wolf, ein Jungbauer aus Anzenau, ein paar Stationen von Windeck entfernt. Noch fragte sich der Florian: „Ich versteh's nicht: Der Andreas hat doch selbst ein Fahrzeug, zwar eine alte Kraxen, aber immerhin eine mit vier Radln dran. Sogar mit so einer könnt er meiner Schwester mehr imponieren, als wenn er ihr einen Rückfahrschein für den Bus kauft. Außerdem: Wie kommt sie später von Windeck auf den Hof heim? Dumme Frage: Im Finstern zu Fuß auf dem Uferweg!" In seine Wut mischte sich schon wieder Sorge um die Burga. „Ein falscher Schritt, und sie geht unter, ohne dass sie dafür ein Gedenktaferl kriegt! Wenn sie Glück hat und nicht absäuft, könnt sie der Sittenstrolch auch nur hinschmeißen oder umbringen! Sollt ich vielleicht deshalb die ganze Nacht am Fluss auf sie warten!"

Bis zur Kartenpartie mit den drei Dorfprominenten blieb noch eine Stunde. Darum ging er nicht auf dem kürzesten Weg in die „Goldene Krone" zurück, sondern schlug einen weiten Bogen um Windeck. In manchen Häusern der kleinen Stadt brannten schon Lampen.

Eine ganze Lichterreihe zog sich die zwölf Kehren zum Kirchberg hinauf, aber der Pfarrer Breit las nur noch in der Pfarrkirche und nicht mehr in der Bergkapelle die Messe. Für die alten Leute wäre der Weg hinauf zu mühselig gewesen, und auch ihm machten schon bald sechzig Jahre die Beine schwer. Also gehörte der Kirchberg in der Mitte der kleinen Stadt mit seinen vielen Rastbänken nur noch verliebten Paaren.

Bevor noch der Florian in die Dorfstraßen zurückkehrte, sah er zwei junge Menschen über einen Feldweg davonhuschen. Wer Glück hatte und zeitig genug kam, musste eben nicht den beschwerlichen Weg zum Kirchberg hinauf gehen, sondern fand in einer der Heuhütten ein warmes, weiches Lager.

„Da schau ich aber", flüsterte der Florian, als er den jungen Bauern erkannte. „Der Rieder Hannes. Was ich weiß, ein Auswärtiger. Und wieder fallt ein deppertes Dirndl auf sein Liebesgeflüster herein!"

Beinahe hätte er im nächsten Augenblick vor Zorn aufgeschrien und wäre hingelaufen, denn im Mondschein erkannte er das Dirndl an Rieders Seite: seine Schwester Christina, die sich jetzt bestimmt Tina nennen ließ! Gerade noch im letzten Augenblick hielt ihn eine Beobachtung zurück. Sie gingen zwar zum Heustadel, aber nicht hinein, sondern setzten sich auf die Bank davor. „Alsdann ist es weniger gefährlich", beruhigte er sich möglicherweise mit einer frommen Lüge, denn ob sie später doch ins Heu gehen würden, wollte er gar nicht mehr sehen.

Glockenschläge von der Turmuhr erinnerten ihn an die Kartenpartie mit den drei Prominenten. Die durfte er nicht einfach versetzen, wie wenn sie Knechtl gewesen wären. Nicht einmal – oder gerade – in der Kleinstadt Windeck galten alle Menschen gleich viel. Der Florian wusste nur eines: Die Meinigen sind mir allerweil noch am wichtigsten.

Darum spielte er zwar mit dem Bürgermeister, dem Doktor und dem Bäcker Karten, verlor jedoch beinahe jede Partie und schlich als ein beschämend Geschlagener aus der kleinen Stadt heimwärts.

Der Weg entlang dem Ufer der Gösing fiel ihm schwer, denn inzwischen war der Mond schon untergegangen und würde erst in der nächsten Nacht wieder über den Himmel wandern. Das Wasser schien schwarz und regungslos zu liegen, nur ab und zu verriet ein leises Glucksen, dass Wellen unter dem stellenweise ausgewaschenen Ufer weiterströmten.

Bis zur Stelle, wo er das Gedenkmarterl an seinen ertrunkenen Vater wusste, ging er, dann kehrte er um. Zwei Stunden, oder vielleicht auch länger, saß er beim Anfang des Weges auf einem umgestürzten Baumstamm und wartete. Die Burga kam, als es Mitternacht schlug, über die Bahnhofstraße herunter, Chistina zehn Minuten später über die Wiesen.

„Lauerst und spionierst du im Auftrag der Mutter?", geiferte Tina, die sich nur langsam wieder in Christina, das achtzehnjährige Bergheim-Dirndl zurückverwandelte. Burga beantwortete keine seiner ungehörigen Fragen, woher sie jetzt komme. Sie war nur fassungslos, als er sie fragte, warum sie der Wolf Andreas nicht mit seinem prächtigen Auto heimgebracht habe. „Einmal hätte das die Fahrt über unsere Wirtschaftsstraße gerade noch verkraftet", hielt er ihr vor. „Aber nein, heutzutage lassen die schneidigen Burschen ihre Dirndln aus Bequemlichkeit sogar allein den Uferweg gehen. Ich warne euch: Vorhin bin ich überhaupt nicht euch zuliebe umgekehrt und noch einmal zurückgegangen. Mir ist vielmehr gewesen, wie wenn ich im Unterholz schleichende Schritte gehört hätte. Das könnt leicht der Sittenstrolch sein, der sich an jungen Dirndln vergreift. Mir hätt er bestimmt nichts antun wollen, aber ich hab zuletzt doch an euch gedacht und wart jetzt schon seit drei Stunden, dass ihr von der Gaudi heimgeht!“

Im Stillen baten sie ihm alle Verdächtigungen ab. Die Christina ließ sich von ihm sogar an der Hand führen, wie sie das als Kinder immer getan hatten, wenn sie beide sich vor etwas oder jemandem fürchteten.

Von nun an fuhr die Martha Bergheim beinahe jeden Sonntag nach dem Kirchgang mit dem Autobus aus Windeck davon. Immer in dieselbe Richtung, nämlich aus dem Tal ins Flachland. Das musste in der Kleinstadt auffallen. Die Frauen ratschten ein paar Minuten lang darüber, Männer machten und belachten ihre anzüglichen Bemerkungen, aber die meisten Leute gönnten doch der jungen Witwe ein bissel neu erwachte Lebensfreude. Alle miteinander waren feinfühlig genug, ihr diesbezüglich keine Frage zu stellen.

Burga und Tina rührten nicht an Mutters Geheimnis, sondern waren sogar froh, dass an solchen Sonntagen ihr Liebesleben weniger der Beobachtung unterlag. Nur der Florian litt schweigend und blieb überzeugt, er müsse sich um sie sorgen. Auch wenn man in den letzten Wochen nichts mehr von dem Sittenstrolch gehört hatte, konnte der jederzeit wieder zuschlagen. Am sichersten fühlten sich noch die Liebespaare auf den Bänken des Kirchbergs im Stadtzentrum. Am meisten gefährdet waren zweifellos späte Spaziergänger am Uferweg entlang der Gösing. Dennoch hatte es der Florian mit der Zeit aufgegeben, sonntags die nächtliche Heimkehr seiner Schwestern abzuwarten und sie zu begleiten. Seine Sorgen quälten ihn jetzt viel mehr mit den Fragen, wo und mit wem sich die Mutter nun beinahe schon jede Woche traf. Ein paar Mal war er ihr heimlich bis zur Bahnstation gefolgt und hatte sie noch in den Autobus steigen gesehen. Den Wunsch, sie etwa mit seinem Fahrrad in den nächsten Dörfern zu suchen und noch weiter zu beobachten, unterdrückte er. Lieber ertrug er die Ungewissheit als die Wahrheit über eine Liebschaft, mit der sie das Andenken an ihren toten Mann, an seinen Vater, entehrt hätte. Zuletzt beruhigte er sich: „Doch nicht die Mutter!“

Er hätte sie auch nicht so bald finden können, denn sie fuhr sechs Dörfer weiter. In Langen hielt nachher der Bus dreimal: erst beim Selinger-Wirt, von wo er Leute noch zwei Kilometer bis zur Bahnstation hinaus brachte. Dort wartete er den Zug ab, um die ankommenden Reisenden ins Dorf zu bringen.

Die Martha Bergheim stieg beim Bahnhof aus, schaute sich suchend um, und als sie niemanden sah, der sie abgeholt hätte, ging sie enttäuscht weiter. Im nächsten Augenblick machte ein großer, dunkelhaariger Mann einen mächtigen Schritt hinter dem Gebäude hervor und packte sie so unerwartet um die Mitte, dass sie beinahe erschrocken aufgeschrien hätte. Bevor sie aber noch ein Wort sagen konnte, hielt er sie unentrinnbar fest und verschloss ihre Lippen mit einem schamlos lieben Bussel. Nachher gleich auch mit einem zweiten.

Als er ihren Mund wieder freigegeben hatte, musste sie erst tief durchatmen, dann hielt sie ihm vor: „Warum hast du nicht bei der Haltestelle auf mich gewartet? Ich bin ehrlich enttäuscht gewesen.“

Ohne Reue gestand er ihr: „Ich hab’s mir überlegt:

Lieber noch zwei Minuten länger auf dich hinter dem Hauseck warten, als auf so ein Bussel zu verzichten. Oder hätte ich dich vor allen Leute ebenso gut küssen dürfen?"

„Untersteh dich!", wies sie ihn zurecht und schob seine frech zärtlichen Hände weg. Dass sie auf ihn kein bissel böse war, bewies sie ihm noch mit einem zwar kleinen, aber lieben Bussel und gestand: „Ich hab schon solche Sehnsucht nach unserem Wiedersehen gehabt, dass ich ganz bestimmt keine paar Minuten länger als notwendig auf dich gewartet hätte! Das beweist, dass du mich weniger lieb hast als ich dich!"

Mit solchen Plänkeleien wollte er nicht länger die kostbare Zeit ihres Beisammenseins vergeuden, doch als sie ihm einen Spaziergang zum kleinen Birkenwald vorschlug, wurde er verlegen. Gleich erwachte in ihr Misstrauen, zwar nicht gegen den Jürgen, aber es gab viele Gründe, warum sie noch lang nicht ans Glück glauben konnte. „Ist etwas geschehen?", fragte sie.

„Was du immer gleich denkst!", widersprach er ihr, streichelte flüchtig über ihr kastanienfarbenes Haar, das in der Sonne einen aufregend rötlichen Schimmer bekam. Doch auch für Zärtlichkeiten blieb jetzt wenig Zeit, er musste damit herausrücken: „Meine Eltern warten in einer halben Stunde auf uns mit Kuchen und Kaffee."

Das fröhliche Leuchten in ihren Augen erlosch, auch wenn sie Jürgens unausgesprochene Bitte verstand, sie sollte friedfertig bleiben und ihm keine Schwierigkeiten machen. Ohne Nebengedanken entschied sie: „Gehen wir, dein Vater mag bestimmt keinen kalten Kaffee."

Somit hatte sie mit keinem Wort die Gretel Schwarz, seine Mutter, erwähnt, denn ein Gefühl warnte sie, diese Frau würde ihr kaum herzlich entgegenkommen. Beinahe jede Mutter wachte eifersüchtig über ihren einzigen Sohn und hielt keine Fremde für gut genug, von ihm geliebt zu werden. Flüchtig rechtfertigte sich die Martha, sie würde ihrem Florian nun endlich das große Liebesglück wünschen und doch einem Dirndl, das seiner Liebe unwürdig wäre, auf den Tod feindselig werden. Diese Einsicht machte sie entschlossen, um beinahe jeden Preis friedlich zu bleiben. Kleiner Sticheleien wegen wollte sie nicht wehleidig sein, sondern sie möglichst überhören.

Auch der Jürgen schien an diesem Sonntag die gemütliche Kaffeestunde mit seinen Eltern weniger zu wünschen als zu fürchten. Wohl darum redete er unentwegt. Er führte Martha um das Haus, zeigte und erklärte ihr durch die drei großen Schaufenster fabrikneue landwirtschaftliche Geräte. In einem Schuppen standen zwei Traktoren. Mit dem Stolz des Tüchtigen berichtete er ihr: „Rund um Langen gibt es einige reiche Bauern, die von mir Maschinen kaufen oder leasen. Weniger begüterten vermiete ich tageweise, was sie für ihre Arbeit brauchen. Von denen kann ich nicht viel verlangen, aber auch Kleinvieh macht Mist, und so haben mein Vater und ich im Laufe der Jahre den Betrieb immer weiter ausgebaut. Die nächsten drei Hallen …“

Martha warf einen Blick auf ihre Uhr. „Aber jetzt sollten wir deinen Vater nicht länger warten lassen.“

Jürgen nutzte die Gelegenheit zu ergänzen: „Mutters Kaffee darf nicht kalt werden. Sie hat sich bestimmt viel Mühe gemacht, wenn sie doch heute ihre künftige Schwiegertochter kennen lernen soll!"

„Untersteh dich, solchen Unsinn zu erzählen!", wies sie ihn erschrocken zurecht. „Ich bin und bleib die Bergheim-Bäuerin. Davon, dass ich jemals von meinem Hof weggehen wollte, haben wir nie gesprochen! Seit einem Jahr sind wir gute Freunde, ich wünsch mir nichts anderes. Ich bin froh, wenn ich dich sehen und mit dir reden darf."

„Sonst nichts?" Er glaubte ihr kein Wort und flachste: „Mir scheint, ich hab vorhin die falsche Frau gebusselt, denn die hat mir die Zärtlichkeit genau so sehnsüchtig zurückgegeben, wie wenn sie ihr recht getaugt hätte!"

„Dass wir einander lieb haben, ist wunderschön", gestand sie ihm noch ein, dann rettete sie sich ins Zornigwerden: „Begreif aber endlich, dass du mit einer alten Frau nicht auf die Dauer glücklich werden könntest! Jetzt bringen wir unseren Besuch hinter uns, bevor ich noch weiter darüber nachdenke, vernünftig werde und es mir anders überlege!"

Im Treppenhaus konnte sie nicht so einfach davonlaufen, also widersprach er ihr ebenso wütend wie zärtlich: „Red nicht solchen Unsinn! Du bist wegen der zwei, drei Jahre mehr keine alte Frau!"

„Fünf!" unterbrach sie ihn noch.

Die Wohnung der Schwarz-Eltern lag über den Geschäftsräumen. Jürgen hatte sich im nächsten Stockwerk nach seinem Geschmack modern eingerichtet. Als sie zur Wohnungstür kamen, musste er nicht anklopfen, denn sein Vater machte gleich auf, wie wenn er dahinter schon längst auf den Besuch gewartet hätte. Er war ein großer, kräftiger Mann etwas über sechzig, mit silbrigem Lockenhaar und einem kleinen weißen Bart auf der Oberlippe.

„Nur herein!", forderte er sie fröhlich auf. Mit dem schnellen Blick eines wahren Kenners von Frauenschönheit prüfte er Marthas Gesicht, das Haar, die reife, noch immer jugendlich wirkende Gestalt im Trachtenkleid.

Martha hatte aber auch seine Überraschung bemerkt. Statt des erwarteten jungen Dirndls stand eine Frau in den allerschönsten Jahren vor ihm. Damit sollten für sie alle eine Menge Schwierigkeiten beginnen.

„Konrad, willst du den Besuch auf der Türschwelle stehen lassen?", riss ihn eine etwas scharf klingende Frauenstimme aus seinen Betrachtungen.

Er besann sich auf seine Pflichten. „Meine Frau, Gretel", sagte er.

„Meine Mutter", ergänzte der Jürgen, wie wenn das noch nötig gewesen wäre.

Die beiden Frauen prüften einander und wollten es sich nicht anmerken lassen, aber vom ersten Augenblick an wusste die Martha, dass ihr Jürgens Mutter sehr kritisch gegenüberstand. Daran änderte es auch nichts, dass sie höflich sagte: „Ich bin schon neugierig gewesen, Sie kennen zu lernen. Mein Jürgen hat recht viel über Sie erzählt."

Aus diesen Worten konnte man einiges heraushören, nur wenig Herzlichkeit.

Bei vorzüglichem Kaffee und hausgemachtem Kuchen wurde die Stimmung mit der Zeit ein bissel besser. In erster Linie musste die Martha aus ihrem Leben erzählen, und sie verschwieg ganz bewusst nichts, was der Gretel Schwarz weniger taugen würde.

„Ihre Kinder?“, hakte die gleich ein.

„Drei: der Florian, die Burga und die Christina. Eigentlich sind sie gar keine Kinder mehr, mein Ältester ist heuer dreiundzwanzig geworden.“

Gretel und Konrad Schwarz fingen die Zahlen auf und warfen einander vielsagende Blicke zu. Man merkte ihnen an, wie sie nun rechneten, bis zumindest die Mutter zu dem Ergebnis kam: Älter als der Jürgen, für ihn also viel zu alt! Von dem Augenblick an erblickte sie allerdings in der Bergheim-Bäuerin kaum mehr eine Gefahr für ihren Sohn, denn üblicherweise sollte er eher eine um fünf Jahre jüngere als ältere Frau heiraten. Hingegen verlor sich der Schwarz-Vater in den Tagtraum, diese bildsaubere junge Frau würde sich an ihn schmiegen und sich von ihm busseln lassen. Auch wenn sie um einiges älter sein mochte als sein Sohn, war sie bestimmt um bald zwanzig Jahre jünger als er!

Es wurde somit noch ein unterhaltsamer Nachmittag. Die Gretel Schwarz erzählte heitere und ernste Begebenheiten aus ihrem Leben, von denen sie zu Fragen an die Martha überleitete: „Als Bauernwitwe haben Sie es bestimmt nicht leicht gehabt, aber auch ich habe nicht nur meinen Sohn großgezogen, die Familie versorgt und den Haushalt geführt, sondern viel im Geschäft mitgearbeitet. Dass der Betrieb heute so gut dasteht, darf ich zum Teil auch mir gutschreiben. Sie wissen: Buchhaltung, Kalkulation und so weiter. Vor allem mit dem Abschließen günstiger Verträge habe ich mir Verdienste erworben. Jeden Haken unter dem verlockendsten Köder, der möglicherweise dem Geschäft zum Verhängnis geworden wäre, hab ich gefunden. Mich kann niemand hinters Licht führen." Vertraulich neigte sie sich zur Martha und flüsterte ihr zu: „Sogar die tüchtigsten Männer tappen oft durch ihre Gutmütigkeit in primitivste Fallen hinein. Was dies betrifft, sind wir Frauen ihnen weit überlegen. Finden Sie das nicht auch, Frau Bergheim?"

Der Nachmittag endete zwar recht friedlich, aber ohne Höhepunkte und viel zu bald. Martha Bergheim erklärte nämlich ihren Gastgebern: „Bleib ich zu lang vom Hof weg, werde ich unruhig. Man kann nie wissen, ob beim Vieh alles in Ordnung geht und das Haus nicht am Ende gar in Flammen steht. Frau Schwarz, Sie wissen am besten, dass einem auch erwachsene Kinder noch immer genug Sorgen machen. Aber Ihr Sohn ist schon vierzig."

Seine Mutter warf lächelnd ein: „Die meisten Männer werden nie so ganz erwachsen. Vor allem die Verführung durch die Liebe macht sie immer wieder zu Narren." Vielleicht war es keine Absicht, dass bei diesen Worten ihre Blicke zwischen Mann und Sohn wechselten. „Sie haben Recht, Frau Bergheim, unsereins kommt sein Lebtag aus den Sorgen nicht heraus."

Es schien, als würden die beiden Frauen einander zuletzt noch gut verstehen. Beim Auseinandergehen versprach Martha das Wiederkommen, aber der Jürgen hatte dennoch begriffen, dass sie an diesem Nachmittag nicht unbedingt nur aus Sorge um den Hof so bald heimfahren wollte.

Auf dem Weg zum Autobus führten sie einander recht lieb an den Händen. Sie mussten eine Viertelstunde warten, also versuchte Jürgen noch eine halb scherzhaft, halb ernst klingende Andeutung von Heirat.

Martha antwortete ohne zu zögern: „Warum gibst du solche Gedanken noch immer nicht auf? Bisher haben wir kaum von Liebe, noch viel weniger vom Heiraten gesprochen, aber ich bin jede Stunde mit dir glücklich gewesen. Lassen wir es dabei."

„Deine Trauerjahre sind vorbei", erinnerte er sie. „Jetzt darf ich dir sagen, dass ich für dich viel mehr als Freundschaft fühle. Auch mehr als Liebelei! Martha, ich tät's mir so sehr wünschen und gebe die Hoffnung nicht auf, dass wir eines Tages für immer beisammen bleiben. Das bedeutet für mich auf die ganz altmodische Art: heiraten! Darum habe ich dich heute meinen Eltern vorgestellt."

Aus ihr brach alle Bitterkeit, die sich im Laufe dieses Nachmittags in ihr aufgestaut hatte: „Ich hab schon immer daran gezweifelt, ob wir miteinander glücklich hausen könnten. Seit heute bin ich überzeugt: Nie dürfte ich zu dir kommen! Man heiratet eben nicht nur einen Partner, sondern dessen ganze Familie dazu. Deine Mutter ist eine wunderbare und gescheite Frau, aber sie liebt dich und würde es mir nie verzeihen, falls ich dich ihr wegnehm. Wenn ich außerdem noch älter bin als du."

„Mein Vater bewundert dich!", versuchte er, ihr zum Abschied noch etwas Freundlicheres mitzugeben.

Vielleicht zu sehr! dachte sie, doch das sprach sie nicht aus.

Als er den Autobus kommen sah, baten seine Augen

flehend um ein liebes, ermutigendes Wort. Sie fand keines. In ihrer Verwirrung zog sie einen Ring von der rechten Hand. „Den kannst du ruhig nehmen. Er ist nur aus Altsilber und hat keinen großen Geldwert. Mir aber ist er lieb, denn er stammt noch von meiner Großmutter selig. Auf dem Sterbebett, kurz vor dem Auseinandergehen, hat sie ihn mir angesteckt und gesagt: ‚Damit du immer daran denkst, dass ich dich lieb gehabt habe.' Behalt jetzt du ihn, Jürgen, damit du weißt, dass ich dich lieb hab. Was immer auch geschieht."

„Martha!", rief er ihr nach und machte den Versuch, sie festzuhalten. Sie aber war schon in den Bus gestiegen. Der Chauffeur verstand nicht, warum sie ihn so anflehte: „Fahren Sie doch endlich los!"

Als sie im Autobus saß, atmete sie so erleichtert auf, als wäre sie einer Bedrohung entkommen, doch kaum war sie in Windeck ausgestiegen, fühlte sie sich vor Sehnsucht nach dem Jürgen schon wieder arm und beinahe unglücklich.

Unter der Woche arbeitete die Martha Bergheim auf ihrem Hof nicht weniger hart als ihre drei Dienstleute, die beiden Töchter und Florian, der nach ihr hoffentlich sehr bald der nächste Bauer werden sollte. Auch wenn sie vieles mit Hilfe der modernen Technik schneller schafften, kam in diesen Wochen beinahe mehr auf sie zu, als sie bewältigen konnten. Als die Christina einmal jammerte, sie würde von der schweren Rackerei bald einen runden Buckel bekommen, stimmte ihr die Burga zu und meinte: „Es gäbe genug Möglichkeiten, wirtschaftlicher zu arbeiten. Wir sollten uns halt noch ein paar Maschinen mehr anschaffen.“ Dann verriet sie zumindest im Tonfall, dass ihr schon einiger Tratsch zu Ohren gekommen war. „Vielleicht könnten wir sogar einen günstigen Rabatt bekommen.“

Die Mutter hörte solche Worte, ging aber auf die Anspielung nicht ein, sondern erwiderte ruhig: „Solange ich hier Bäuerin bin, bleibt der Hof ein landwirtschaftlicher Betrieb und wird keine Fabrik. Ich wollte den Gewinn auf keinen Fall mit Raubbau und Tierquälerei erhöhen. Burga, ich hoffe, du hast weder an Legebatterien noch an ähnliche Auswüchse der Massentierhaltung gedacht.“

„Selbstverständlich nicht“, murmelte die Tochter.

Florian hörte schweigend zu. Nun fragte er: „Mutter, fährst du mit mir auf dem Traktor? Wir sind zwar schon spät dran, aber bis zum Nachmittag habe ich die Wiese auf der anderen Seite vom Sölla-Bach gemäht. Hält das Wetter durch, so können wir schon morgen das erste Heu einfahren.“

Er fuhr den Traktor aus dem Maschinenschuppen. Die Martha half ihm noch, die Mähmaschine anzukuppeln, dann stemmte sie sich auf den metallenen Beifahrersitz. Um ihr die Fahrt über die Feldwege nicht beschwerlich zu machen, fuhr er langsam, bis sie lachend rief: „Wenn du weiterhin so schleichst, wird es Mittag, bevor wir mit der Arbeit überhaupt noch anfangen. Keine Angst, mich schmeißt nicht einmal ein störrisches Ross aus dem Sattel, schon gar nicht unser alter Traktor.“

Drei Stunden lang schnitt und breitete der Florian das würzige Gras am linken Ufer des Sölla-Bachs mit der Maschine, und die ganze Zeit über ging die Bäuerin hinterher, um mit dem Rechen nachzuarbeiten. Ihr war es um jeden Halm Leid, der sinnlos verdorben wäre. Sie konnte eben ihr Lebtag nicht mehr vergessen, wie Menschen und Vieh in Katastrophenzeiten nach dem Krieg vor Hunger beinahe starben.

Als der Florian den Motor endlich abstellte, um eine Rast einzulegen, holte die Martha vom Wagen den Korb. „Unsere Brotzeit haben wir uns ehrlich verdient", sagte sie und ließ sich mit leicht zittrigen Beinen auf den Feldrain nieder. „Brot, Speck, Wurst und dazu unseren Haustrunk. Nimm gleich den ersten Schluck, du musst durstig sein."

Während er zwei Brote über den ganzen Laib abschnitt, breitete sie ein Geschirrtuch im Gras aus und richtete darauf das Essen hübsch her. Dafür lobte er sie: „Mutter, du bist die Größte. Ich hätte doch wirklich auf die Brotzeit vergessen. Wenn ich am Arbeiten bin, gibt's für mich nichts anderes, aber jetzt ist der Hunger mit dem Essen gekommen."

Lächelnd erinnerte sie ihn: „Ohne sein Futtersackerl steht's auf die Dauer kein Ross durch, und nie zieht es den Wagen so gut, wie wenn es vom Stall her schon den Hafer riecht!"

Er saß im Gras und lehnte sich gegen einen Baumstamm, um sie beobachten zu können. Plötzlich sagte er, ohne seine Gedanken genauer zu verraten: „So müsst es allerweil bleiben, nichts dürft jemals anders werden. Warum kann das nicht sein?"

Die Bergheim-Mutter wurde hellhörig, und als sie in seinen Augen das ungewöhnliche Leuchten sah, warnte sie ein ungutes Gefühl vor Gefahr. Vorsichtshalber widersprach sie ihm recht barsch: „Was du wieder zusammenredest! Florian, grad du als Bauer musst wissen, dass nichts im Leben jemals stillsteht. Jedes Blümerl keimt, wächst, blüht und wird verblühen. So geht es mit allem her, das lebt."

Solche Worte machten ihn kein bissel einsichtig. Ohne längeres Herumreden verlangte er plötzlich: „Du darfst nie fortgehen! Als Bäuerin weißt du immer das Richtige und wirst es auch tun. Als Mutter bist du für … für uns wenigstens genauso wichtig. Du wachst darüber, dass niemand dem Vieh was antut, und so müsstest du jederzeit auch für uns da sein." Damit sie ihm darüber keine Fragen stellen konnte, zählte er eine Reihe von dringlichsten Problemen auf: „Die Burga hat sich ganz narrisch in einen jungen Bauern aus einem Nachbardorf verschaut. Den himmelt sie an, vergöttert ihn, auch wenn sie gar nicht weiß, ob ihn am End vielleicht ein Teufel zu ihr geschickt hat."

Die Bergheim-Mutter hatte über diese Liebesgeschichte schon einiges gehört, wollte aber aus vielen Gründen auf solche Ratscherei nicht achten. Deshalb wehrte sie auch jetzt den Florian ab: „Sag mir nicht weiter, was die Leute reden. Wenn mir die Burga was erzählen will, wird sie's tun, und nur das glaub ich. Außerdem ist sie zweiundzwanzig. In dem Alter hab ich schon dich in der Wiege liegen gehabt."

„Aber der Vater hat dich vorher als seine Frau auf den Hof gebracht!", schrie er ihr beinahe feindselig entgegen. Noch deutlicher wollte er nicht werden.

Um diese Aussprache abzubrechen, schloss sie: „Wenn es was Ernstes ist, wird die Burga von allein zu mir kommen und mir davon erzählen. Wenigstens eine Weile wart ich noch zu."

„Wenn's hoffentlich dann nicht zu spät ist!", hielt er ihr düster vor und ging zum nächsten Punkt über: „Weil du schon dabei bist, Ordnung in unser Familienleben zu bringen, solltest du auch mit der Christina reden. Die ist nämlich erst achtzehn und übermütig wie ein Fohlen. Ich hab ihr nicht nachspioniert, aber man liest es ihr an den Augen ab, dass sie einen Schatz hat."

Wie der Florian zu dieser Überzeugung gekommen sei, fragte sie nicht. Auch sie vermutete seit einiger Zeit, die Christina könnte sich verliebt haben, doch das wäre für ein achtzehnjähriges Dirndl nichts Ungewöhnliches. Näheres wusste sie darüber nicht, denn auch die jüngere Tochter hatte sich ihr mit keinem Wort anvertraut. Florians Vorhaltungen machten der Martha zumindest bewusst, dass sie sich um Christinas Schwierigkeiten kümmern müsste. Wenn sie es genauer überdachte, kam sie zu der Befürchtung, das Dirndl sei nicht vorbehaltlos glücklich. Anderenfalls wäre es zu ihr gekommen und hätte von der großen Liebe erzählt.

Mitten in ihre Gedanken sagte der Florian: „Mutter, ich denke, in diesem Haus hat beinahe jeder Schwierigkeiten, mit denen er allein nicht fertig wird!"

Florians Stimme war schärfer geworden. Auch die Bergheim Martha erkannte, dass sie sich wehren musste. „Woher nimmst akkurat du alle diese Weisheiten?"

„Das muss man doch sehen und fühlen! Auch wenn es einen nicht selbst betrifft." Ohne es auszusprechen, warf er ihr somit vor, sie habe nur deshalb nichts gesehen, gehört und gefühlt, weil sie mit ihren eigenen Problemen zu sehr beschäftigt gewesen sei. Damit machte er ihr ein schlechtes Gewissen, und in der Bergheim-Mutter erstarkten Schuldgefühle.

Es traf ihn allerdings peinlich, dass sie einige Tage später mit ihm ausgerechnet über seine Gefühlswelt reden wollte.

Bürgermeister Kurt Hofner plante, einige Wirtschaftsgründe am Ortsrand von Windeck in Bauland umzuwidmen. Darüber wollte er mit möglichst vielen Leuten reden, um im Falle eines Misslingens seiner Absichten die Schuld weit streuen zu können. Durch einen Anschlag am schwarzen Brett der Gemeinde lud er alle interessierten Mitbürger, vor allem Bauern, für den kommenden Mittwoch zu einer Besprechung ein.

„So spät? Um acht am Abend beim Hellriegel-Wirt“, grollte ihm der Florian, „da muss er sich nicht wundern, wenn die Auswärtigen nicht mehr nach Windeck gehen. Von der Arbeit her sind die Leute nach Feierabend längst müd. Aber vielleicht will er auch gar nicht, dass zu viele dabei sind, die ihm widersprechen könnten.“

Die Martha überlegte anders: „Setzt er die Besprechung früher an, so gehen die meisten erst gar nicht von der Arbeit weg. Ich find's auch gut, dass mir noch genug Zeit fürs Umziehen bleibt, denn in Arbeitshosen werd ich mich auch nicht ins Wirtshaus setzen.“

„Alsdann nehm ich halt mein Sonntagsgewand, damit man mir ansieht, dass ich auf dem Bergheim-Hof kein Knechtl bin“, scherzte er, um auf diese Weise festzustellen, dass er sie begleiten werde.

Das fand die Mutter aus einem Grund, den sie nicht verraten wollte, gar nicht so günstig, aber der Florian beachtete ihr Zögern nicht, sondern blieb dabei, dass es für sie gefährlich sei, nachts auf dem Uferweg allein heimzugehen. Sie wandte nur zögernd ein: „Ich kenn da jeden Schritt, trink in der ‚Goldenen Krone' höchstens ein Achtel Roten und werde bestimmt nicht ins Wasser fallen."

Der Florian blieb dabei: „Es gibt nachts genug andere Gefahren. Was ich weiß, treibt sich der Sittenstrolch immer noch in unserer Gegend herum."

„Was ich weiß, belästigt er immer nur junge Dirndln oder Fremde", wollte sie die Rede darüber ein bissel gaudig entschärfen und beenden.

Er blieb uneinsichtig. „Was die Polizei weiß, hat er sogar ein Liebespaar überfallen!"

Die Martha fühlte, wie ihre Geduld zu Ende ging und gab rechtzeitig ihren Widerstand auf. „Meinetwegen, komm halt mit und überzeug dich davon, dass ich nicht auf den Kirchberg gehen und auch auf keiner anderen Bank busseln werde!"

Zwar lachte der Florian zu diesem offenen Vorwurf wie zu einem guten Scherz, aber in Wahrheit ärgerte es ihn, dass sie ihn durchschaut hatte. Um sechs war er mit der Arbeit fertig, stellte sich unter die Dusche und seifte sich ein, bis er kein bissel mehr nach Stall roch. In der schwarzen Hose und dem Gamsfrackl fand er sich recht pfundig, zum weißen Hemd trug er ein rotes Halstuch. So schaute halt der Jungbauer von einem stattlichen Hof aus!

Als er in der Stube auf die Mutter traf, verschlug es ihm beinahe den Atem. In diesem Dirndlkleid hatte er sie noch nie gesehen, denn das war bis vor wenigen Tagen noch im Schaufenster vom Köhler-Laden gelegen. Florian erinnerte sich, er hatte gemeint, es würde zu ihrer Haarfarbe passen, aber sie winkte ihm ab: „Viel zu jugendlich für mich, und ein so tief ausgeschnittenes Mieder könnt ich nie tragen."

Nun trug sie es, allerdings mit einem seidenen Busentüchl. Sie erkannte in seinen Blicken neben Bewunderung auch Ärger. Beides fand sie für unpassend.

„Gehen wir!" befahl sie ihm daher in mütterlich strengem Ton, und der Burga schärfte sie zuletzt noch ein: „Ihr bleibt daheim. Auch kein Spaziergang ein Stück in den Wald. Erst vorhin hat mich euer Bruder vor dem Sittenstrolch gewarnt, der sich möglicherweise noch immer in unserer Gegend herumtreibt. Er ist besonders hinter jungen Dirndln her!"

Christina rächte sich für das Ausgehverbot mit den spöttisch besorgt klingenden Worten: „Pass halt gut auf dich auf, Mutter!"

Das sollte für die Bergheim Martha an diesem Abend nicht der einzige Ärger bleiben. Unterwegs bemühte sich der Florian, sie vor jeder Gefahr zu beschützen. Er warnte sie bei schroffen Felszacken, die man in der abendlichen Dämmerung leicht übersehen konnte. Wo die Gösing beim letzten Hochwasser das Ufer möglicherweise unterwaschen hatte, nahm er seine Mutter am Arm und führte sie rasch über die gefährliche Strecke. Bei der Gedenktafel für seinen ertrunkenen Vater redete er eifrig auf sie ein, damit sie erst gar keinen traurigen Gedanken fassen sollte. Dadurch fand sie allerdings auch keine Möglichkeit, mit ihm zu besprechen, was sie sich für diese Stunde vorgenommen hatte.

Als die ersten Lichter von Windeck sah sie die Lampenreihe, die den Weg zum Kirchberg hinauf erhellte.

Aus Gründen der Sparsamkeit ließ der Bürgermeister Kurt Hofner sie in den warmen Monaten nur bis zehn Uhr eingeschaltet. Im Winter blieb die Beleuchtung bis Mitternacht, damit niemand bei Glatteis verunglückte. Außerdem gab es bei Frost auf den Bänken ohnehin kein verliebtes Treiben.

Vor dem Gasthaus „Zur goldenen Krone“ standen Leute schon in Gruppen beisammen und führten ziemlich leidenschaftlich ins Treffen, was für oder gegen die Umwidmung von Grünflächen in Bauland sprach. Florian meinte: „Du siehst, Mutter, die können miteinander nicht einmal anständig ruhig reden, erst recht nicht sich auf etwas einigen. Daran wird sich während der nächsten Stunde nicht viel ändern. Also könnten wir ebenso gut wieder gleich heimgehen.“

„Martha Bergheim!“, rief im nächsten Augenblick der Bürgermeister Kurt Hofner, kam auf sie zu und ergriff ihre beiden Hände. „Wenigstens eine Stimme der Vernunft! Du wirst mich verstehen, mir beipflichten und die vernagelten Dickschädel wenigstens zum Zuhören bringen!“ Er ging auch auf den Florian zu: „Da schau ich ja: Unser junger Bergheim-Bauer! Recht so, die Jugend muss sich für Politik interessieren, eingreifen und auf den Höfen alles besser machen als wir Alten!“

Der Florian wehrte bescheiden ab: „Unseren Hof führt immer noch die Mutter, denn es gibt niemand Besseren.“

So viel Selbstverleugnung ließ der Kurt Hofner nicht gelten. Mit seiner folgenden wohlgemeinten Rede machte er sich den Florian zum Feind, denn er legte den Arm um Marthas Schultern und protestierte:

„Florian Bergheim, so was will ich erst gar nicht hören. Die Jugend soll unbedingt beweisen, dass sie wenigstens ebenso tüchtig ist wie die vorige Generation. Sobald du aber eine bildsaubere tüchtige Bäuerin zum Traualtar führst, hol ich mir deine Mutter ins Haus, bevor du noch deiner jungen Frau das erste Kind machst. Oder meinst du, ich wollt meine Hochzeitsnacht mit einer Großmutter im Bett feiern?"

Am Stammtisch in der „Krone" erzielte er mit genau diesem Witz immer noch die meisten Lacher, doch der Florian blieb kalt und ohne auch nur ein Lächeln. Gerade als der Kurt Hofner erkannte, dass er wieder einmal etwas Unpassendes gesagt haben könnte, holte ihn seine Gemeindeschreiberin, die Resa Tiewald: „Herr Bürgermeister, Sie müssen bald anfangen. Die Leute im Saal werden ungeduldig." Offiziell redete sie ihn noch immer mit Sie an, privat zischte sie ihm eher giftig zu: „Bärli, der Bergheim musst du gar nicht so schöntun, die hat schon einen, der drinnen auf sie wartet!"

Die Martha ließ sich mit dem Florian von den Leuten durchs Vorhaus drängen. Im Saal wählte sie einen der hinteren Plätze, denn sie wollte nicht Gefahr laufen, dass sie der Hofner-Bürgermeister für seine politischen Absichten einspannte. Sehr bald dämpfte man die Saalbeleuchtung auf die Hälfte ab, so dass nur dämmriges Licht herrschte. Darum fiel es der Martha einige Zeit nicht auf, dass zwei Männeraugen sie scharf beobachteten. Erst der Florian fragte argwöhnisch: „Mutter, sag, kennst du den Kerl, der dich so frech anstarrt, wie wenn er was gegen dich hätte?"

Sie meinte noch, er würde sich wieder einmal aus Eifersucht etwas zusammenspinnen, denn er wurde leicht gegen jeden feindselig, der sich für sie auch nur ein bissel interessierte. Als sie nach einer Weile doch unauffällig der Richtung seiner Blicke folgte, fühlte sie plötzlich ihr Blut erstarren, denn sie erkannte, dass nun doch geschehen war, was sie befürchtet hatte.

Bürgermeister Kurt Hofner deutete soeben in leicht drohendem Ton an, notfalls könnten Grundstücke auch gegen den Willen ihrer Besitzer von Grünflächen in Bauland oder auch in die andere Richtung umgewidmet werden. Öffentliches Interesse zählte halt noch immer mehr als privates. Ob das nun gesetzlich richtig war, wollte die Bergheim Martha erst gar nicht ergründen. Sie nützte den entstehenden Wirbel, um Florian bei der Hand zu nehmen und mit sich aus dem Saal zu ziehen. Im Freien drängte sie ihn zu dem Weg hin, der auf den Kirchberg führte, und wo nun keine öffentlichen Laternen mehr brannten. Nur einmal schaute sie sich um, und da sah sie auf dem Hauptplatz bei der Schandsäule einen, der vergeblich nach ihr Ausschau hielt. Um nicht noch mehr aufzufallen, zog sie ihren Sohn zur ersten Bank und setzte sich mit ihm.

„Warum?“, fragte der Florian nach einer Weile.

„Darum!“, fauchte sie zornig. Hätte er sich nicht unbedingt an ihre Kittelfalte hängen und sie bewachen wollen, so wäre ihr dieses lächerliche Davonlaufen erspart geblieben! Das jedoch nahm sie noch eher auf sich, als dass der Florian und der Jürgen einander zum ungünstigsten Zeitpunkt kennen gelernt hätten. Beim letzten Beisammensein in Langen war sie vom Jürgen zwar nicht eben in voller Harmonie fortgegangen, aber der hätte sie vor ihrem erwachsenen Sohn bestimmt nicht bloßgestellt. Was den Florian betraf, konnte sie nicht ebenso viel Rücksichtnahme erwarten. Deshalb hielt sie dieses etwas unwürdige Versteckspiel noch immer für am vernünftigsten. Wenn sie in ein, zwei Wochen wieder mit dem Jürgen zusammenkommen würde, konnte sie ihm eher in Ruhe erklären, warum sie zu Florian nicht einfach sagen konnte: ‚Das ist Jürgen Schwarz, der Mann, den ich liebe und den ich nach eurem Vater eines Tages vielleicht sogar heiraten werde. Vielleicht. Vielleicht auch nicht!‘ Wie hätte das ihr dreiundzwanzigjähriger Sohn binnen weniger Minuten begreifen sollen, ohne in einen Anfall von Eifersucht auszubrechen?

Ein unbeweibter Spaziergänger ging langsam den Weg auf den Kirchberg hinauf und schaute aus den Augenwinkeln auf das regungslos sitzende Paar. Nachdem er außer Hörweite gekommen war, lachte der Florian leise und beinahe stolz auf. „Der hat uns für ein Liebespaar gehalten“, flüsterte er.

Martha erkannte, dass es hoch an der Zeit wäre, ihren Sohn aus gefährlichen Tagträumen zu wecken. „Wir sollten wie ein Liebespaar aussehen?“, spottete sie lachend. „Was du dir wieder einmal einbildest! Ein Bursch, noch grün und nass hinter den Ohren, mit einer viel älteren Frau, die seine Mutter ist! Mach dich nicht lächerlich!“

Diese kalte Dusche ernüchterte und verletzte ihn so sehr, dass er auf dem Heimweg wie ein geprügelter Hund zwei Schritte hinter ihr nachtrottete. Nur einmal schaute sie sich nach ihm um. Das geschah etwa an der Stelle, wo sein Vater im Fluss ertrunken war. Sie wollte ihm sogar ein paar mütterlich liebe, tröstende und vernünftige Worte sagen, doch da begegnete sie seinem Blick voll Geringschätzung, Feindseligkeit und Schmerzen. Für Sekunden fürchtete sie beinahe, er könnte sie in einem plötzlich aufwallenden Wutanfall packen und in das dunkle Wasser der Gösing werfen. Außer ihrer Angst fühlte sie aber auch ein Gefühl der Rührung: Noch nie war sie so innig und selbstlos geliebt worden. Armer Florian!

Sie hielt an, bis er mit ihr auf gleicher Höhe war, dann bat sie: „Gib mir deine Hand, Bub. Schön, dass du mit mir kommst, denn allein hätte ich manchmal auf meinem Weg Angst!"

Der Bergheim-Hof stand in der Au, von Wiesen umgeben, breit und behäbig, wie für alle Ewigkeit gebaut. An drei Seiten umschlossen dichte Wälder die Wirtschaftsgründe, an der vierten, die sanft zum Gösing-Fluss abfiel, reckten Weiden ihre verkrüppelt knorrigen Äste zum Himmel, als ob sie schon Jahrhunderte alt gewesen wären. Ungezählte Jahre mit Eis, Schnee, Sonnenhitze und Stürmen konnten ihnen nichts anhaben. Beim Wasser hatte einen Baum jedoch der Blitz gespaltet und das Holz bis zu den Wurzeln verkohlt, aber aus dem toten war ein neuer Spross gewachsen. Krumm und armselig schaute er schon in den ersten Jahren aus, doch er wuchs weiter und kämpfte sich zum Leben durch.

Martha Bergheim wirtschaftete so klug, dass der Hof, den ihr der Martin nach seinem tragischen Tod im Fluss hinterlassen hatte, auch während schwerer Zeiten niemals in Gefahr geriet. Sie, ihre drei Kinder und die drei Dienstleute mussten sich deshalb um die

Zukunft keine Sorgen machen, sie lebten ruhig und sicher, also glücklich.

Nur manchmal zeigten sich doch im Glück Risse.

Auch wenn sich die Martha stark und kein bisschen müde fühlte, wusste sie als Bäuerin wie als Mutter, dass es für sie an der Zeit war, langsam aus der ersten Reihe zurückzutreten, damit ihr Sohn jenen Platz einnehmen könnte, der ihm durch seine Geburt und dank seiner Fähigkeiten zustand: als Erstgeborenem und als heranwachsendem Mann. Nicht selten erinnerte sie ihn daran, doch immer gab er ihr ausweichende Antworten, die sie nicht gelten lassen durfte.

Nach Feierabend saß sie gern auf der Bank im Obstgarten. Selten dauerte es lang, bis ihr der Florian nachkam und sich zu ihr setzte.

„Es ist ein guter Tag gewesen", sagte er und atmete tief die köstlich milde Abendluft ein. „Das Wetter hat durchgehalten, die Arbeit ist getan. Wir können zufrieden sein und ..."

„Und glücklich?", setzte die Martha seine Rede mit ihrer Frage nicht ganz so fort, wie er das gewollt hätte. Diesmal blieb sie bei dem Vorsatz, mit ihrem Sohn auch über das zu reden, was er nicht so gern hören wollte, sie aber für sehr wichtig hielt.

Er durchschaute ihre Absicht und versuchte noch einmal auszuweichen: „Rundum glücklich!", betonte er, auch wenn er wusste, dass sie sich damit nicht zufrieden geben werde.

„Im Augenblick", schränkte sie ein. „Florian, du bist nach deinem Vater der nächste Bergheim-Bauer. Niemand in Windeck versteht, warum du deine Pflichten und Rechte bisher nicht antreten willst. Niemand!“ Leise, so dass er sie kaum verstehen konnte, fügte sie hinzu: „Außer mir.“

„Und warum, meinst du?“ Bevor sie darauf noch etwas sagen musste, gab er sich selbst eine Antwort, die ihm taugte: „Ich lebe hier in der Einschicht, von der Welt abgeschlossen, aber ich fürchte nicht, etwas Großartiges zu versäumen. Mir geht es nur um den Hof.“

Beinahe war sie überzeugt, er glaube selbst nicht an diese Worte, aber mit einem fragenden Blick forderte sie ihn zum Weiterreden auf. Er suchte nach einer vernünftigen Erklärung, bis er sagte: „Dass der Hof so gut dasteht, liegt nicht zuletzt daran, dass ihn über Generationen immer die Besten geführt haben. Ich bin und bleibe bei der Überzeugung, jetzt könntest nur du das sein: die Bäuerin vom Bergheim-Hof!“

Beinahe wäre sie dem Klang seiner weichen, zärtlichen Stimme und dem ehrlich gemeinten Lob erlegen, doch sie zwang sich, diesmal ihrer Überzeugung treu zu bleiben: „Nach dem Vater folgt der Sohn. Du hast alle Voraussetzungen, der zu werden, für den dich dein Vater schon immer angesehen hat, und auch ich bin mir ganz sicher: Nach der Bäuerin vom Bergheim-Hof muss der junge Bergheim-Bauer kommen!“

„Nein, so ist das nicht!“, begehrte er geradezu verzweifelt auf. „Ich will's einfach nicht!“

So schwer hatte sie sich diese Aussprache nicht vorgestellt. Eine ganze Weile noch redete sie erfolglos auf ihn ein, bis sie ihre Selbstbeherrschung verlor und hart verlangte: „Kein Herumreden, bitte ich mir aus! Sag mir ehrlich, warum du nicht der Bauer werden willst!“

Noch einmal zögerte er ein paar Sekunden lang,

dann gestand er ihr ebenso mitleidlos die Wahrheit: „Ich hab bei der Versammlung in Windeck einen Mann gesehen, der entschlossen ist, dich von hier fortzuholen. Für den zählt unsere Familie nichts, noch viel weniger der Bergheim-Hof. Für den ist nur eines wichtig: dass er dich kriegt! Ihm bedeutet es nicht einmal etwas, wenn du vielleicht für ein, zwei Jahre glücklich, aber dafür den Rest deines Lebens todunglücklich sein wirst!"

Martha musste einsehen, dass weiteres Herumreden sinnlos und Leugnen unglaubwürdig gewesen wäre. „Was weißt schon du von ihm?", nahm sie daher den offenen Kampf auf. „Tratscht man in Windeck über mich? Vielleicht sogar schon auf dem Hof? Dann ist es um so wichtiger, dass du der Bauer wirst und ich von hier fortgehen kann."

Florian wich alles Blut aus dem Gesicht. Seine Lippen wurden schmal und hart. Er bewegte sie kaum, als er sagte: „Du darfst und kannst nicht einfach von hier weglaufen wie eine Magd zu Maria Lichtmess!"

„Ich liebe ihn", unterbrach sie ihn. „Tut mir Leid, dass du's von Fremden erfahren hast. Wahrscheinlich mit wenig schönen Worten, aber wir müssen uns nichts vorwerfen, der Jürgen und ich. Als Bauernwitwe darf ich nach der Trauerzeit vom Hof wegheiraten, ohne dass mir jemand etwas Schlechtes nachsagen kann."

„Und als Mutter!", schrie er ihr plötzlich entgegen. „Du meinst, er braucht dich mehr als wir?"

„Er liebt mich, wir werden uns ein neues Leben aufbauen!" Marthas Worte klangen nicht mehr so überzeugt und überzeugend.

Das merkte auch der Florian. Er versuchte darum nicht weiter, sie mit Vorwürfen zu zwingen, sondern wollte sie mit Bitten gewinnen. „Wir lieben dich, Mutter! Wir brauchen dich! Ohne dich wird alles hier zerbrechen: Ich könnte vielleicht den Hof einigermaßen erfolgreich bewirtschaften, aber ich schaffe es wahrscheinlich nicht, unsere Dienstleute so gut zu führen wie du. Ich will gar nicht von mir und meinen Gefühlen sprechen. Mutter, nur auf dich werden die Burga und die Christina hören! Ohne deine Hilfe rennen beide blind ins Verderben."

Martha fror plötzlich aus Angst, um sie wurde es kalt, denn sie hörte aus Florians Stimme, dass er keinen Ausweg mehr sehen würde, weder für sich noch für seine beiden Schwestern. Ohne den Schock, sie wollte eines Tages, vielleicht sogar sehr bald, aus dem Haus gehen, hätte sie ihn wahrscheinlich noch lang nicht zum Sprechen gebracht. „Was ist mit unserer Burga?", fragte sie und kriegte kaum genug Luft zum Atmen, als würgte sie das Schicksal plötzlich mit einer Schlinge, aus der es keine Flucht gab.

Als der Florian merkte, was er ihr mit seinen Worten angetan hatte, brach seine Bereitschaft zum Kämpfen zusammen, und er wollte sie nur noch beruhigen. „Nichts, Mutter, überhaupt nichts Arges." Doch plötzlich erkannte er eine Möglichkeit, wie er sie noch lang auf dem Hof halten könnte: Einfach mit der Wahrheit! Nach ein paar tiefen Atemzügen hatte er sich beruhigt und zählte auf, was die beiden Mägde an Tratsch aus Windeck auf den Hof gebracht hatten: „Burga liebt einen jungen Bauern von einem Dorf im Flachland. Sie träumt von der ewigen Liebe und dem großen Glück. Was man darüber hinter der vorgehaltenen Hand flüstert, hören viele, nur selten die eine, die es angeht. Die Burga hasst jeden, der auch nur den geringsten Zweifel an ihrem künftigen Glück wagt. Sie ist keineswegs so stark, wie sie sich gibt. Im Augenblick würde ich es nicht wagen, ihren Traum zu zerstören, aber eines Tages wird der Himmel über ihr von allein zusammenbrechen." Er senkte die Stimme zu einem Flüstern ab: „Ich fürchte, sie sollte dann nicht mehr allein an der Stelle vorbeigehen dürfen, wo der Vater ertrunken ist. Nur du könntest sie noch sicher am Abgrund vorbeiführen!"

Spätestens jetzt erwachte in Martha von neuem der Verdacht, der Florian habe das Problem nur erfunden, damit sie es nicht mehr wagen würde, von der Familie fortzugehen. Möglicherweise schilderte er aus diesem Grund kaum bedeutende Schwierigkeiten in ihrer Liebe so übertrieben. „Selbstmord, die Burga?" Dieses gesunde, lebenslustige, eher starke Dirndl? Die Martha Bergheim fühlte sich schon erleichtert, nur noch zur Sicherheit entschied sie: „Jedenfalls werde ich mit ihr reden."

Nachdem der Florian einen Teil seiner Sorgen der Mutter hatte anvertrauen und auflasten können, fühlte er sich etwas besser, aber er litt unter noch einem Problem, über das er auch mit ihr nicht sprechen konnte. Darum lenkte er ihre Aufmerksamkeit noch einmal von sich ab: „Wenn du meinst, Mutter, du könntest alle Schwierigkeiten mit einem Gespräch unter vier Augen regeln, solltest du auf jeden Fall noch mit der Christina reden, bevor es zu spät ist."

„Mit der Christina?" Sie glaubte das lebensfrohe

Dirndl nicht in ernsten Gefahren, sondern vergewisserte sich beinahe scherzend: „Vielleicht auch eine, die aus Liebeskummer ins Wasser gehen will?"

Florians Miene verdüsterte sich noch mehr. „Die noch eher als unsere Burga. Bald himmelhoch jauchzend, dann wieder zu Tode verzweifelt. Die genaueren Umstände kenn ich nicht, sondern ich weiß nur so viel: Sie ist einem Mann geradezu hilflos verfallen, einem Einschichtbauern, beinahe zweimal so alt wie sie. Einem, der für Dirndln weniger mitleidig fühlt als fürs Vieh."

Auch wenn sich die Martha Bergheim nun doch wehrte, ringsum nur das Böse zu sehen und noch lang nicht an die drohende Gefahr von zwei Selbstmorden in der Gösing glaubte, wurde ihr eines klar: Im Augenblick durfte sie nicht daran denken, vom Bergheim-Hof und seinen Menschen fortzugehen.

Niemand in ihrer Familie ahnte, wie schwer es für sie war, den Jürgen Schwarz glaubhaft davon zu überzeugen, warum sie in der nächsten Zeit nur noch seltener zusammentreffen könnten. „Ich muss meinen Dirndln mehr als bisher helfen!", versuchte sie ihm zu erklären. „Vielleicht kann ich dazu beitragen, dass ihnen zu viele Tränen erspart bleiben. Gelingt mir das nicht, so muss ich erst recht noch größeres Unglück verhüten."

„Und dafür auf unser Glück verzichten?", warf er ihr bitter vor.

„Nicht verzichten, Jürgen, nur noch ein bissel zuwarten, damit wir dann mit gutem Gewissen glücklich werden. Bitte, glaub daran, dass ich dich wirklich lieb hab."

„Das weiß ich doch", gestand er ihr zu, aber im selben Atemzug meldete er Zweifel an: „Martha, frag dich und antworte dir ehrlich: Ist dein so wechselhaftes, unsicheres Liebhaben eine Liebe, die lebenslang halten wird?"

„Wer kann das jemals wissen?", fragte sie, denn sein Schwarzsehen hatte auch sie schon unsicher gemacht. „Ich jedenfalls glaube daran. Jürgen, mach mir nicht alles noch viel schwerer, sondern vertrau mir!"

Sie busselte ihn verzweifelt zärtlich, bis auch er wieder an eine glückliche gemeinsame Zukunft glaubte. Vom Wissen aus Überzeugung blieb er jedoch weit entfernt.

Besonders schwer machte es ihr die Burga, an sie heranzukommen. Als die merkte, worauf die Mutter in ihrem ‚kleinen Gespräch von Frau zu Frau' hinzielte, war es für sie zu spät, mit der Ausrede auf eine dringende Arbeit davonzulaufen. Sie setzten sich in die Laube. Burga beschränkte sich nicht auf Verteidigung, sondern kündigte gleich den Gegenangriff an: „Ich merk's, worüber du mit mir reden willst, aber ich fürchte, dabei wird nichts Gescheites herauskommen."

Damit die Aussprache nicht schon von vornherein scheitern sollte, bevor sie überhaupt begonnen hatte, überhörte die Martha den feindseligen Ton ihrer Tochter und fragte lächelnd: „Traust du mir nicht zu, dass ich dich verstehen könnte? Für mich ist es noch gar nicht so unendlich lang her, dass ich mit euerem Vater Pläne fürs ganze Leben geschmiedet habe. Auch wir haben viele Schwierigkeiten überwinden müssen und es miteinander immer wieder geschafft. Zuletzt hat er noch genug Kraft gehabt, ein Büberl aus der Gösing zu retten. Um sich selbst zu retten, hat sie nicht mehr gereicht."

„Was willst du damit sagen?" Burgas Frage klang so hart, dass man kaum die Bereitschaft zu einem offenen Gespräch erwarten durfte.

Die Martha zwang sich, ruhig zu bleiben. „Ich will damit nur sagen, dass man vorsichtig sein und einem Unglück am besten schon begegnen sollte, bevor es geschehen ist."

Noch antwortete ihr die Burga und hielt es nicht für notwendig, feindselig um sich zu schlagen. Sie fragte sogar mit einem kleinen Lächeln: „Mutter, hättest du auf Vaters Liebe verzichtet, wäre dir bewusst gewesen, welches Leid er dir mit seinem Tod antun würde?"

Martha fand diesen Vergleich für unsinnig. „Dein Vater ist an seinem Tod nicht schuld gewesen. Er hat niemanden kränken wollen, sondern sein Leben für ein anderes hingegeben. Ich frage dich ganz anders: Warum hast du versucht, mir deine Liebe zu ..."

„Zu Andreas Wolf, einem jungen Bauern!", ergänzte Burga stolz. An ihrer spröd klingenden Stimme erkannte man, dass sie entschlossen war, diese Liebe um jeden Preis zu verteidigen. Auch wenn sie dabei anderen Menschen wehtun müsste.

Ihre Mutter beachtete den drohenden Ton nicht, sondern forschte behutsam weiter: „Einen Andreas Wolf kenne ich nicht. Ein Auswärtiger?"

„Er ist nicht aus unserer Gegend, nicht aus Windeck, sondern aus einem der umliegenden Dörfer." Genauere Angaben machte sie nicht mehr, womit sie andeutete, sie wolle nun dieses Gespräch „von Frau zu Frau“ beenden.

Somit aber hakte die Mutter erst ein: „Weißt du von ihm nicht mehr, als dass er Bauer in einem der nächsten Dörfer ist? Nichts von seinem Leben? Von seiner Familie?“

Die Burga stand brüsk auf. „Seine Eltern leben, sein Hof ist noch nicht abgebrannt und er wird nicht abhausen. Genau das langt. Wir werden miteinander glücklich und unzertrennlich leben, auch wenn das manchen vielleicht nicht taugen wird.“

„Sagst du das?“

„Sagt der Andreas!“

Somit hatte die Bergheim-Mutter das günstigste Stichwort erhalten: „Sagt nur er! Du kennst seine Eltern nicht und bist noch nie auf seinem Hof gewesen, aber du denkst schon ernsthaft ans Heiraten? Burga, ich halte das zumindest für eine unvorsichtige, weltfremde Träumerei. Geht es um das Lebensglück, dürftest du niemandem blind vertrauen.“

„Ich liebe ihn und vertraue ihm!“, lehnte sich die Burga nun schon geradezu ungebührlich zornig gegen ihre Mutter auf. „Meinst du vielleicht, ich sollte ihm nachspionieren?“

„Spionieren ist ein grausliches Wort“, gestand ihr die Mutter zu, „aber an deiner Stelle wäre ich ruhiger, könnte ich für dich einmal in sein Dorf fahren und mich über ihn erkundigen. Sieh doch ein, dass ich es gut meine und dir nur helfen will!“

„Helfen!“, schrie die Burga plötzlich auf, und die Angst um ihr Glück mit dem Andreas Wolf ließ sie alles vergessen, sogar die Liebe zur Mutter. In diesem

Augenblick wollte sie ihr sogar ganz bewusst wehtun und warf ihr gehässig vor: „Ich weiß, du bist wunderbar und unfehlbar! Du mischst dich in unser Leben, indem du vorgibst, du könntest helfen. Aber wem hast du schon wirklich geholfen? Niemandem! Sogar wie unser Vater im Fluss um sein Leben gekämpft hat, hast du ihm nur vom sicheren Ufer aus die Hand entgegengestreckt! Großartig opferbereit!"

Martha Bergheim erstarrte, brachte kein Wort mehr über die Lippen. Totenbleich verließ sie die Laube und wusste später nicht, wie sie ins Freie gekommen war. Erst ein Weinkrampf erlöste sie von den schmerzhaften Verspannungen. Aus Verzweiflung beschloss sie, der Burga nie wieder zu helfen.

In der folgenden Nacht fand sie keine Stunde Schlaf. Versank sie doch in ein Dahindämmern, schreckte sie durch die Kälte des Gösing-Flusses auf, in dem sie zu ertrinken drohte. Aus eigener Kraft konnte sie nicht mehr den Wirbeln entkommen, die sie immer tiefer ins Verhängnis zogen. Sie quälte sich und brachte doch keinen Hilfeschrei über die Lippen. Darum stand niemand bereit, ihr eine helfende Hand zu reichen.

Unsicher wie nach einer durchzechten Nacht tastete sie sich durchs Haus und musste sich zwingen, ihren gewohnten Pflichten als Bäuerin nachzukommen. Nach dem Frühstück teilte sie den drei Dienstleuten Arbeit zu: Die Erika und der Franz sollten auf dem großen Oberboden der Tenne das Heu umschichten. Franz, dem Laithofer-Knecht, taugte diese Einteilung überhaupt nicht, er wäre lieber mit der jüngeren Magd vom Hof, der Greindl Irene, ins Heu gegangen. Wieder bewährte sich die Bergheim Martha als Menschenkennerin und umsichtige Bäuerin, denn sie deutete das stumme Flehen in den Augen der Irene richtig und blieb bei ihrer Entscheidung. „Reni, du melkst die Kühe."

Ohne die Hilfe von elektrischen Maschinen war dies eine mühselige, ungeliebte Knochenarbeit, aber das Dirndl dankte ihr mit einem Blick.

Die Bauerntöchter Burga und Christina kannten ihren Arbeitsbereich ohnehin, der Florian wollte sich in Windeck mit einem Viehhändler treffen. Er schreckte ein bissel zusammen, als ihm die Irene im Kuhstall den Weg verstellte. Er war schon ziemlich in Eile und fragte unwillig: „Was hat's, Reni, kommst du mit der gescheckten Liesl nicht zurecht? Die muss einer beim Melken derb angepackt haben, darum macht sie halt jetzt manchmal Schwierigkeiten. Ein Tier bockt nie grundlos gegen Menschen auf."

Die Reni hörte aus seinen Worten einen Vorwurf und verteidigte sich: „Gar nicht, Florian!" Er war eben noch nicht der Bauer, also durfte sie ihn mit dem Vornamen anreden. „Ich hab ihr nie wehgetan, alsdann wehrt sie sich auch nicht gegen mich."

„Was willst du nachher von mir? Ich hab's eilig!", knurrte er sie unfreundlich an.

Vor Befangenheit ein bissel stotternd, fragte sie: „Wirst du dem Viehhändler was verkaufen?"

Dass sie an den Tieren, die sie pflegte und versorgte, mit einem großen Stück von ihrem Herzen hing, gefiel ihm. Darum war er froh, ihr sagen zu können: „Um diese Jahreszeit sollt ich dem was verkaufen? Bestimmt nicht. Keine Angst, Reni, der Schlachter kriegt noch nichts. Im Gegenteil, ich kauf Zuchtkühe dazu."

Er sah ihre Augen fröhlich aufleuchten, machte sich aber nicht lang Gedanken über das Dirndl, denn die Mutter wartete schon beim Hoftor auf ihn.

Am helllichten Tag hatte der Weg entlang der Gösing nichts Unheimliches. Bäume und Buschwerk spiegelten sich im dunklen Wasser, so dass es undurchsichtig und dunkelgrün wurde. Wo später die Felswände an beide Ufer näher rückten, wechselte es die Farbe ins beinahe Schwarzgrüne. Die Martha ging wortkarg neben ihrem Sohn her. Einmal versuchte er, ein Gespräch anzufangen, doch sie antwortete so knapp, dass er seine Bemühungen bald wieder aufgab.

Vor dem Gasthof „Zur goldenen Krone" sagte er: „Hier treff ich den Merzer Sepp. Ich stell mir vor, in spätestens einer Stunde sind wir uns einig geworden." Indem er sich bemühte, keine Erregung merken zu lassen, fragte er: „Kommst du nachher auch zum Hellriegel-Wirt? Soll ich hier auf dich warten?"

Sie verstand sofort, was er wissen wollte, aber an diesem Morgen konnte sie ihm ihr Vorhaben nicht verraten. Ganz bestimmt hätte er sie zurückgehalten, also sagte sie nur: „Besser, wir machen kein Treffen aus, denn ich fahr jetzt fort und weiß nicht, wann ich zurückkommen werd."

Seine Miene versteinerte, doch er stellte ihr keine Frage mehr, nickte ihr zu und ging durch die Glastür in die Schankstube. Die Martha hörte bis auf die Straße heraus die zur Begrüßung laut donnernde Stimme des Sepp Merzer. Der Viehhändler war es gewohnt, die Ochsen anzubrüllen, also fiel es ihm nicht auf, wenn er auch mit den Menschen schrie.

Auf dem Weg zur Bahnstation überholte das

Dienstauto der Windecker Gendarmerie die Martha. Der Schindler Max, seit etlichen Jahren Postenkommandant in Windeck, hielt neben ihr an. Das war ungewöhnlich, denn bestenfalls durfte er alte, gebrechliche Leute auf der Landstraße ein Stück mitnehmen. Er kurbelte das Fenster herunter und rief: „Grüß dich, Frau Bergheim! Wohin hast du's so eilig?"

„Nur bis zur Bahnstation, aber ich fahr mit dem Bus weg."

Er wollte sie nun doch nicht die paar hundert Meter weit im Dienstwagen mitnehmen, sondern vergewisserte sich: „Gehst bestimmt nicht in den Beerenwald hinunter? Dort hat nämlich heute bei der Nacht wieder einmal der Sittenstrolch zugeschlagen. Über ein Dirndl ist er hergefallen, hat's hinschmeißen wollen, aber zum Glück hat es sich losreißen und davonrennen können. Der Verbrecher sollte sich nur wünschen, dass ihn ein Gendarm packt, bevor ihn Dorfleut erwischen. Die haben ihm nämlich alle geschworen, sie werden keinen Richter brauchen. Glaub's mir, Frau Bergheim, ich hab Angst, denn ich riech schon Blut und Mord in der Luft. Das heißt aber nicht unbedingt, dass der Verbrecher einen umbringen wird. In blinder Wut kann beinahe jeder Mensch zum Mörder werden."

„Das trau ich doch nicht allen zu", wehrte sie sich gegen die Vorstellung, der Florian könnte einen dafür umbringen, dass er seinen Schwestern – oder ihr – etwas angetan hätte. Als sie sich fragte, ob sie ihre drei Kinder mit allen Mitteln und um jeden Preis verteidigen würde, gestand sie vorbehaltlos ein Ja. Unsicher wurde sie erst, als sie von sich wissen wollte, wie weit sie aus Rache gehen könnte.

Sie schreckte aus ihren Gedanken, als der Schindler-Gendarm sie ermahnte: „Gelt, ihr vom Einschichthof seid jedenfalls auf dem Weg entlang dem Fluss vorsichtig. Wenn ich ein Verbrecher wär, ich würde dort auf meine Opfer lauern. Zum Glück steh ich auf der besseren Seite des Gesetzes.“ Er lachte leise in sich hinein und kurbelte das Fenster seines Dienstwagens wieder hinauf.

Der Martha kroch ein Frösteln über den Rücken. Jetzt hatte sie nicht mehr weit bis zur Bahnstation, aber durch das Zusammentreffen mit dem Gendarmen war so viel Zeit verloren gegangen, dass ihr der Autobus beinahe vor der Nase davongefahren wäre.

Alle Plätze im Wagen waren schon besetzt, nur die hinterste Bank blieb noch frei. Den meist älteren Fahrgästen wurde dort wegen der vielen Kehren auf der Landstraße eher übel, und das wollten sie niemandem antun.

Während der Fahrt suchte die Martha nach bekannten Gesichtern, aber sie konnte aufatmen, denn es waren keine aus Windeck dabei. Sooft der Bus in einem Dorf hielt, stiegen ein paar Leute aus, bis zuletzt nur noch sie und ein altes Mandl im Wagen blieben.

„Endstation!“, rief der Fahrer drei Stationen später aus und hielt vor dem Bahnhof von Anzenau. „Alles aussteigen, weiter geht's nimmer.“

Vor sich hin greinend, plagte sich der Alte, vom Trittbrett auf die Straße zu kommen. Gerade noch rechtzeitig war die Martha bei ihm und hob ihn beinahe herunter. Zwar dankte er ihr mit keinem Wort, aber er verzog seine dünnen Greisenlippen zu einem breiten Grinsen und brabbelte: „Schon eine ganze Weile ist es her, dass mich so ein sauberes blutjunges Dirndl umarmt hat!“

Daraus schloss sie, dass er auch schlecht sehen musste, aber sie nutzte die Gelegenheit, um sich von ihm einige nützliche Auskünfte geben zu lassen. Während sie neben ihm her ging, fragte sie ganz nebenbei: „Sie kennen im Dorf einen Andreas Wolf?“

Er war beim schnelleren Gehen außer Atem gekommen, pfiff ein paar Mal die Luft vor sich hin und musterte die Fremde von Kopf bis Fuß. „Was willst akkurat du vom Andreas?“, fragte er unüberhörbar misstrauisch, und als sie nicht gleich antwortete, machte er Anstalten, wortlos weiterzugehen.

Ein Gefühl ermutigte die Martha dennoch, sie könne von dem Alten erfahren, was ihr der Andreas Wolf nicht so bald erzählen würde. Um ihn neugierig zu machen, gestand sie ihm: „Es wär mir halt recht wichtig, denn es geht um eine Heirat.“

Darauf schaute sie der Mann beinahe mitleidig an. „Fürs Heiraten kommst du schon zu spät, Dirndl. Den Andreas haben wir vor zwei Tagen auf den Friedhof hinausgetragen. Von heute auf morgen hat es ihn erwischt. Der Weiberer hat sein Leben genossen und ist auch mit dem weißen Haar nicht gescheiter geworden. Weder Dirndln noch Frauen sind vor ihm sicher gewesen. Könnt sein, vielleicht hat ihn deshalb der Teufel so schnell über Nacht geholt.“

Weißes Haar? Der Martha dämmerte, dass hier ein Missverständnis herrschte. Aufs Geratewohl stellte sie klar: „Ich red von seinem Sohn.“

„Vom Andi! Was sagst du das nicht gleich und lasst mich in die Irre gehen.“ Er schaute sie recht misstrauisch an. „Heiraten? Den Andi? Der ist zwar ein noch ärgerer Weiberheld als sein Vater, aber der hat genug junge Dirndln, dass er keine Alte heiraten wird." Er musterte sie unverhohlen. „Oder müsst ihr? Auf den Lumpen fallt doch eine jede herein. Aber hoffentlich bist du gescheiter als die Hedi vom Lehrer. Wie er die Arme in die Schand gebracht hat, ist sie seinetwegen ins Wasser gegangen. Eine dumme Gans hat sie der Andi noch genamelt, sich abgeputzt und sich keinen Tag lang dafür geschämt. Öha!", kreischte er hinter ihr auf. „Bleib doch stehen! Was rennst du so wild davon?"

Die Martha Bergheim hetzte in Richtung Station zurück. In ihr war eine panische Angst, sie könnte auf der Dorfstraße plötzlich einem ganz bestimmten gewissenlosen Lumpen gegenüberstehen. Ihr war, als hörte sie den Windecker Gendarm sie warnen: „In blinder Wut kann beinahe jeder Mensch zum Mörder werden!"

Der Zufall hatte ihr somit geholfen, die Wahrheit über den Andi Wolf herauszubekommen, aber nichts und niemand würde ihr helfen, der Burga die Augen zu öffnen. Früher hatte man die Überbringer von schlechten Nachrichten umgebracht. Die Martha fürchtete nicht für ihr Leben, sondern sorgte sich darum, wie ihre Tochter diese Enttäuschung verkraften würde. Ihre Angst davor, der Burga mit der Wahrheit wehtun zu müssen, schreckte sie von weiteren Nachforschungen zurück. Wozu auch? Aber schon nach kurzer Zeit log sie sich vor: „Vielleicht hat sich der Alte die grauslichen Geschichten nur aus Neid und Feindseligkeit gegen den Jungen zusammengedacht!"

Die schicksalhafte Aussprache mit der Burga verschob sie immer wieder, solang der Andreas Wolf nicht nach Windeck kommen oder sie nicht zu ihm nach Anzenau fahren würde. Jeder Tag, den sie so gewann, machte die Martha ruhiger. Mit genug Abstand und Stärke würde es ihr eher gelingen, die Burga vom Weg in die Katastrophe zurückzuhalten.

Als sie in der nächsten Woche zu einer Behörde nach Windeck gehen sollte, deutete sie das für einen Wink des Schicksals. Sie fühlte sich schon so weit über den Geschehnissen stehend, dass sie sogar die Gelegenheit nützte, den Bürgermeister Kurt Hofner unauffällig auszufragen, was er über den Andreas Wolf aus Anzenau wisse. Wieder einmal zeigte sich, dass der Hofner auch mit der neuen goldgefassten Brille nicht weiter sah als über seinen Schreibtisch hin.

„Keine Ahnung, Martha“, wehrte er sich gegen weitere Befragungen. „Ich bin schon froh, wenn ich mich um meine eigenen Leute genug kümmern kann. Was mit auswärtigen geschieht, geht mich nichts an. Über einen Andreas Wolf ist hierorts amtlich nichts bekannt.“

Seine Sekretärin, die Resa Tiewald, hörte mit ihren geschulten Ohren den Namen und kam gleich zu ihm ins Zimmer. „Bärli, du erinnerst dich bestimmt …“ Ein tadelnder Blick aus seinen sonst bei ihrem Anblick schönheitstrunkenen Augen brachte sie zum Verstummen, doch sie setzte noch einmal an: „Herr Bürgermeister, weißt du nicht mehr die schreckliche G'schichte von der Lehrerstochter, die sich im Fischteich ertränkt hat, weil sie den Andi mit seiner Stalldirn überrascht hat? Der Lump hat auch noch …“

„Passt schon!“, bremste er ihren Redeschwall wütend ab. „Bist du dabei gewesen? Nein! Alsdann solltest grad du nicht darüber reden.“

„Grad ich nicht?“ wiederholte sie gekränkt, denn sie meinte, er spiele auf ihre gewissen kleinen Sünden vor der Zeit mit ihm an.

Eine noch viel grausamere Kränkung musste an diesem Tag die Bergheim-Mutter hinnehmen. Bevor sie sich auf den Heimweg machte, trank sie in der „Goldenen Krone“ ein Achtel Rotwein. Um sich wieder zu beruhigen, setzte sie sich als einziger Gast ins letzte Eck der Schankstube. Es war die Ruhestunde des Wirts und seines Personals vor dem Abendgeschäft, weshalb sich nur die Wallner Hermi, eine nicht mehr ganz junge, aber immer freundliche Kellnerin um die einsame Bergheim-Bäuerin kümmerte. Da sie im Augenblick nichts zu tun hatte, setzte sie sich zu ihr an den Tisch und wollte wenigstens ein bissel ratschen. Sie erzählte vom Briefträger, den ein Köter gebissen hatte. „Sonst allerweil ein friedliches Tier, aber auf einmal hat es den Toni angeflogen. Ich versteh's nicht. Wie unlängst depperte Buben den Hund mit Stecken und Steinen geärgert haben, ist der Pfarrer ohnehin richtig dreingefahren. Vor ein paar Tagen hat ein Knecht, der Hubert, die Ross arg gepeitscht, nur weil sie den Wagen voller Grabsteine nicht zum Friedhof hinauf haben ziehen können. Zwölf Leut haben voller Mitleid und Empörung zugeschaut, bis zufällig der Hannes ihnen zugeschrien hat, sie sollten lieber mit anschieben. Nachher haben es die Ross gepackt, und der Hubert muss sich seither einen anderen Hof suchen. Ein feiner Mensch, der Hannes!“

Die Martha schaute nur flüchtig auf und sagte, um halt etwas darauf zu antworten: „Manche Leut sind gar nicht so herzlos, sie denken nur zu wenig darüber nach, wenn sie einem anderen wehtun."

„Hat's dir deine Christina gar nicht erzählt? Wenn sie doch mit dem Hannes geht", wunderte sich die Wallner Hermi.

Ein Bauer kam auf ein Bier. Wenige Minuten später zahlte die Bergheim Martha und machte sich hastig auf den Heimweg.

Durch die Mühlengasse ging sie gleich zum Fluss hinunter. Über dem dunkelgrünen Wasser der Gösing schwebten erste Nebelschleier, doch die waren noch nicht so dicht und dunkel, dass sie unheimlich gewirkt hätten. Die Martha hastete dahin und ließ sich durch nichts aufhalten. Selbst zur Gedenktafel an ihren ertrunkenen Mann schaute sie nicht hinauf, sondern sagte ihm nur im Vorbeigehen: „Martin, du hast mir kein leichtes Erbe hinterlassen, aber ich werd alles tun, damit unseren Kindern kein Unheil zustößt. Auch wenn's mir vielleicht so geht wie dir: Du hast geholfen und dafür ertrinken müssen."

Eine Nebelwand kam ihr entgegen, die kaltfeuchte Luft brachte sie zum Frösteln.

Noch nie war ihr der Weg nach Hause so lang vorgekommen. Auch in der Dämmerung fand sie gleich den schmalen Weg durchs Unterholz, vorbei an den drei uralten Weiden, vom Fluss hinauf zum Hof. Der Florian kam ihr bis zum Tor entgegen, warf einen prüfenden Blick in ihr Gesicht und stellte unmutig fest: „Was ist geschehen, Mutter, du weinst!"

„So ein Schmarren!", stritt sie's ab und wischte sich

schnell über die Augen. „Das ist nur der Nebel vom Fluss, der sich mir bei den Augen niedergeschlagen hat."

Der Florian glaubte ihr kein Wort, aber sie verlangte recht herrisch zu hören, was er mit dem Merzer Sepp ausgehandelt hatte. Als er dann merkte, dass ihm die Mutter ohnehin nur mit halbem Ohr zuhörte, sagte er: „Die Burga werkt schon in der Küche herum, wie wenn sie für ein Regiment kochen müsste. In Wahrheit wärmt sie nur auf, was vom Mittag geblieben ist."

„Und die Christina?"

„Ist im Kuhstall."

Also ging die Bergheim-Bäuerin in den Kuhstall, wo ihre Tochter dem Vieh frisches Heu vorlegte. Als sie die Mutter sah, lachte sie ihr mit der unbeschwerten Ahnungslosigkeit der Jugend entgegen. Doch nach einem ersten kritischen Blick in deren Gesicht stellte sie fest: „Mir scheint, du hast doch keinen so guten Tag gehabt!"

Darauf antwortete die Mutter nicht, sondern nahm auch eine Heugabel und half bei der Arbeit mit. Als die Christina meinte, sie sollte ihr schönes Gewand nicht verderben, entgegnete sie: „Was bleibt schon auf die Dauer schön? Wenn man genauer hinschaut, merkt man erst, wie schleißig vieles ist."

Die Christina wurde argwöhnisch, stellte ihre Heugabel zur Seite, nahm der Mutter ihre aus der Hand und sagte schon ein bissel kritisch: „Du willst doch mit mir reden. Oder?"

Sie setzten sich nebeneinander auf einen Strohballen, doch die Martha rückte nicht gleich mit dem heraus, was ihr auf der Seele brannte. Auf keinen Fall wollte sie über ihr erschreckendes Erlebnis in Anzenau reden. Das wäre nur eine Sache zwischen ihr und der Burga.

„Bevor ich zum Hof herausgegangen bin, habe ich noch in der ‚Krone' einen Schluck Wein getrunken", begann sie.

Dafür drohte ihr die Christina mit erhobenem Zeigefinger und rügte sie im Ton eines Schulmeisters: „Wein unterwegs! Bergheim-Bäuerin, alkoholisiert gefährdest du nicht nur die öffentliche Moral, sondern läufst dazu noch Gefahr, dass du dir in der Gösing nasse Beine holst!"

Die Martha fand darauf kein Scherzwort, sondern antwortete erst nur mit einem kleinen Lächeln. Dann erzählte sie vom Hund, der den Briefträger in die Waden gezwickt hatte, und von einem Hannes, der misshandelten Pferden geholfen hatte. Dabei beobachtete sie, dass sich über das Gesicht des Dirndls immer heller ein sonniger Schein legte. „Wer zu Tieren so gut ist, kann auch zu Menschen nicht herzlos sein", sagte sie. Bevor ihr noch die Tochter das glückstrahlend bestätigen konnte, kam sie plötzlich mit der Frage: „Warum hast du mir nie davon erzählt, dass du und der Hannes …"

„Ich hab ihn lieb und werd ihn immer lieb haben. Nur ihn!", jubelte die Christina, und ihre Worte überschlugen sich, als könnte sie jetzt nicht schnell genug nachholen, was sie bisher versäumt hatte.

Die Martha lächelte wissend, aber sie glaubte nicht ganz so unerschütterlich an die Ewigkeit solcher Liebesschwüre. Aus ihren Augen konnte man die Zweifel einer Frau lesen, die in ihrem Leben schon hart genug erfahren hatte, wie schnell ewiges Glück enden konnte. Es dauerte eine ganze Weile, bis ihre Tochter das merkte.

„Mutter, du hast etwas gegen den Hannes? Gerade noch hast du ihn als einen guten Menschen gepriesen, und das ist er auch: ehrlich, aufrichtig, zärtlich!"

Die Martha erkannte noch nicht deutlich genug, für wie unzerstörbar Christina ihre Gefühle für den Hannes hielt. Und doch litt das Dirndl zugleich panische Angst, ein Schicksalsschlag könnte im nächsten Augenblick alles Schöne zerstören. Darum war die Christina so unsicher und verletzlich. Zum ersten Mal konnte sie offen über ihre große Liebe sprechen! Sie ahnte nicht, dass die Mutter noch immer unter dem Schock litt, ihre ältere Tochter, die Burga, wäre beinahe ins Elend gerannt und müsse auf jeden Fall künftig noch eine schwere, leidvolle Zeit durchstehen.

„Erzähl mir mehr von diesem Hannes", forderte die Martha zwar ihre jüngere Tochter auf, doch dann flossen die träumerischen, seligen Worte der Christina an ihr vorüber, ohne ihr viel Eindruck zu machen. Die Burga und ein skrupelloser Lump, der lachend über Leichen ging! Die Mutter bedachte es gar nicht so genau, aber irgendwann unterbrach sie das überglückliche Dirndl: „Wo ist der Hannes daheim? Ich kenn ihn nicht."

„Ein paar Dörfer weiter gegen die Berge zu", redete sich die Christina heraus, denn ein Gefühl warnte sie, nicht mehr zu verraten.

Sie wollte schon aus dem Stall weggehen, da hörte sie die Mutter scharf fragen: „Wie alt ist dieser Hannes?"

„Dreiunddreißig", antwortete das Dirndl, das merkte, wie es die Mutter immer mehr in die Enge trieb.

„Dreiunddreißig? Da ist er bestimmt schon verheiratet. Oder?"

Die Christina atmete auf, denn sie konnte sagen: „Der doch nicht! Er sagt allerweil, Heiraten würde die echte Liebe zerstören."

Die Mutter atmete zwar auf, rechnete ihm aber auch das nicht zugute, sondern fragte: „Kind, was erwartest du dir von so einem? Der sucht nur seine Gaudi und könnte außerdem beinahe dein Vater sein!"

Dieser einzige Tropfen Gift im Becher zerstörte Christinas Glück. Sie erstarrte, schaute fassungslos auf ihre Mutter, in der sie plötzlich eine Todfeindin erkennen musste. Als Martha die ungewollte Wirkung ihrer Worte erkannte, war sie zu sehr erschrocken, um sie gleich mildern zu können. Inzwischen verwandelte sich binnen weniger Sekunden das gefügige, liebevolle Dirndl Christina in die harte, selbstbewusste Tina, die bereit war, um ihr Glück zu kämpfen. Wenn es sein musste, jeden zu verletzen, der sich zwischen sie und ihre Liebe stellte. In ihren Augen flammte Hass auf, dann schlug sie zu.

„Mutter", sagte sie leise, beinahe tonlos, „ich verstehe nicht, warum ausgerechnet dich stört, dass der Hannes um fünfzehn Jahre älter ist als ich. Vergisst du, dass ein gewisser Jürgen Schwarz um fünf Jahre jünger ist als du? Wahrscheinlich meinst du, Liebe kann nur glücklich werden, wenn ein junger, kräftiger Mann eine alte Frau in die Arme nimmt!"

Tina bemerkte noch, dass die Mutter wie betäubt

zurückblieb. Triumphierend ging sie hoch erhobenen Hauptes aus dem Stall. Erst in der kaltnassen Nachtluft brach ihre Kraft zusammen. Sie ließ den Kopf an die Stallmauer sinken und spürte nicht einmal, dass ihr Blut über die Stirn und in die Augenhöhlen sickerte.

„Und wenn mich keiner versteht, alle mich verurteilen: Ich lieb ihn!" schrie die Burga auf.

Sie saßen einander am großen Tisch aus Eichenholz gegenüber, die Bergheim-Mutter mit dem Rücken zum Fenster, die Tochter im Herrgottswinkel. Eine ganze Weile blieb es zwischen ihnen still, man hörte nur die Martha mühselig atmen. Nachdem die Burga ihre Erregung herausgeschrien hatte, wirkte sie geradezu beängstigend ruhig, nur ihre Lippen zitterten und ihre Fingerspitzen glitten ziellos über die Tischplatte, auf der sie keinen Halt fanden. Der Tag versank in die Abenddämmerung, aber niemand dachte daran, Licht anzudrehen. Im Dunkeln konnte man ihnen nicht so deutlich die Verzweiflung von den Gesichtern ablesen, das machte beiden das Reden leichter.

Die Pendeluhr aus Großvaters Zeiten schlug rasselnd eine volle Stunde, womit sie die Martha aus ihrer Benommenheit riss. Die Mutter musste erst ihren Ekel überwinden, damit sie über diese Probleme überhaupt reden konnte. „Du weißt, wie skrupellos er die Frauen belügt und betrügt, wenn es nur um sein Vergnügen geht?"

Die Burga war ihr schon dafür dankbar, dass sie das quälende Schweigen unterbrochen hatte, darum ging sie bereitwillig auf alle Vorhaltungen ein. „Mich hat er nie belogen", widersprach sie und bemühte sich um einen sachlichen, gleichmütigen Ton.

Gerade diese scheinbare Selbstzufriedenheit brachte die Mutter völlig aus der Fassung. „Du bildest dir ein, er habe dir alle seine Gemeinheiten gestanden? Würdest nicht ausgerechnet du es mir sagen, ich könnt es sonst niemandem glauben!"

Nun verschränkte die Burga die Finger ineinander und faltete ihre Hände wie zu einem Gebet. So konnte sie das Zittern zwar nicht unterdrücken, wohl aber besser verbergen. „Was er Schlechtes getan hat, ist vor unserer Zeit geschehen", behauptete sie.

Martha hielt nicht länger durch und warf ihr schneidend scharf vor: „Du findest für seine Lumperei am Ende noch Verständnis? Auch dass er die Lehrerstochter Hedi Wührer in die Schand gebracht und in den Tod hat gehen lassen?"

Bei jedem dieser Vorwürfe zuckte die Burga wie unter Peitschenhieben zusammen. Die Antwort darauf hatte sie aber längst schon in durchweinten Nächten gesucht und konnte deshalb gleich erwidern: „Er hat leichtfertig und grausam gehandelt, aber dabei nie beabsichtigt, der Hedi mehr anzutun, als sie ertragen könnte."

Die Bergheim-Mutter erkannte, dass nun auch die Burga bis an die Grenzen des Erträglichen litt. „Nur nicht aus Mitleid mit meinem Dirndl zurückstecken!", befahl sie sich in Gedanken und hielt ihrer Tochter weiterhin vor: „Gewissenlos hat er sie in den Tod getrieben und nachher noch hundsgemein über sie geredet! Ein zartfühlender Mann, deine große Liebe fürs Leben!"

Burga erkannte, dass sie plötzlich nicht mehr den Andreas Wolf, sondern sich selbst verteidigen sollte. Dafür fand sie keine Worte, sie musste nur wieder für ihn bitten: „Auch wenn es nicht so aussieht, gesteh ihm wenigstens zu, dass kein Mensch nur schlecht ist. Mir hat er anvertraut, wie grauenvoll er sich gefühlt hat, als die Anzenauer Bauern die tote Hedi aus dem Wasser geholt haben und ihr Vater neben der Leiche zusammengebrochen ist. Ich weiß, und glaube ihm, dass er nahe daran war, auch …"

Die Mutter stellte nur noch eine Frage: „Burga, kannst du so einem Lumpen noch die Hand geben?"

Ungewollt hatte sie damit erlösende Worte ausgesprochen. Das Dirndl richtete sich auf, unterdrückte für kurze Zeit die Tränen und sagte: „Gerade einem Ertrinkenden muss man die Hand reichen, denn ohne Hilfe geht er unter! Das weißt doch am besten du! Ja, Mutter, ich geb ihm noch die Hand und lass ihn nicht sterben."

Dagegen konnte die Martha Bergheim nicht mehr ankämpfen, doch als der Florian davon erfuhr, wich auch der letzte Blutstropfen aus seinem Gesicht. Er ballte die Fäuste und drohte: „Ich lass den Wolf nicht mehr aus den Augen. Wenn er unserer Burga oder auch sonst einem Dirndl noch einmal etwas antut, schmeiß ich ihn ohne Gewissensbisse in den Fluss. Dort wird nachher bestimmt keiner dabei sein, der ihm eine Hand reicht, damit er wieder ans Ufer kommen und weiterhin Unschuldige in Elend und Tod treiben kann!"

Der Martha fielen abermals die Worte des Gendarmen Max Schindler ein. Ihr wurde gar nicht bewusst, dass sie die Lippen bewegte und der Florian ihr die Worte davon ablesen konnte: „In blinder Wut kann beinahe jeder Mensch zum Mörder werden."

Eine kaum erträgliche Angst quälte sie, die Katastrophen in ihrer Familie seien noch nicht ausgestanden.

Nicht nur der Florian, die Burga und die Christina Bergheim konnten es kaum verstehen, dass sich auch die Mutter mit ihren fünfundvierzig Jahren noch nach Liebe und Leidenschaft sehnte. Sie alle kannten die Martha als geschickt wirtschaftende Bäuerin auf dem Hof, die ihre Dienstleute verständnisvoll führte und nach dem tragischen Tod ihres Mannes die Familie zusammenhielt. Es galt als selbstverständlich, dass sie zugleich mit den Dienstleuten an der Arbeit war, sich um die Hauswirtschaft kümmerte, die Bauernarbeit lenkte und mithalf, bis sie als Letzte nach Feierabend ausruhte. Den Obstgarten pflegte sie an Sonntagen, für Blumen sorgte sie ebenso in ihrer Freizeit.

Den Jungen rechneten es die Dorfleute hoch an, dass auch sie ihren Teil der Arbeit anpackten. Nur den Florian bedauerten sie, denn er schaffte längst wie ein Bauer, beanspruchte aber kaum mehr Sagen als ein tüchtiger Knecht und überließ der Mutter die Stellung der allein entscheidenden Bäuerin.

Mit der Zeit fuhr die Burga immer seltener nach Anzenau. Als sie einmal den Andreas Wolf in lustvoller Umarmung mit einer Touristin überraschte, hielt sie ihn für seelisch gesundet und war auch selbst von der Vorstellung geheilt, ihm weiter helfen zu müssen.

Eines Tages kam der junge Hans Hellriegel von einer Auslandspraxis in die „Goldene Krone“ zurück. Sein Vater übergab ihm den Betrieb und kaufte sich dafür in der Karibik eine Würstelbude. „Herrlich!“ telefonierte er von seinem Tausend-Sterne-Restaurant nach Windeck. „Sonne, Meer, Strand und die schönsten Frauen!“ Dass er sich schon eher nach der frischen Waldluft, nach dem grünen Wasser der Gösing und nach seiner Kellnerin, der Hermi Wallner, sehnte, konnte er nicht gestehen. Da schnappte nämlich vorher die Verbindung ab, und fürs Verlängern seines Gesprächs fehlte ihm das Geld.

Inzwischen suchte der junge Hellriegel-Wirt über eine Anzeige im „Bauern-Boten“ eine weibliche Kraft für die Buchhaltung, Verwaltung und Sonstiges. „Ich pack's nicht!“, freute er sich ein paar Tage später. „Da such ich in der ganzen Umgebung nach einer Helferin, und nachher kommt zu mir ein so bildsauberes Dirndl aus unserer Gegend! Wenn du nur halb so tüchtig bist wie deine Mutter, schupfst du bald allein den Laden, und ich muss grad nur kassieren!“

Die Burga Bergheim lernte bald alles Notwendige über die Verwaltung eines Gasthauses, in der Buchhaltung fand sie sich auch schnell zurecht, denn sie hatte schon vor Jahren in Windeck einen Abendkurs mit ausgezeichnetem Erfolg abgeschlossen. Dafür lobte sie der Hans Hellriegel: „Dirndl, du hast auch eine schöne, leicht leserliche Handschrift.“

Darüber, was er unter „Sonstiges“ verstand, einigten sie sich allerdings weniger schnell. Als er das persönliche Kennenlernen abkürzen und einfach hinlangen wollte, kriegte er eine brennrote Wange und wiederholte ein bissel wehleidig sein Lob: „Du hast wirklich eine schöne Handschrift!“

„Gelt, Hans, leicht leserlich ist sie auch!“, lachte die Burga. Nicht zuletzt deshalb behielt er sie in seinem Wirtshaus, denn er betonte: „Ich brauch eine anständige Mitarbeiterin. Keine, die vielleicht zu den Gästen aufs Zimmer geht!“

Dennoch war es für die Burga beruhigend, dass es bis heim auf den Hof nur vier Kilometer waren. Sie behielt dort ihre Dirndlkammer und fuhr zweimal täglich mit dem Fahrrad die Strecke zwischen dem Hof und der „Krone“. Am Morgen radelte sie am Ufer der Gösing entlang, nach Einbruch der Nacht wäre es ihr dort unheimlich geworden, und sie nahm die weitere Strecke über die Wirtschaftsstraße in Kauf.

Einheimische und auswärtige Gäste, die mit der Bedienung beim Hellriegel-Wirt zufrieden waren, gaben großzügige Trinkgelder. Burga überließ alle der Kellnerin Hermi Wallner, die schon für eine Reise ins Paradies der Karibik zusammensparte.

Auf dem Bergheim-Hof machte Burgas Beispiel Schule. Die Christina eröffnete ihrer Mutter: „Ich denk nicht daran, irgend jemandem mein Lebtag eine Bauerndirn zu machen. Wenn du ohnehin früher oder später vom Hof wegheiratest, wird der Florian hier der Bauer. Das heißt, mit dem Treibstoff für die Traktoren wird gespart, und das Vieh darf nicht zu viel für die Arbeit eingespannt werden, denn dafür hätte der Florian-Bauer allerweil noch seine beiden Schwestern und drei Dienstleute. Nicht mit mir, da steig auch ich rechtzeitig aus.“

Die Bergheim Martha fürchtete, ihr Nestkücken

habe sich schon wieder einen neuen Unsinn ausgedacht. „Du wirst doch nicht vom Hof gehen wollen?", fragte sie. Zugleich fühlte sie sich erleichtert, denn somit schien die kurze Liebesgeschichte mit dem ehefeindlichen Bauern Hannes Rieder ein glückliches Ende gefunden zu haben.

„Gehen?" Die Christina lachte fröhlich. „Kann mir nicht einfallen! Fahren werd ich, zweimal wöchentlich nach Salzburg in die Abendschule: Computer, Englisch, Buchhaltung und Kalkulation. Nachher kann mich niemand mehr im Kuhstall einsperren! Die ganze Welt steht mir offen, wenigstens bis Windeck! In unserer Stadt könnt ich zum Beispiel beim Hofner-Bürgermeister Gemeindesekretärin werden!"

„Das ist einstweilen noch allerweil die Tiewald Resa", wollte ihr die Mutter von diesem Wunschziel abreden.

Dafür fand die Christina wieder nur sorglose Heiterkeit und erklärte genauer: „Ich schätze, dass ich in zwei, drei Jahren schon alles kann, was ich für die Arbeit beim Bürgermeister brauch. Zwar ratscht man in Windeck hinter der vorgehaltenen Hand, dass der Bärli mit seiner rothaarigen Tippse schon jetzt nicht mehr wunschlos zufrieden ist, aber bis dahin wird sie's hoffentlich noch durchstehen. Nach ihr kommt die Tina Bergheim an die Reihe, versteht sich! Aber in allen Ehren! Und warum sollt es in Windeck eines Tages nicht die erste Bürgermeisterin geben?"

Die Martha konnte einstweilen nur sorgenvoll die Augen verdrehen, aber zuletzt tröstete sie sich: „Wie ich meine Christina kenne, hält die keine zwei, drei Jahre länger auf der Schulbank durch. Darüber muss ich mir also heute noch keine weißen Haare wachsen lassen."

Ein erstes weißes Haar in ihrem rotbraunen Knoten entdeckte ausgerechnet der Florian, denn der betrachtete sie oft und mit den unterschiedlichsten, aber immer guten Gefühlen. Geradezu zärtlich streifte er es ihr mit einer Fingerspitze aus der Stirn und tröstete sie recht gaudig: „Keine Sorge, Mutter, das erste und einzige weiße Haar macht dich noch lang zu keiner Greisin."

„Eines Tages möchte ich aber eine glückliche Großmutter sein."

Der Florian betrachtete sie, bis er zu dem Schluss kam: „Du wärst jedenfalls die jüngste und schönste Großmutter, aber Christina und Burga sind wahrscheinlich für immer, oder wenigstens einstweilen, vom Glauben an die unvergängliche Liebe geheilt."

„Du könntest auch bald heiraten!", schlug ihm die Martha vor. Das klang beinahe wie ein Auftrag.

Gegen den wehrte er sich. „Nicht so bald. Dafür habe ich zwei dringende Gründe, die mich davon zurückhalten: Ich müsste meiner Frau zuliebe sofort den Hof übernehmen, und du würdest wahrscheinlich noch am nächsten Tag nach Langen wechseln. Beides gefällt mir nicht, denn ich möchte unsere Familie am liebsten für immer beisammen halten: die Christina, die Burga und, solange du keinen Mann gefunden hast, der wirklich zu dir passt, auch dich. Du lächelst, du glaubst mir nicht? Mutter, hör dich einmal in Windeck um, ob dort jemand der Meinung ist, du könntest mit diesem Jürgen Schwarz glücklich werden. Volkes Stimme, Gottes Stimme!"

Die Martha wehrte sich verzweifelt: „Ich werde bestimmt nur noch bleiben, bis das Leben auf unserem Hof für alle in Ordnung gekommen ist. Dann ziehe ich zum Jürgen, und sollte er mich noch haben wollen, werde ich ihn heiraten, denn ich liebe ihn!"

Selten noch hatte sie mit dem Florian so offen über ihre Gefühle für den Jürgen gesprochen. Er überraschte sie, indem er zu ihren Worten nur ungläubig und beinahe nachsichtig lächelte.

Nicht ganz so nachsichtig urteilte man in Windeck über dic Witwc nach dem Bauern Martin Bergheim, der sein Leben heldenhaft hingegeben hatte, um das eines Kindes zu retten. Während der zwei Trauerjahre hätte ihr niemand etwas Schlechtes nachsagen können, doch jetzt wussten es alle in der Kleinstadt Windeck, dass die männersüchtige Witwe beinahe jeden, zumindest aber jeden zweiten oder dritten Sonntag dem Jürgen Schwarz bis nach Langen in seine Wohnung nachfuhr. Schamlos! Seinen Eltern, anständigen Menschen, war das überhaupt nicht recht, wie man wusste, doch alte Leute konnten sich gegen eine schlechte, feindliche Umwelt noch nie durchsetzen.

Nicht zuletzt kam die Martha Bergheim auch durch ihre Kinder in den Tratsch. In Windeck bildeten sich zwei Parteien, die einander zeitweise erbittert befehdeten. Die einen vermuteten im Florian einen unterdrückten, um seine Erbrechte auf dem Hof Betrogenen. Die anderen hielten ihn einfach für einen Schwächling, den seine starke, herrschsüchtige Mutter unterdrückte. Noch im Nachhinein lastete man der Martha an, sie habe mit ihrer Gefühlskälte die Töchter Schmeichlern, Lügnern und Betrügern in die Arme gehetzt. Nur wenige Frauen ergriffen die Partei der Martha, die sich so vergeblich um ihre beiden Mädchen bemüht hatte. Ihre ärgsten Gegnerinnen behaupteten sogar: „Bald hat sie's erreicht. Die Christina ist beinahe jeden Abend in Salzburg. Was man weiß, lernt sie dort Büroarbeit, nur damit sie vom Hof ihres Vaters weggehen kann. Bei der Burga ist es auch schon soweit: Die Tochter vom Bergheim-Hof muss sich beim jungen Hellriegel-Wirt das Brot als Hausmagd verdienen!"

Eine wohlmeinende Nachbarin war ganz derselben Meinung: „Gelt, der Florian, der Sohn vom armen Bergheim Martin, schleicht um die Martha wie ein geprügeltes Hunderl."

„Ich tät eher sagen, der himmelt seine Mutter mit verliebten Kuhaugen an!"

„Was ich sag!", wiederholte die Erstere ihre böse Meinung und sah sie noch bestätigt. „Der Hund liebt auch einen schlechten Herrn!"

„Grüß dich, Frau Bergheim!" süßelten die Leute, sobald sie von der Martha Hilfe brauchten. „Mein Ross lahmt. Ich bin schon ganz verzweifelt, wenn ich doch das Heu nicht mehr trocken in die Scheune bring. Aber mit deinem Traktor ... Bist du ein gutes Ding! Martha, der Herrgott wird's dir lohnen!"

Mit der Zeit dämmerte ihr immer öfter ein Verdacht, alle ihre Bekannten und Freunde, sogar die Familie, würden ihre Hilfsbereitschaft zu sehr ausnützen. Für Minuten oder Stunden hielt sie am Entschluss fest, Bittsteller künftig kritischer zu beurteilen, doch viel zu bald vergaß und verwarf sie ihr Misstrauen wieder.

Ende August rackerten sich nicht nur die Bauern und ihre Dienstleute auf dem Land von früh bis spät ab, sondern auch in der Stadt wurde das Leben hektisch. Die Kaufleute, Gewerbetreibenden und Handwerker von Windeck kannten kaum mehr einen Feierabend. Tagsüber kamen sie nicht zum Verschnaufen, und bis spät in die Nacht mussten sie für den nächsten Tag vorarbeiten. Der Kandl Fritz schlief nach Ladenschluss zwei, drei Stunden, dann ging er in seine Backstube und kroch selten jemals vor dem Morgengrauen wieder heraus. Außerdem musste er noch Gastwirten und anderen Großabnehmern ofenfrische Ware ins Haus liefern, denn im Laden bediente seine Frau die Stamm- und die Laufkundschaft. Ihm sah man es verständnisvoll nach, dass er vor Müdigkeit kaum mehr die Augen aufbrachte und nur mühsam lächeln konnte. Hingegen erwarteten die Leute von der Liesa, seiner Frau, dass sie nicht nur gut ausgeschlafen, sondern auch freundlich und zu kleinen Tratschereien bereit wäre. Die wenigen männlichen Kunden versuchten ihre Scherze: „Was hat's, Liesa? Dein Mann kommt nicht vor Sonnenaufgang aus seiner Backstube. Wenn du jemanden brauchst, der dir die Langeweile vertreibt, musst du nur einen Pfiff loslassen!“

Von solchen manchmal recht derben Reden durfte sie sich nicht beleidigt fühlen, doch zum Glück war auch sie nicht auf den Mund gefallen. Diesmal gab sie lachend zurück: „Hoffentlich kommt auf meinen Pfiff ein liebes Hunderl. Aber sogar jeder streunende Köter wär mir noch lieber als ein Mannsbild, das auf den Pfiff hört!“

Manche dieser Männer brachten nicht ebenso viel

Humor auf wie sie, weshalb die Bäckersfrau Liesa Kandl des öfteren in den Ruf kam, ein männersüchtiges Frauenzimmer zu sein. Glücklicherweise vertraute ihr der Fritz und war außerdem für Eifersucht oder Ehestreit zu müde.

Die meisten Urlauber wohnten in der „Goldenen Krone". Der junge Hellriegel-Wirt hatte deshalb noch Personal aufnehmen müssen. Eine zweite Köchin konnte er bald in einem der benachbarten Dörfer finden, denn dort war es noch üblich, dass sich auch Bauerntöchter an den Herd stellten. Die meisten von ihnen bewährten sich deshalb als gute Köchinnen für Mutters ländliche Hausmannskost, aber der Hans Hellriegel entdeckte sogar eine, die das Kochen in einer Schule gelernt hatte. Die Marie, so hieß sie, war froh, allen anderen Arbeiten auf dem elterlichen Hof zu entkommen, und wechselte bereitwillig in die „Goldene Krone", das erste Haus in Windeck. Für die Burga Bergheim blieb immer noch genug zu tun, denn in Zeiten wie diesen musste sie auch in der Küche, beim Servieren und Kassieren aushelfen. Nur als Stubenmädel in den Zimmern der Logiergäste wollte sie schon nach dem ersten Tag nicht mehr arbeiten. Sie wusste, warum.

Bei dem wunderschönen Spätsommerwetter zog es viele Urlauber nicht mehr nach dem Süden, wo sie von der Sonne ausgedörrt, zumindest aber gebraten worden wären, sondern sie suchten Erholung in den Bergen, zwischen Wiesen und Wäldern. Der gut gelungene Prospekt der kleinen Stadt Windeck mit dem romantischen Kirchberg im Zentrum, dem alten Marktplatz, der historischen Schandsäule und den stillen Gassen lockte in diesem Jahr mehr Touristen an, als man in der „Goldenen Krone" und in zwei kleineren Gasthöfen unterbringen konnte.

Am Samstag jammerte der Hellriegel-Wirt: „Ich seh mich längst nicht mehr heraus. Alle meine Zimmer sind vermietet, sogar die beiden im Dachgeschoß und das Wäschekammerl. Ich kann doch die Leut nicht in Badewannen schlafen lassen! Burga, du fahrst jetzt gleich mit mir zu eurem Hof hinaus. Ihr habt genug Raum und Dienstleut, die sich um fünf, sechs Gäste kümmern werden. Urlaub auf dem Bauernhof ist der neue Schlager! Die Fremden essen alles, was ihr ihnen als typisch ländlich vorsetzt. Ihr kassiert und zahlt mir nur fünfzig Prozent vom Zimmer dafür, dass ich sie euch gebracht hab."

Ganz so einfach konnte er die Burga von der Großzügigkeit seines Vorschlags nicht überzeugen. „Du bist gut im Rechnen, Hans", sagte sie, „aber ich hab auch schon eine Menge gelernt. Höchstens zehn Prozent für dich, sonst zahlt es sich für uns Bauern nicht aus. Außerdem arbeiten sich alle drei Dienstleut vom Bergheim-Hof ohnehin schon bucklert und haben weder Zeit noch Kraft und Lust, zusätzlich um ein halbes Dutzend Urlauber herumzuspringen."

Rechtzeitig kam dem jungen Höllriegel-Wirt der erleuchtende Gedanke: „Soll halt deine Mutter auch einmal ein bissel mehr arbeiten und die Bedienung der Urlauber übernehmen. Sie ist die Bäuerin, macht bestimmt keine harte Knochenarbeit, aber sie wird sich bemühen, denn schließlich sind es dann ihre Gäste, und die bringen Bargeld!"

„Versuchst es halt, Hans. Mehr als dass sie dich samt

deinen Urlaubern vom Hof verjagt, kann dir nicht geschehen."

Der Wirt lachte schon wieder zuversichtlich, denn er war der Überzeugung: „Wenn die Bergheim Martha merkt, dass ich unbedingt ihre Hilfe brauch, wird sie bestimmt nicht nein sagen und mich, den Herrn Chef ihrer Tochter, erst recht nicht hinausschmeißen."

Hans Hellriegel fuhr also mit dem Auto, das sein Vater beim Auswandern in die Karibik nicht hatte mitnehmen können, zum Bergheim-Hof hinaus. Es war alt, aber noch immer gut, weshalb es auch auf der holprigen Wirtschaftsstraße keinen Kotflügel verlor. Als sie sich schon dem Anwesen näherten, grollte der Hellriegel-Wirt: „Typisch Bauersleut! Angeblich arbeiten sie sich halb tot, aber wenn sie jemanden auf der Straße kommen sehen, stehen sie der Reihe nach wie die Zinnsoldaten da und begaffen einen!"

„Vorsicht!", warnte ihn die Burga noch rechtzeitig. „Auch die Mutter schaut erstaunt, 'bald ein Auto zum Hof heraus kommt! Und den Florian mach dir mit solchen Reden besser nicht aufsässig."

„Was hat der schon zu reden?", tat ihn der Wirt aus der Stadt einigermaßen geringschätzig ab.

Noch einmal warnte ihn die Burga: „Unterschätz auch ihn nicht! Er kann leicht feindselig werden und nachher lang unversöhnlich bleiben. Außerdem wird er doch eines Tages als Bauer hier das Sagen haben!"

Alle diese Warnungen schlug der Hellriegel-Wirt in den Wind, und sie waren auch scheinbar überflüssig. Der Florian Bergheim hörte sich sein verzweifeltes Jammern zwar an, doch er sagte nur: „Dein Glück, Hans, dass ich hier nicht zu entscheiden hab. Ginge es nach mir, so käme keiner auf den Hof, der nicht her gehört."

Mit jeder weiteren Entgegnung hätte der Hellriegel Hans seine Aussichten auf eine günstige Lösung nur verringert. Darum nahm ihn die Burga an der Hand und zog ihn zur Haustür hin, wo sie die Mutter stehen sah. Hier ließ sie ihren Chef erst gar nicht zu Wort kommen, sondern bat: „Mutter, hilf uns! Der Hellriegel Hans braucht für sechs Personen eine Unterkunft. Die haben zwar ohnehin für sein Gasthaus gebucht, aber die ‚Goldene Krone' ist schon jetzt bis auf den letzten Platz besetzt."

Vom ersten Augenblick an wirkte die Bergheim-Bäuerin unentschlossen und auch sie stand einer Ablehnung näher als einer Zustimmung. „Wir haben nicht genug Zimmer, die wir fremden Gästen zumuten dürften."

Dagegen ereiferte sich die Burga im Interesse ihres Brotgebers: „Mutter, es müsste doch möglich sein, auf einem so großen Hof sechs Personen für eine Woche unterzubringen. Bitte!"

Auch der Hans redete ihr, allerdings ein bissel leichtfertiger, zu: „Frau Bergheim, mach dir nicht mehr Gedanken als notwendig. Stecken wir halt jeweils zwei Fremde in einen Bretterverschlag und erklären ihnen, so urig ging's halt auf einem echten Bauernhof zu, nachher werden sie's glauben und auf jeden Fall prächtig finden."

Der Florian war ihnen nachgekommen. Er hatte die letzten Worte gehört und tuschte den Hellriegel zornig nieder: „Typische Überheblichkeit eines Städters: Der junge Wirt meint schon, er hätt für alle Zeiten eine goldene Krone auf dem Kopf! Irrtum, mein Lieber: Was man unverdient geschenkt bekommen hat, kann ebenso schnell wieder verschwinden. Schätzt du deine Gäste für Dummköpfe ein, die sich alles gefallen lassen und dafür noch mit gutem Geld zahlen, nachher wirst du eines Tages keine mehr bekommen. Das ist wie mit Freunden: Ich vertrau niemandem mehr blindlings, der mich oder andere betrogen hat!"

Mit solchen mehr oder weniger versteckten Drohungen war der Florian wenigstens einen Schritt zu weit gegangen. Entgegen all ihren klugen Vorsätzen fühlte nämlich die Martha schon wieder Mitleid und die Bereitschaft, dem verzweifelt bittenden Hans Hellriegel zu helfen. Sie begann damit, indem sie an den Fingern abzählte: „Für zwei Leute könnt ich in der Dachkammer aufbetten lassen, zwei andere leg ich in ein leeres Zimmer, wo wir augenblicklich nur die Kräuter zum Trocknen ausgebreitet haben. Nachher brauch ich also noch zwei Betten. Hans, wären das lauter Ehepaare?"

Aus Erleichterung jubelte der Wirt recht leichtfertig auf: „Jedenfalls Paare, ob verheiratet oder nicht, kann ich dir nicht sagen. Ist das so wichtig? Zuletzt wären da nur noch zwei etwa achtzehnjährige Dirndln, besser gesagt, junge Fräulein aus der Großstadt. Freundinnen, stell ich mir vor. Bäuerin, wenn du auch die noch unterbringen könntest, wär ich dir ewig zu Dank verpflichtet."

Leise und doch deutlich zu verstehen ätzte der Florian: „Man kennt das: Der liebe Gott wird's dir vergelten!"

Damit die Mutter ihre Zusage nicht noch im letzten

Augenblick zurücknehmen sollte, erklärte die Burga besonders freudig: „Passt schon, Hans! Die paar Nächte bleib ich halt bei dir!“ Erst ein unwilliger Blick der Mutter und ein drohender ihres Bruders bewog sie, genauer zu erklären, wie sie das meinte: „Der Hans stellt mir ein Notbett in die Kammer zur Wallner-Kellnerin. Wir werden es zwar ein bissel eng haben, doch ich vertrag mich mit der Hermi recht gut.“

Wieder verriet der Hellriegel-Wirt seine Erleichterung zu deutlich, denn er jubelte beinahe auf: „Dafür, Burga, tät ich dich am liebsten abbusseln!“ Erst ein Stirnrunzeln Florians ließ ihn hinzufügen: „In allen Ehren, versteht sich!“

Der junge Bergheim-Bauer ging wortlos aus dem Raum, überquerte den Wirtschaftshof und verschwand hinter den Stallgebäuden bei der Tenne.

„Ihr könnt mir gleich beim Aufstellen der Notbetten helfen. Matratzen und Bettzeug haben wir genug, also müssen wir nur alles zusammentragen. Zu dritt schaffen wir's leicht in einer Stunde“, meinte die Martha.

Dem Hellriegel war es peinlich, aber er musste dagegen einwenden: „Ich hab mein Gasthaus bis zum letzten Platz voller Leut. Wenn ich zu lang weg bleib, geht bestimmt alles drunter und drüber. Außerdem kommen die sechs neuen Gäste in einer Stunde mit dem Autobus an. Nicht einmal ich kann denen einreden, dass sie hier in der Einschicht besser Urlaub machen würden als in meinem neu ausgebauten Gasthof im Stadtzentrum von Windeck. Dazu brauch ich also die Burga an meiner Seite. Bergheim-Bäuerin, ich dank dir schon jetzt von ganzem Herzen, dass du mich nicht im Stich gelassen hast und mir helfen wirst. Was das Helfen angeht: Du hast doch Dienstleut, die dir helfen werden, das Zeug in die Dachkammer zu schleppen und alle Räume ein bissel wohnlich herzurichten. Ich schlage vor: Vielleicht ein Sträußerl Blumen auf jeden Tisch!"

Besonders glücklich schaute die Mutter nicht mehr drein, denn ihr wurde es klar: „Von der Feldarbeit kann ich niemanden wegholen. Der Florian ist zur Tenne hinunter gegangen. Ich hab also keinen, der mir helfen würde."

Ein paar Sekunden lang fand der junge Wirt darauf keine Antwort, doch dann erinnerte er sie: „Was ich schon vorhin gesagt hab, Bergheim-Mutter, auf dich kann man sich verlassen. Du packst alles! Ich komm so bald wie möglich mit meinen ... mit deinen Gästen heraus. Pfüat dich einstweilen!"

Der Motor seines alten Autos sprang gleich an und hüllte die Martha aus dem Auspuff in eine dunkelgraue Wolke. Die Burga getraute sich kaum, beim Wegfahren der Mutter zu winken, aber der Hellriegel Hans wedelte mit der Linken überglücklich zum offenen Fenster hinaus. Auf der Wirtschaftsstraße musste er das Gaspedal bis zum Anschlag niedertreten, wollte er noch rechtzeitig nach Windeck kommen, um die sechs neuen Gäste in der „Goldenen Krone" mit einem Begrüßungstrunk zu empfangen. „Wer hat Spesen, Arbeit und Ärger, ohne dabei auch nur einen luckerten Heller zu verdienen?", jammerte er vor sich hin und gab sich gleich die Antwort: „Ich!"

Auch wenn das eher lustig klang, tat er sich ehrlich Leid.

Seine Miene hellte sich erst wieder auf, als er sie aus dem Bus steigen sah: zwei Ehepaare in reiferen Jahren und hintennach die beiden jungen Damen in ihren allerbesten. Die eine flachsblond, die andere blauschwarz, nebeneinander bildeten sie einen reizvollen Farbkontrast, der ihn sofort zum Träumen brachte.

Der Busfahrer half den älteren Leuten beim beschwerlichen Aussteigen, der Hellriegel Hans nahm sich um die beiden jüngeren an, die sich in ihren engen und kurzen Röcken mit dem Schritt vom Trittbrett herunter auch nicht gerade leicht taten. Sepp, der Hausknecht, warf der Burga einen bittenden Blick zu, aber sie dachte nicht daran, auch etwas vom schweren Gepäck am balzenden Wirt vorbei ins Haus zu schleppen. Um den beiden Dirndln gleich die Erwartungen zu schmälern, sagte sie zu ihm: „Hans, wär's nicht gescheiter, du würdest das Zeug gleich in deinen Karren laden und wegbringen? Wenn du für deine Gäste im Haus ohnehin keinen Platz mehr hast."

„Alles zu seiner Zeit", gab er ihr mit einem Mörderlächeln zurück, und in seinen Augen glitzerte der Zorn. Einer Hausmagd gestand er auf keinen Fall zu, ihm vor Gästen Ratschläge zu erteilen, was er tun oder bleiben lassen sollte. Darum bestimmte er in einem Ton, der keinen Widerspruch mehr zuließ: „Während sich die Herrschaften mit einem Willkommen-Drink erfrischen, wird der Sepp das Gepäck auf den Bergheim-Gutshof bringen. Mit dem Auto, versteht sich." Und schon wieder leutselig fröhlich, fügte er hinzu: „Der Sepp hat nämlich einen Führerschein fürs Auto und nicht nur fürs Fahrradl."

Die Burga verstand, dass sie sich mit dem Hans

Hellriegel wenigstens nicht in Gegenwart der beiden reizvollen jungen Damen hätte anlegen dürfen. Hingegen gehörte es zu ihren Aufgaben, Getränke zu servieren: den beiden Herren Bier, deren Ehefrauen hausgemachte Obstsäfte, den beiden alleinstehenden jungen Damen Wein, süße Spätlese. Die weißblonde verlangte außerdem noch prickelndes Mineralwasser. Die schwarzhaarige schloss sich ihr an: „Auch mir, aber mit etwas weniger Kohlensäure."

Die Burga ließ ihnen beiden Quellwasser vom Hahn in der Küche herunter und servierte: „Besonders prickelnd. Und für Sie mit nur wenig Kohlensäure. Ist das so recht?"

„Wunderbar. Besonders erfrischend."

„Gasteiner?"

Stolz lächelnd erklärte die Burga: „Das doch nicht. Von unserer hauseigenen, heilkräftigen Quelle!"

Skrupellos schob sie das Trinkgeld in die Tasche ihrer weißen Servierschürze.

Daraufhin trug ihr der Kronen-Wirt behutsam auf: „Burga, sei so lieb und hilf der Hermi im Speisesaal beim Servieren von Kuchen und Jausenkaffee!"

„Gern!", betonte sie ganz besonders, damit er verstehen sollte, dass ihr das mehr Freude bereiten würde, als für die beiden Schönen aus der Stadt um Mineralwasser mit mehr oder weniger Kohlensäure zu springen.

Als die Stimmung der neuen Gäste nach der Busfahrt mit der Zeit gelöster wurde, eröffnete er ihnen, dass er für sie eine besondere Überraschung vorbereitet habe. „Es ist mir gelungen, Ihnen für die erste Woche Ihres Urlaubs Plätze auf dem Bergheim-Gut zu sichern. Sie lernen dort das Leben in der romantischen, unzerstörten Aulandschaft kennen, beobachten die Arbeit der Menschen auf Weiden und Feldern, sehen musterhaft artgerecht gehaltenes Vieh. Nach dem Mittagessen hole ich Sie, wenn Sie es wünschen, täglich zu mir in die Stadt." Er schenkte der weiblichen Jugend verheißungsvolle Blicke und scherzte: „Großartige Discotheken gibt es in Windeck zwar keine, dafür Tanz in meiner ‚Goldenen Krone', und ich verspreche Ihnen, auch hier kann es sehr aufregend werden. Ein paar Mal in der Woche feiern wir in Windeck Feste: Kirchweih, Feuerwehrübungen, Wettkegeln oder Abende mit ländlichem Brauchtum. Dem kann ich mit ruhigem Gewissen hinzufügen, dass es bei uns genug schneidige Tänzer gibt, die keine der Damen als Mauerblümchen verwelken lassen. Notfalls helf auch ich gern aus. Vielleicht wird älteren Herrschaften der Weg auf den Kirchberg zu beschwerlich sein, aber die jungen und alle, die sich noch jung fühlen, gehen besonders bei Nacht gern hinauf. Der Blick über die Lichter unserer Stadt ist ebenso reizvoll wie der zu den Sternen. Um diese Jahreszeit gibt es besonders viele Sternschnuppen, und bei jeder darf man sich was wünschen!"

Verständnisvolles Lächeln der beiden Ehepaare und helleres Lachen der jungen Damen bewies dem Hans Hellriegel, dass seine Gäste in die gewollte Richtung dachten. Von dem Augenblick an war er überzeugt, sie würden die zwei Wochen gebuchten Aufenthalt hier voll genießen, vielleicht sogar noch eine dritte zur Verlängerung anschließen.

Der Sepp hatte inzwischen das Gepäck auf den

„Gutshof" gebracht, und das Auto stand wieder vor der Tür. Somit ergaben sich für den Hans bei der Platzeinteilung gewisse Schwierigkeiten. Er musste die Gruppe der Gäste teilen, in zwei Fuhren transportieren, selbst am Steuer sitzen und die Burga zumindest beim ersten Mal mitnehmen. Um sie als Helferin bei der Ankunft auf dem Hof möglichst nahe bei sich zu haben, wies er ihr den Beifahrersitz an. Auf der hinteren Bank würden ohne arges Gedränge drei Personen Platz finden. Um nicht in der „Krone" vergessen zu werden, drängte sich das Ehepaar Egon und Gerda Scherer vor. Schwieriger war es, für sie eine dritte Person zu finden, denn die beiden Mädchen wollten sich nicht trennen lassen. Also schob die Frau Suse Herwig ihren Mann sehr entschieden an die Seite der Frau Gerda. Sie wollte es ihm nicht zumuten, dass er sich bei der nächsten Fahrt mit der blonden Trude und der schwarzen Vera zusammendrängen müsste.

Unterwegs gab es keine aufregenden Zwischenfälle, denn die Burga erklärte den Fremden die Landschaft und nannte die Namen der nächsten Berge, die sich ohnehin niemand merken wollte. Auch den Fluss erwähnte sie und fand es ebenso unpassend wie überflüssig, dass sich der Hellriegel Hans gleich wichtig machte: „Ein romantisch schönes, aber gefährliches Wasser. Als darin ein Kind ertrunken wäre, hat es der Vater meiner …" Er getraute sich nicht Hausmagd zu sagen, und sonst fiel ihm augenblicklich kein zutreffender Titel ein. Er fuhr fort: „Der Vater meiner Begleiterin, der Gutsherr Martin Bergheim, hat es gerettet und ist dabei ertrunken. Ein großer, stiller Held."

Er schilderte auch noch die gemalte Gedenktafel am

Unfallort, aber die Burga hörte ihm nur noch mit halbem Ohr zu. Bestimmt hätte es ihrem Vater nicht gefallen, wenn man ihn zu sehr als einen Helden pries und der besseren Wirkung wegen auch noch zum Gutsherrn machte. Er wäre auf seinen Bauernhof genügend stolz gewesen. Sie beschloss, den Hans deswegen zur Rede zu stellen, aber nicht gleich und ganz bestimmt nicht vor seinen Gästen.

Die Ankunft auf dem Bergheim-Hof wurde gebührend gefeiert. Inzwischen hatte die Martha den Gedanken schon angenommen, es wären keine Fremden, sondern ihre Gäste, und beschloss, sie mit echter Gastfreundschaft zu bewirten. Ihre Dienstleute, die Erika, die Reni und der Franz, hatten sich mit ihr beim Hoftor aufgestellt und winkten so wild, wie wenn zumindest die englische Königin im Auto gesessen wäre. „Diese guten Leute", flüsterte Gerda Scherer ihrem Mann gerührt zu.

Um die Begrüßung abzukürzen und doch würdig zu gestalten, bestimmte der Hellriegel Hans: „Burga, du bleibst hier und hilfst deiner Mutter, unsere Leute gut zu versorgen. Wir können ihr doch nicht alle Mühe aufhalsen! Ich hole noch die restlichen Herrschaften: die Frau Herwig ..."

„Und die beiden Dirndln", ergänzte die Burga, damit er merken würde, sie wisse genau, warum sie einstweilen noch auf dem Hof bleiben sollte. Sie ärgerte sich keinesfalls aus Eifersucht, sondern nur weil sich der Hans offensichtlich einbildete, sie könnte seinetwegen eifern! Warum und wozu? Wenn ihr einer als Mann völlig gleichgültig sein sollte, so war dies der Hellriegel. Und wieder beschloss sie, demnächst bei passender Gelegenheit am goldenen Thron dieses Angebers und Blenders wenigstens zu kratzen.

Sobald er mit seinem klapprigen Karren in einer Rauch- und Staubwolke verschwunden war, packte die Burga jede Arbeit an. Nach einer Viertelstunde saß die Vorhut von drei Gästen am Gartentisch. Jeder hatte vor sich ein Brettl mit der Brotzeit, und in der Mitte stand ein Krug mit dem Haustrunk. Als sich zu ihnen noch die drei Dienstleute setzen durften, sprach es die Frau Gerda Scherer mit ehrlicher Begeisterung aus: „Ich kann nur sagen, wir haben es hier wunderschön getroffen, denn auf dem Bergheim-Gut fühlt man sich viel wohler als in der ‚Goldenen Krone' oder selbst im elegantesten Hotel. Egon, wir hängen unbedingt noch eine dritte Woche an! Falls uns die bezaubernde Gutsherrin so lang behalten will!"

In dem Augenblick kam der Florian vom Haus in den Garten herunter. Zwar begrüßte er die Gäste sehr höflich, aber die Mutter fürchtete doch, er habe das Versprechen der Frau Scherer gehört und würde es wie eine Drohung einschätzen. Dem Frieden zuliebe wich er einer klaren Antwort aus und deutete mögliche Schwierigkeiten nur an: „Wissen wir, was noch geschehen kann?"

An diesen Satz sollte die Bergheim-Mutter noch in einer Stunde voller Verzweiflung denken müssen, doch einstweilen freute sie sich über die nette Gesellschaft. Sie sagte: „Es ist auch schön, Burga, dass du künftig vielleicht ein bissel öfter und länger bei uns heraußen bleiben kannst."

In dem Augenblick brachte der Hellriegel Hans noch die zweite Gruppe der Gäste. Mit einem ersten schnellen Blick stellte die Burga fest, dass Frau Suse Herwig den Beifahrerplatz erobert hatte. Das freute sie aus dem einzigen Grund, weil dadurch der Hans um die unterhaltsamere Gesellschaft der blonden Trude oder der schwarzen Vera gekommen war. Als pflichteifriger Wirt erkundigte er sich, ob es seinen Gästen hier ebenso gut gefiel wie in der „Goldenen Krone“. Er kränkte sich überhaupt nicht, als sich alle einig waren, kein Flecken Erde könnte schöner sein als das Bergheim-Gut.

„Wir haben schon beschlossen, wenigstens drei Wochen lang hier zu bleiben!“, verkündete Frau Gerda in heller Begeisterung.

Darüber freute sich auch der Hans Hellriegel, aber die Martha zuckte wieder einmal erschrocken zusammen und vermied es, auch nur fragend, schon gar nicht bittend, auf ihren Sohn zu schauen. Es beruhigte sie nicht, dass er sich offensichtlich mit den beiden Mädchen sehr angeregt unterhielt, denn sie wusste, wie schnell manchmal ein unbeabsichtigt ungutes Wort seine Einstellung zum Schlechteren umstürzen konnte.

Als die Burga sie bittend ansah, ahnte sie noch nicht, wie sich alles weiterentwickeln könnte, und zeigte ihre Sorge nur an, indem sie die Augäpfel ein wenig verdrehte. Bald darauf drängte der Hans zum Aufbruch. Die Bergheim Martha umarmte beim Abschied ihre Tochter, die ihr noch zuflüsterte: „Danke, Mutter. Du bist wunderbar.“

„Wann kommst du das nächste Mal zu uns heraus?“

„Nicht so bald“, musste die Burga sagen. „Die ‚Krone‘ ist bis zum letzten Platz ausgebucht, bei den Heimatabenden kommen immer noch ein paar Autobusse dazu, nach der Sperrstunde machen der Hans und ich erst mit der Wallner Hermi die Abrechnung. Aber auch diese Zeit wird vorbeigehen, und im Spätherbst nehme ich mir ein paar Tage Urlaub. Mutter, ich bin überzeugt, du wirst alles bestens schaffen."

Die Martha flüsterte ihrer Tochter unerwartet zu: „Ich hab Angst."

Das konnte die Burga kaum fassen. „Du und Angst? Wovor?"

„Ich weiß es nicht."

„Kein Grund, dass du dir deshalb Gedanken oder gar Vorwürfe machst. Es ist doch nur für drei Wochen!", beschwor die Christina ihre Mutter. „Die werden auch vergehen. Dann komm ich wieder für ständig heim, und wir führen unser gewohntes Familienleben."

Vergeblich beteuerte ihr die Martha: „Glaub mir, ich hab niemandem dein Zimmer versprochen! Traust du mir zu, ich wollte dich aus dem Haus treiben?"

Tinas Seufzer klang weniger traurig als ungeduldig. Um die Mutter von allen Gewissensbissen zu erlösen, gestand sie: „Eigentlich wollt ich darüber ohnehin mit dir schon reden und dir einen sehr vernünftigen Vorschlag machen. Bitte, setz dich und hör mir ruhig zu. Alsdann: Nach einem neuen Studienplan könnt ich meine Kurse an drei Tage hintereinander zusammenlegen und mir somit zweimal das Fahren nach Salzburg und wieder heim ersparen." Sie drängte plötzlich doch: „Bitte, Mutter, sag bald was dazu, denn in einer Viertelstunde kommt mein Bus auf der Wirtschaftsstraße vorbei. Steht dort niemand und winkt, so hält der Fahrer nicht."

Der Mutter blieben somit fürs Überlegen nur ein paar Minuten. Sie geriet in Panik und schaute Hilfe suchend um sich. „Wie stellst du dir das vor, Kind? Du bist hier und nicht in Salzburg daheim!"

Für Tina klang das beinahe schon wie eine Zustimmung; die Überrumpelung wäre also gelungen. Sie zählte hastig auf: „Ich spar Zeit und Geld! Übernachten darf ich jederzeit bei der Theres, meiner Münchener Freundin. Zu den Kursen muss ich nicht weit gehen. In vier Wochen stehen mir ziemlich schwere Prüfungen ins Haus, für die ich hier bei all dem Rummel kaum genug lernen könnte. Jede freie Stunde in Salzburg würde ich aber zum Büffeln nützen, und ich kann dir versprechen, ich werde in allen Fächern mit Vorzug bestehen! Mutter, sag ja, bevor der Bus ohne mich weiterfährt!"

„Ja, aber du kannst doch nicht ..."

Tina fiel ihr, vor Freude übermütig jubelnd, um den Hals. „Danke! Ich hab's gewusst, dass du ja sagen wirst, denn du bist die beste und klügste Mutter vom Herrschaftsgut Bergheim und dem Rest der Welt! Höchste Zeit, ich muss laufen!"

Martha sorgte sich schon wieder mehr ums Praktische: „Wenn du länger bleibst, brauchst du frische Wäsche zum Wechseln!"

„Habe ich längst in mein Köfferchen gepackt!" Damit verriet sie allerdings, dass sie diesen Auszug für sicher eingeplant hatte. Nur einmal winkte sie zurück, dann rannte sie los, als fürchtete sie, ihre Mutter könnte sie noch im letzten Augenblick zurückhalten wollen. Als der Busfahrer von der Straße her mit drei kurzen Horntönen anfragte, ob jemand mitfahren wollte, begriff sie erst, dass sie wieder einmal, sogar der Mutter gegenüber, ihren Willen durchgesetzt hatte.

Auch wenn sich dies an einem Sonntag ereignet hatte, blieb der Bergheim-Bäuerin nicht viel Zeit, die unerwartete Entwicklung der Ereignisse genauer zu überdenken. Inzwischen war es Mittag geworden und ihre Dienstleute erwarteten pünktlich um zwölf das Essen. Eine Minute vor der Zeit sah sie schon den Florian mit einem Buschen Schnittlauch für die Suppe vom Gemüsegarten heraufkommen. Nach ihm hätte sie die Uhr stellen können. Damit es zu keinen Schwierigkeiten im weiteren Ablauf kommen sollte, erbaten sich die sechs Logiergäste ihre Mahlzeit erst eine Stunde später und vertrieben sich die Zeit bis dahin recht angenehm mit Reden, Schach und Kartenspiel. Für körperlich anstrengendere Aktivitäten brachten sie bei diesem schwülen Wetter keine Lust auf, und kurz nach zwei würde sie der Hans Hellriegel ohnehin mit dem Auto nach Windeck holen. Am späteren Nachmittag sollte nämlich die Feuerwehrmusik auf dem Hauptplatz bei der Schandsäule ein Konzert geben. Allerdings nur, falls das Wetter durchhielt und sich ein paar drohende Gewitterwolken rechtzeitig verzogen. Im Gastgarten der „Goldenen Krone" würden fünf Musiker der Jugend von Windeck und ihren Gästen zum Tanz aufspielen. Sollte es regnen, konnte man diese Veranstaltung jederzeit auch in den Festsaal verlegen. An die zwanzig Leute gingen zur hauseigenen Kegelbahn hinunter, und weil sich zu den Kegelbrüdern in jüngster Zeit immer mehr Schwestern gesellten, blieb es nicht mehr ausschließlich beim fanatisch sportlichen Wettkampf, sondern man vertrieb sich die Zeit auch recht unterhaltsam.

Als auf dem Bergheim-Hof der ärgste Trubel vorbei war, begannen die Verhandlungen darüber, wer mit dem Hellriegel Hans im Auto nach Windeck fahren sollte. Alfred und Suse Herwig meldeten sofort ihr Interesse am Konzert der Feuerwehrmusik an, denn auf einem Programmzettel hatten sie die Ankündigung von Operettenklängen gelesen. Frau Gerda Scherer meinte auch, sie könnte wieder einmal etwas für das Kulturverständnis ihres Mannes tun, aber der zögerte noch und schlug ihr vor: „Du kannst ruhig fahren, Gerda-Schatz, aber ich trete meinen Platz ab und lasse diesmal der Jugend das Vergnügen."

Auf seinen fragenden Blick sagte die Trude: „Lieb von Ihnen, Herr Scherer, denn in der ‚Goldenen Krone' gibt's heute noch Tanz. Wären alle Herrschaften so verständnisvoll, gäb's keinen Generationenkonflikt."

Das beurteilte seine Frau Gerda anders, denn nach dieser Einteilung wären ihr Mann und die schwarzhaarige Vera den ganzen Nachmittag und Abend allein auf dem Hof geblieben. Ihr fiel so schnell keine Möglichkeit ein, dem Herrn Gemahl diesen Jungbrunnen zu verwehren, als sich das Problem beinahe von allein löste. Da beobachtete nämlich die Trude, dass der Florian Bergheim über den Hof ins Haus ging. In der Rechten trug er eine Badetasche, aus der ein buntes Handtuch herausschaute. Ein Blick auf Vera, und die Trude änderte ihre Pläne für diesen Nachmittag.

„Wo hab ich nur meine Gedanken! Selbstverständlich, Herr Scherer, nehme ich Ihnen den Platz neben Ihrer Frau nicht weg. Bestimmt komm ich noch oft genug zum Tanzen, und die meisten Burschen auf dem Land bewegen sich ohnehin wie Holzkasperl. Ihnen aber wünsch ich viel Vergnügen beim Platzkonzert der Feuerwehrmusik!"

Gerda Scherer lächelte zufrieden, doch ihr Egon wehrte sich verzweifelt, die Freundlichkeit der Trude anzunehmen. Sein Pech, dass in diesem Augenblick der Hellriegel mit dem Auto vorfuhr und seine Frau scharf befehlen konnte: „Egon, du steigst jetzt ein!"

„Ja, freilich, gern", fügte er sich. Sogar mancher Todeskandidat hat seinem Henker schon freundschaftlich die Hand gereicht. Den Herrn Scherer entschädigte für den verlorenen Nachmittag nur, dass ihm die weizenblonde Trude zum Abschied so dankbar, beinahe schon lieb zulächelte.

Inzwischen war der Florian Bergheim im Haus verschwunden. In der Küche fragte er die Greindl Reni: „Brauchst du noch lang mit dem Spülen? Bei dem heißen Wetter freut mich nicht einmal die Buchhaltung. Ich hab das Zeug schon in die Lade geschoben und mir lieber mein Badezeug geholt. In zehn Minuten geh ich zur Gösing hinunter schwimmen. Magst du, so kannst du mitkommen."

Auch wenn diese Einladung nicht so klang, als ob er großen Wert auf ihre Gesellschaft legen würde, färbten sich die Wangen der jungen Magd beinahe so rot wie ihr Haar. „Gern, wenn du ... wenn du's willst", stammelte sie. „Ich möcht so gern ... so gern wieder einmal baden gehen. Eine Minute! Ich zieh mich nur schnell um!"

Auf ein Dirndl zu warten, schätzte er nicht besonders. Was sollte sie zum Schwimmen beim Wehr Schöneres anziehen? Es dauerte wirklich kaum länger, da kam sie schon zurück. Sie hatte die weiße Küchenschürze abgelegt und den Arbeitskittel gegen eine bunte Sommerbluse zu einem knielangen Rock getauscht. Als Erstes fiel ihm auf, dass ihre Füße nicht mehr in ausgetretenen Latschen, sondern in Sandalen mit Riemchen steckten. Ein bissel erstaunt schaute er an ihren Beinen hinauf. Die waren gerade gewachsen, nicht zu dick, aber auch keine dünnen Spazierstöcke. Der Rock bauschte sich um ihre Hüften und schloss sich eng um eine beinahe noch kindlich schmale Mitte. Daran, dass sie doch kein Kind mehr war, erinnerten die zwar kleinen, doch festen Brüste, die man nicht erkennen, sondern unter der weit fallenden Leinenbluse eher erraten musste. Dem Florian wurde bewusst, dass er die jüngste Dirn vom Hof seit wenigstens zwei, drei Jahren nicht mehr so genau und kritisch angeschaut hatte. Dass er es jetzt beinahe unverschämt tat, ärgerte ihn, doch im nächsten Augenblick kam er schon wieder auf andere Gedanken.

Da vertrat ihm nämlich eine aufregende Schönheit den Weg. „Florian, du gehst baden? Mit der Irene? Ich hab gehört, beim Wehr kann man sogar gut schwimmen. Das ist es genau, wonach ich mich heute sehne!" Sie lächelte ihm tatsächlich mit einem Ausdruck von Sehnsucht entgegen. Ihre dunkelgrünen Augen erinnerten ihn an das Wasser der Gösing, wo es am tiefsten und gefährlichsten war. Das lange blauschwarze Haar trug sie jetzt im Nacken zu einem Knoten gewickelt und aufgesteckt. Dass sie zum Baden im Fluss ihre ziemlich üppigen Lippen noch karminrot nachgezogen hatte, fand er völlig unpassend. Unter einem weißen Bademantel, der vorne auseinander fiel, trug sie einen roten Bikini. Sie merkte Florians Blick und erklärte, als ob sie sich entschuldigen müsste: „Deine Mutter hat mir gesagt, bis zum Wehr sind es keine zehn Minuten Weg. Aber es gibt dort keine Umkleidekabinen, darum habe ich mein Badezeug gleich angezogen. Das ist dir doch so recht?“

Darauf musste er nichts antworten, denn die Reni sagte: „Mir fällt gerade ein, dass mir die Bäuerin aufgetragen hat, ich sollt unbedingt noch die Bettwäsche für alle zum frisch Überziehen bügeln. Dass ich darauf hab vergessen können! Gelt, Florian, wir können allerweil noch ein anderes Mal baden gehen. Euch beiden viel Vergnügen!“

„Tut mir wirklich Leid, Reni!“, rief er ihr nach, aber sie rannte so schnell zum Haus zurück, dass sie ihn wahrscheinlich gar nicht mehr hörte.

„Tut mir auch Leid“, entschuldigte sich die Vera. „Hab ich die arme Dirn an diesem schwülen Tag ums Baden gebracht? Bis vorhin hat sie noch am heißen Herd herumgewerkt, aber vermutlich sind das Mädel ihrer Art gewohnt. Ich würde das nicht aushalten. Meinetwegen hätte sie ruhig mitkommen können, mich stört sie nicht.“

Beim Haus sah Florian die Trude stehen. Sie schaute ihnen nach, doch als sie merkte, wie weit sie schon gegangen waren, wandte sie sich brüsk ab und verschwand. Die Haustür fiel hinter ihr so scharf krachend ins Schloss, dass die Vera erschrocken zusammenzuckte. Florian lächelte über diesen Warnschuss vor den Bug.

Im nächsten Augenblick stieß Vera einen kleinen,

spitzen Schrei aus, denn der Weg führte, an drei alten Weiden vorbei, zwischen Buschwerk unerwartet steil zum Fluss hinunter. Im Sonnenschein glitzerten die kleinen Wellen der Gösing vor dem Wehr silbrig, dahinter legte sich das Wasser wie ein türkisfarbener Seidenschleier über die Steine und wühlte erst im unteren Becken Wirbel mit weißem Gischt auf.

„Schön", sagte die Vera geradezu andächtig. „Florian, du lebst in einem Paradies."

„Achtung vor Schlangen!", warnte er sie, doch als sie sich ängstlich zu ihm flüchten wollte, schob er sie von sich und drängte sie weiter. „Sei vorsichtig. Nur wenn du auf eine steigst und ihr wehtust, wird sie zubeißen. Das Gift der Kreuzotter kann leider tödlich sein!"

Es dauerte daher ziemlich lang, bis sie ans Flussufer gelangten. Florian streifte Hose und Hemd ab, die Badehose trug er ohnehin schon darunter. Ordnungsliebend faltete er alles auf den Bug genau zusammen und stellte die Schuhe in seiner Badetasche dazu. Vera breitete ihren Bademantel über alles.

„Gehen wir zum Wehr?", forderte sie ihn auf. Ohne seine Antwort abzuwarten, nahm sie ihn an der Hand und zog ihn mit sich. Bei dem tiefen Wasserstand floss nur wenig über den steinigen Damm. Als sie etwa die Mitte des Flusses erreicht hatten, fragte sie: „Ist es hier tief genug zum Schwimmen?"

Er stürzte sich mit einem Kopfsprung ins Wasser. Sobald Vera allein geblieben war, fiel ihr ein, dass sich Schlangen möglicherweise auch zwischen den Steinen eines Wasserwehrs versteckten. Also blieb ihr keine Wahl, denn die Angst vor einem Sprung in die beinahe dunkelgrüne Gösing zählte weniger als die vor Kreuzottern. Sie schwamm leicht und elegant, wie wenn das Wasser ihr eigentliches Element gewesen wäre.

Für ihre Erwartungen viel zu bald kündigte Florian an: „Mir reicht es für heute. Ich habe mich abgekühlt, bin erholt und kann mich wieder der Buchhaltung widmen."

Empört protestierte sie: „Wenn du schon dein Leben nicht in vollen Zügen genießen magst, darfst du anderen die Freude nicht verderben! Erst schleppst du mich durch einen Hohlweg voller Giftschlangen herunter, dann sollen wir nach höchstens einer halben Stunde schon wieder zurückgehen?"

Er schwamm ans Ufer. Als ihm Vera nicht nachkam, wollte er es ihr leichter machen. „Das heißt doch nicht, dass auch du schon mitkommen musst!", rief er ihr zu. „Den Heimweg wirst du bestimmt allein finden."

„Mitten durch die Schlangennester!" Plötzlich fröstelte es sie im Wasser, und als sich eine schwimmende Alge an ihre Beine legte, schrie sie verzweifelt auf: „Hilf mir wenigstens ans Ufer! Du bist ein großartiger Kavalier!"

Er reichte ihr die Hand, verbesserte sie jedoch lachend: „Ich bin überhaupt kein Kavalier, sondern ein Bauer. Damit du mich aber nicht noch mehr beschimpfst, sag ich es dir voraus: Wir machen uns um keine Minute zu früh auf den Heimweg, denn in spätestens einer Viertelstunde kriegen wir das ärgste Unwetter!"

Sie schaute zum Himmel. „Nichts als Dunst!", urteilte sie. „Woran willst du auch nur ein paar Regentropfen erkennen?"

Recht langmütig wiederholte er: „Ich bin eben kein Kavalier, sondern ein simpler Bauer und hab so etwas im Gespür."

„Feigling! Ein Lügner bist du!" Sie meinte es nicht wirklich so bös.

Ein paar badende Frauen, die er vom Sehen her kannte, schauten empört auf ihn, um herauszufinden, was er dieser attraktiven Fremden angetan haben könnte. Bevor es noch zu einem Skandal kommen würde, zog er sie an Land und führte sie zu den Kleidern. „Beeil dich!", ermahnte er sie, um möglichst schnell aus dem Blickfeld der Badenden zu verschwinden. „Oder willst du im Regen nass werden?"

„Sind wir noch nicht nass genug?", fragte sie ihn plötzlich eher kleinlaut und gestand: „Wie du mit der Irene so schnell losgezogen bist, habe ich in der Eile mein Handtuch vergessen."

Wortlos reichte er ihr seines, auch wenn das nicht mehr ganz frisch war. Er meinte, sie sollte sich nicht so heikel zieren oder es bleiben lassen und sich nur mit ihrem Bademantel abtrocknen. Vera nahm scheinbar einsichtig sein Handtuch, wischte sich jedoch damit aufreizend langsam ab und löste sogar ihren Haarknoten. Ihm schien, als würde sie aus Bosheit jede Strähne einzeln pflegen. Endlich legte sie sich den Bademantel um, wandte sich von ihm ab und schlüpfte aus dem Bikini. Viel fehlte nicht, und er hätte ihr nun sein Handtuch weggezogen, doch er fürchtete, sie hätte das für einen Vorwand zum Bieten eines erregenden Schauspiels genommen. Auf keinen Fall wollte er sich noch mehr Schwierigkeiten schaffen, als er ohnehin auf sich zukommen sah.

„Darf ich meinen Bikini zu den anderen Sachen in deine Badetasche geben?“, fragte sie und bat mit einem Lächeln um Entschuldigung. „Ich bin für gewöhnlich nicht so verwirrt, dass ich alles vergesse. Es muss heute an den besonderen Umständen liegen. Am Wetter, will ich damit sagen.“

Er zog sich hinter dem nächsten Buschwerk um.

„Wenn wir uns nicht mehr beeilen, brauchen wir für den Heimweg Schwimmflossen!“, stellte er nachher mit kaum verstecktem Zorn fest.

Jetzt sah auch sie die schwarzgraue Wolkenwand über den Wald heraufsteigen, und das trieb sie doch schneller weiter. Keine hundert Schritte konnten sie mehr machen, da hörten sie ein Prasseln und Bersten auf sich zukommen. „Hagel!“ schrie der Florian, rannte tiefer in den Wald und zerrte sie an der Hand hinter sich her. Die ersten Eiskugeln krachten in Fichtenkronen, brachen Zweige und schlugen mit der Gewalt von Geschossen auf die Erde.

„Zieh dir den Bademantel über den Kopf!“ schrie der Florian. Er selbst schützte sich mit seiner Badetasche. Er bahnte ihnen rasch den Weg durchs Unterholz, doch hinter ihm gellten immer wieder Veras Schmerzensschreie auf. Mit einem letzten Sprung erreichte er eine Krippe der Wildfütterung, unter deren kleinem Dach er zumindest einen notdürftigen Schutz für sich und Vera fand. Sie mussten sich allerdings eng zusammendrängen, um für beide genug Platz zu finden.

Im grellen Schein der ersten Blitze erkannte er in Veras Gesicht panische Angst vor den Naturgewalten, die sie in der Stadt noch nie so heftig erlebt hatte. Ein Feuerstrahl brach vom Himmel nieder, beinahe im selben Augenblick ein krachender Donner, der die Erde erbeben ließ. Es musste in den Gösing-Fluss eingeschlagen haben! Mit einem Entsetzensschrei warf sich die Vera an seine Brust, schlang die Arme um seinen Nacken und barg ihr Gesicht an seinem Hals. Aus Mitleid musste er sie fest in seinen Armen halten, denn sie zitterte, ihre Zähne schlugen hörbar aufeinander. Als er versuchen wollte, sie warm zu reiben, fiel ihm ein, dass sie unter ihrem Bademantel nackt war. Er riss sein Handtuch aus der Badetasche. Es war feucht, doch er wickelte es fest um ihren Leib und erwärmte sie damit, bis der Schüttelfrost verebbte und ganz aufhörte. Dabei redete er die ganze Zeit über beruhigend auf sie ein.

So brutal schnell das Unwetter über sie hergefallen war, so plötzlich verzog es sich, und der Florian entschied: „Jetzt müssen wir aber schnell heimlaufen, sonst kriegst du noch eine Lungenentzündung! Wird es schon gehen?"

„Ganz bestimmt", versprach sie, doch ihre Stimme klang nicht zuversichtlich. Zuletzt konnte sie wieder leise lachen und ihm raten: „Wickle mich vorher wieder aus deinem Handtuch, sonst wird man sich auf dem Hof den Kopf zerbrechen, welche Spielchen wir zwei aufgeführt haben könnten."

Im Wald hatten sich Mulden und Gräben mit beinahe nussgroßen Hagelkörnern gefüllt, doch der Weg zum Bergheim-Hof führte über eine ebene, silbrig glänzende Eiswüste. Ihnen blieb keine andere Möglichkeit, sie mussten losrennen, und auch wenn die Vera um eine Minute Verschnaufen bettelte, zerrte sie der Florian mitleidlos weiter.

Sie kamen nicht durchs große Tor auf den Hof, sondern zwischen den Stallungen, Scheunen und der Tenne.

Vera lehnte um Atem ringend an einer Holzwand. „Nur ein paar Sekunden“, bat sie tonlos. Als sie der Florian dennoch das letzte Stück bis zum Wohnhaus drängen wollte, schlang sie plötzlich die Arme um seinen Nacken und presste ihre Lippen auf seine. Es gelang ihm nur mit Mühe, sich aus dieser leidenschaftlichen Umarmung zu lösen. Nahe an seinem Ohr flüsterte sie: „Danke, Florian, du hast mir das Leben gerettet. Du bist so gut zu mir gewesen! Ich liebe ...“

Ein greller Lichtkegel blendete und lähmte sie beide. Plötzlich waren viele Stimmen um sie, aber sie hörten die Bergheim-Bäuerin doch nur wie von weit her sagen: „Gott sei Dank, ihr lebt! Wir haben euch schon suchen wollen, denn am Fluss hat der Blitz einen Mann erschlagen.“

Die Huber Erika wiederholte noch im Entsetzen, was ihre Bäuerin schon gesagt hatte: „Vom Blitz erschlagen! Einen Mann! Das hättest leicht du sein können, Florian! Aber du hast wieder einmal einen Schutzheiligen bei dir gehabt!“

„Eher eine Schutzheilige“, flachste die Trude, Veras Freundin, und war doch dem Schluchzen näher als dem Lachen. „Heilige Vera, zieh wenigstens deinen Bademantel wieder ordentlich zu! Nicht bös sein, dass ich noch so dumm daherrede, aber wenn ich denke, dass ich beinahe mit euch zum Fluss gegangen wäre, zittern mir allein schon davon die Knie!“

Von ganz hinten her drängte sich die Reni durch und legte ihren Wetterfleck der Vera um die Schultern.

„Hauptsach, es ist euch nichts geschehen", sagte sie noch.

Der Laithofer Franz, einziger Knecht vom Hof, zog ein komisch weinerliches Gesicht und jammerte: „Aber wie leicht hätt's euch erwischen können! Vera, wenigstens um dich wär's arg schade gewesen!"

Mitten in dieses Geratsche fuhr die Bergheim Martha zornig drein: „Gehen wir doch endlich ins Haus! Sieht denn niemand, dass sich die Arme kaum mehr auf den Beinen halten kann!"

Noch einmal spöttelte Veras Freundin, die blonde Trude, diesmal schon unüberhörbar feindselig: „Keine Angst um die Arme! Die hängt fest genug dem Florian am Hals, und so lieb, wie er sie gehalten hat, wollte ich auch einmal von ihm gehalten werden."

Solchen Unsinn hörte sich die Martha nicht länger an. Sie und die Reni brachten die Vera ins Haus und mussten sie auf dem Weg mehr tragen, als sie noch gehen konnte.

Schon beim folgenden gemeinsamen Abendessen zeigten sich in der scheinbar so wunderbaren Harmonie der Leute auf dem Bergheim-Hof, der Bauern, ihrer Dienstleute und der Gäste, gefährliche Risse.

Erst saßen sie noch eher schweigsam und erschöpft am Tisch. Die Greindl Reni, als die jüngste Magd, hatte ihn gedeckt und brachte nun aus der Speiskammer, was der Hof für ein kaltes Abendessen bieten konnte: Fleisch, Wurst, Speck, Käse, Butter und Brot, dazu den üblichen Haustrunk.

„Einen guten Appetit!", wünschte die Bäuerin. „Was auf dem Tisch steht, kann aufgegessen werden.

Für die zwei Ehepaare, die noch in Windeck geblieben sind, hab ich Brotzeitbrettln auf die Seite gegeben."

Als niemand zulangte, nahm sie sich selbst. Der Florian deutete den beiden Dirndln, sie sollten sich bedienen, als Gäste kämen nun sie an die Reihe. Die Trude lud sich mit gesundem Hunger ordentlich auf, wogegen die Vera bat: „Nicht bös sein, heute bring ich mit dem besten Willen kaum mehr was hinunter."

Das ließ die Bergheim-Mutter nicht gelten, sondern sie redete ihr gut zu: „Kindl, die Gefahr ist vorbei, jetzt musst du schauen, dass du möglichst schnell sicher auf die Beine kommst und alles Böse vergisst."

Auch ihre Freundin ermunterte sie: „Gar kein Grund für Trauerfasten, Vera, denn zuletzt ist für dich alles gut ausgegangen!"

Eigentlich spürte nach all den Aufregungen Florian seinen Hals noch wie zugeschnürt, doch er wollte niemandem Anlass fürs Bemitleiden oder Spötteln bieten. Also nahm er sich nur von dem, was er gern aß, und brachte das recht schnell hinunter.

Am besten schienen sich noch die drei Dienstleute vom Hof zu fühlen. Die Huber Erika stichelte nur ein bissel boshaft: „Ich hab heute nicht baden gehen dürfen, sondern den Kuhstall ausmisten müssen. Alsdann steht mir ein gesunder Hunger zu." Sie lud sich kräftig auf, und die Bergheim-Mutter legte ihr noch zusätzlich ein Stückl Rauchfleisch auf den Teller. Mit einem wohligen Seufzer sagte die Dirn: „Bäuerin, wenn ich noch ein bissel dicker werd, kann ich nur noch schnaufen und mich beim Arbeiten nicht mehr bücken. Deine Schuld!"

„Ich nehm sie auf mich", gab die Martha launig zurück. „Was hat's, Franz, fürchtest auch du das Dickwerden? Lang zu, nachher kannst du gleich noch einmal so viel schaffen."

„Werde ich, Bäuerin", versprach der Knecht, aber gleich schwand das Lächeln aus seinem Gesicht. „Bist 'leicht mit mir nicht mehr zufrieden?"

„Was du schon wieder denkst! Du bist doch unser Bester", beruhigte sie ihn schnell, denn sie wusste, dass der bärenstarke, meistens lustige Knecht mit der strohblonden Stoppelfrisur und der kleinen Knollennase in Wahrheit empfindlicher war als ein Blümerl gegen Frost und sich bald über jedes tadelnde Wort kränken konnte.

Jetzt lachte er schon wieder, lud sich den Teller voll und flachste zur Erika hin: „Gelt, wie ein Mann beim Essen ist, so busselt er auch."

Die Stimmung war gerettet, nur die Reni kam noch nicht so recht dazu, beim Tisch zu bleiben. Bald musste sie noch Wurst und Käse aufschneiden, dann wieder sollte sie aus dem Keller einen Krug Haustrunk holen.

Der Laithofer Franz bot ihr gleich an: „Soll ich mit dir gehen? Im Keller wird's gefährlich, denn dort lauern Kampfmäuse, die auf ängstliche Dirndln abgerichtet sind!"

Auch wenn sie wusste, dass der Knecht immer nur seine gaudig frechen Sprüche hatte und in Wahrheit eher schüchtern war, lehnte sie sein Angebot ab: „Ich hab mich noch nie gefürchtet, also wird mich auch heute keine Riesenmaus erbeißen."

„Riesenmaus!", fand der Franz besonders lustig und war über die Zurückweisung seiner Hilfe kein bissel beleidigt. Auf seine kleine Knollennase zeigend, warnte er die Reni: „Fühl dich nicht zu sicher, Dirndl! Schau, mir hat sie schon das Nasenspitzel abgebissen!"

Von nun an herrschte beim Abendessen wieder eine gelöstere Stimmung. Martha, Florian, Trude und Vera blieben nachher noch beisammen sitzen. Als der Hellriegel-Wirt die Familien Herwig und Scherer aus der Stadt zurückbrachte, gab es genug Neuigkeiten. Keine zehn Worte ließ sich Frau Gerda von der Trude über die Aufregungen und Ängste auf dem Hof bei Blitz und Hagelschlag erzählen, sie schnitt zu dramatische Schilderungen mit den Worten ab: „Seltsam, ein paar Kilometer weiter, in Windeck, ist kein Tropfen gefallen. Der Trompeter aus der Feuerwehrmusik hat wunderbar gespielt. So gefühlvoll, Richtige Gänsehaut habe ich bekommen, denn er hat sich nachher gerade zu uns her verbeugt."

„Zu dir, mein Liebe, beinahe nur zu dir", verbesserte sie der Egon gutwillig. Vermutlich hatte er für seine von ihr durchschaute Absicht, den Nachmittag mit der blonden Trude auf dem Hof zu verbringen, noch einiges abzubüßen. Er stellte sogar zwei Doppler Rotwein aus der Kellerei der „Goldenen Krone" auf den Tisch. „Irene, bring uns acht Gläser, wir wollen diesen wunderschönen Tag wenigstens bis Mitternacht fröhlich zu Ende feiern!", rief er und schenkte der Trude heimlich einen sehr freundlichen Blick.

„Nur sieben Gläser", verbesserte ihn seine Ehefrau Gerda und bewies damit neuerlich ihre scharfe Beobachtungsgabe. „Kein Wunder, dass es dir nicht aufgefallen ist, wie die Vera schon fortgegangen ist."

Außer ihm merkte nur die Bergheim-Bäuerin die Spitze. Darum entschuldigte sie das Dirndl: „Ihr müsst einsehen, die Arme hat heute schon eine Menge Angst und Aufregungen ausgestanden. Also nicht bös sein, weil sie ohne großen Abschied verschwunden ist. Morgen in der Früh sitzt sie wieder fröhlich bei uns. In dem Alter ist Weinen und Lachen noch nahe beisammen."

Egon Scherer stimmte ihr gern zu. „Immerhin sind wir noch sieben. Martha, sag nur nicht, dass auch du als Bäuerin morgen schon mit dem ersten Hahnenschrei aus den Federn springen musst!"

„Sogar schon eine halbe Stunde früher!", verbesserte sie ihn. „Unser Hahn ist faul geworden und kräht jeden Morgen mit ein bissel mehr Verspätung!"

Mitten in die heitere Stimmung korrigierte der Florian noch einmal die Zahl der Feiernden: „Reni, du kannst noch ein Glas vom Tisch wieder wegnehmen. Auch ich bin nach diesem Tag müde. Todmüde sogar! Gute Nacht allseits."

Die Mutter schickte ihm einen recht sorgenschweren Blick nach, wogegen der Scherer Egon freudig aufsprang und die Stimmung mit seiner Reimkunst rettete: „Wie bei den zehn kleinen Negerlein! Sieben wären noch geblieben, doch eines lockte Sex, da waren's nur noch sechs!"

„Egon, du setzt dich!" forderte ihn Gerda Scherer so energisch auf, dass er nicht einmal mehr einen Blick zur Trude hinüber wagte. Seine Frau hingegen erkundigte sich teilnahmsvoll bei ihr: „Bist du nicht auch schon müde?"

„Keine Spur!", widersprach ihr die flachsblonde Schönheit mit aufreizender Freundlichkeit. „Dir dank ich, dass mir das langweilige Konzert mit dem tollen

Trompeter erspart geblieben ist. Ich bin auch nicht zum Fluss hinunter gegangen, habe keine Todesangst vor Schlangen ausstehen müssen und bin beim gefährlichen Hagelschlag in der guten Stube gesessen. Deshalb kann ich heute leicht noch bis Mitternacht, oder auch länger, durchfeiern!"

Nur um einen offenen Streit zu verhindern, schlug ihr die Martha Bergheim vor: „Willst du nicht wenigstens für ein paar Minuten nach der Vera schauen? Die hat sich noch nicht wieder ganz wohl gefühlt."

Das kostete die Trude einen Lacher. „Die Vera fühlt sich bestimmt sehr wohl. Martha Bergheim, wie du vorhin so richtig gesagt hast: In ihrem Alter sind Lachen und Weinen nahe beisammen. Ich bin überzeugt, sie weint bestimmt nicht mehr!" Dann schob die Trude ihr leeres Glas zum Nachschenken über den Tisch und bat recht lieb: „Egon, krieg ich noch einen Schlummertrunk? Aber keine Angst, ich lasse euch noch lang nicht allein!"

Zwei Doppler Rotwein stimmten die Gesellschaft immer übermütiger. Dass die Bergheim-Bäuerin dabei stiller wurde, fiel niemandem auf. Von den Dienstleuten war nur die Reni zur Bedienung geblieben. Erteilte man ihr gerade keinen Auftrag, so wollte der Egon Scherer unbedingt, dass sie sich auf den Stuhl an seiner Seite setzte. Gerda Scherer hatte es für den Augenblick aufgegeben, ihren widerspenstig gewordenen Ehemann zu kommandieren. Die Reni aber wusste von allein, dass sie jetzt nicht mehr zu dieser Gesellschaft gehörte. Sie kam nicht an den Tisch, sondern bereitete in der Küche das Frühstück für den nächsten Morgen vor.

Es ging noch lang nicht auf Mitternacht zu, als die Martha aufhorchte und gleich darauf verlangte: „Seid doch einmal still! Habt ihr nichts gehört? Einen Schrei!“

Diesmal wollte der Alfred Herwig jede Störung dieser Nacht ausschalten und scherzte: „Einen Schrei? Hat am Ende die Mördermaus im Keller wieder zugebissen?“

Außer der Bäuerin hatte niemand etwas gehört, doch das Lachen erstarb, denn im Gesicht der Bergheim-Mutter stand deutlich Angst. Sie sagte beinahe tonlos: „Ich hab ihn gehört, einen Schrei in Todesangst!“

Die Martha Bergheim tastete sich ängstlich durchs Vorhaus zur Tür. Als sie die Klinke niederdrückte, sagte sie so verzweifelt, als wäre ihr eine schreckliche Vorahnung in diesem Augenblick zur Gewissheit geworden: „Nicht abgeschlossen! Dort draußen hat jemand von den Unseren in Todesangst geschrien!“

„Nicht so einfach hinausgehen!“ Die Reni hängte sich mit aller Kraft an ihre Bäuerin und flehte: „Um Himmels willen, denk an den Lumpen, den Strolch! So einem kommt's auch auf einen Mord nicht an!“

Die beiden älteren Ehepaare drängten ängstlich nach. Die Trude war in der Stube betrunken auf den Tisch vorgesunken.

Niemand hätte die Martha Bergheim zurückhalten können. Sie riss sich von ihrer Magd los, stieß gellende Schreie aus und rannte in die Nacht. Warum gerade in die Richtung zum Waldrand, hätte sie später nicht mehr sagen können. Regen hatte den Wiesenboden tief und schwer gemacht, die Bäuerin kam nur mühselig den Hang hinauf. Als plötzlich der Sölla-Bach in seinem Graben wie ein Wildwasser vor ihr dahingurgelte, zögerte sie, aber im nächsten Augenblick hörte sie ersticktes Weinen, und da konnte nichts mehr sie aufhalten. Sie raffte ihren Rock bis zu den Knien hinauf und sprang mit den Schuhen in den Bach. Das Wasser warf sich wild und eisig um ihre Beine. Fast hätte sie das Gleichgewicht verloren.

„Bäuerin!“ schrie neben ihr die Reni entsetzt auf und packte sie gerade noch am Arm. Zu zweit taumelten sie die wenigen Schritte bis zum anderen Ufer, wo sie auf Knien über den Grasboden hinaufkrochen. Die Scherer und Herwigs waren drüben stehengeblieben, denn sie wagten im Finstern nicht den Schritt in den tobenden Bach.

„Dort!“ keuchte die Reni und zeigte hin, wo sie keine paar Meter weiter etwas Dunkles auf dem Boden sah.

Für die Martha zählten keine Bedenken, sie würde dem Lumpen und Gewalttäter in die Arme laufen. „Wir kommen!“, schrie sie, kriegte aber keine Antwort mehr.

Zuletzt brachte die Reni noch mehr Kraft auf, war knapp vor ihrer Bäuerin am Unglücksort und warf sich neben einer liegenden Gestalt auf die Knie. „Um Himmels willen!“

Dann war auch schon die Bergheim-Bäuerin bei ihr. „Kind, Vera, bist du verletzt? Was ist geschehen? Hat dir jemand was angetan?“

Die Unglückliche bewegte die Lippen und würgte mit Mühe ein paar unverständliche Worte heraus.

„Kannst du aufstehen?“ drängte sie die Reni. „Hat

dich jemand niedergeschlagen oder gar gestochen? Auf keinen Fall darfst du hier liegen bleiben!"

„Mir tut alles so weh", stöhnte die Vera. „Helft mir, dann schaff ich es auf den Hof zurück."

Als die Reni fester zupackte, um sie zu stützen, stieß sie zwar einen Schmerzensschrei aus, aber nun half auch die Martha mit. Nach einer kurzen Zwischenrast stellten sie die Unglückliche auf die Beine, legten sich ihre Arme um die Schultern und führten sie behutsam weiter. Bei den ersten Schritten knickte Vera noch ein und wäre beinahe aufs Gesicht vorgefallen, doch nachher kam sie schon besser weiter.

„Über den Steg!", entschied die Martha und drängte sie am Ufer entlang weiter. „Anders kommen wir mit ihr nicht über den Bach. Kindl, so weit musst du noch durchhalten, von dort holen wir dich mit einer Notbahre und tragen dich ins Haus."

„Nein! Nicht fortgehen!", lallte die Vera. Es klang so erbärmlich wie in Todesangst. „Wenn ihr mir nur helft und bei mir bleibt."

Plötzlich, bevor sie noch den Steg über den Bach erreichten, tauchte aus der Finsternis eine Gestalt auf. Marthas Herzschlag stockte für Augenblicke, aber die Vera stieß einen so grauenhaften Schrei aus, dass auch die vier anderen Gäste zu ihnen gelaufen kamen.

Die Reni flüsterte fassungslos: „Du, Florian?"

„Verschwind!" befahl ihm die Mutter, damit sich die Verletzte nicht noch mehr aufregen sollte.

Inzwischen lag die Trude längst schon angekleidet über ihr Bett geworfen, von zu viel Alkohol besinnungslos. Deshalb führten sie die Vera in Renis Kammer, wo sie aufrecht auf dem Stuhl sitzen konnte. In der Martha erwachte somit die Hoffnung, Veras Erschöpfung stamme mehr von Angst als von Verletzungen, doch als sie ihr Renis Umhang von den Schultern zog, würgte sie das Mitleid. Der Reni befahl sie: „Verbandzeug! Ganz unten in der Kredenz! Und einen Kübel warmes Wasser! Schnell!"

Erst jetzt fragte sie hastig und fürchtete sich doch vor der Antwort: „Kind, wer hat dich so arg zugerichtet?"

Hatte sie der Gewalttäter, der Verbrecher, nahe beim Hof überfallen, war das Grauenhafte schon bis an ihre Tür gekommen? Sie wehrte sich verzweifelt, den schrecklichen Verdacht eines Augenblicks weiterzuverfolgen: Der Florian war gleich nach Vera von der Gesellschaft weggegangen und dann plötzlich beinahe neben ihr aus der Nacht aufgetaucht. Veras Entsetzensschrei, als sie ihn gesehen hatte! „Das kann nicht sein", beschwor sich die Martha Bergheim. „Nur das nicht!" Bevor noch die Reni mit Verbandzeug und Wasser aus der Küche zurückkommen würde, fragte sie hastig: „Was hast du mitten in der Nacht draußen gesucht? Schnell, antworte mir!"

Die Vera schaute sich in panischer Angst nach allen Seiten um und flüsterte nur, als fürchtete sie, einer könnte mithören: „Er hat geklopft. Ans Fenster. Dann ist er verschwunden, ein Schatten in der Nacht. Ich bin hinaus vor die Tür und hab ihn gerufen: Florian! hab ich gerufen. Gezeigt hat er sich nicht mehr, aber er hat mich mit recht liebem Flüstern zum Bach gelockt. Drüber dem Brückerl ist er von hinten über mich hergefallen, hat mir die Bluse heruntergerissen, mich hingeschmissen, mich geschlagen und ... Ich hab nur noch schreien können. Da ist im Haus Licht geworden."

„Noch rechzeitig?", fragte die Bergheim Martha und hielt den Atem an. Als die Vera nickte, stöhnte sie erleichtert auf: „Wenigstens das nicht!"

Mit Renis Hilfe wusch und verband sie die meist nur leichteren Verletzungen, Kratzer, Platzwunden an Armen und Beinen. Sie legten ihr eine Decke um, denn etwas überzuziehen hätte ihr arge Schmerzen bereitet. Als es an die Tür klopfte, dachte die Mutter nicht, sondern fragte aus einem Gefühl heraus: „Florian? Bist du's?"

„Der Florian? Wieso? Ich will euch nur sagen, dass die Gendarmen in ein paar Minuten hier sein werden. Ich hab sie von meinem Mobiltelefon aus verständigt." An der Stimme erkannte sie den Alfred Herwig. Als er nicht gleich Antwort bekam, vergewisserte er sich beinahe misstrauisch: „Oder sollt ich das nicht tun?"

„Vielleicht hätten wir der Vera noch ein bissel Zeit zum Erholen lassen sollen", sagte sie zur Tür hin. „Und mir auch", fügte sie in Gedanken hinzu, damit sie vorher noch mit ihrem Sohn reden könnte. Inzwischen fühlte sie sich aber schon ruhiger und dachte vernünftiger. Sie kam sogar zur festen Überzeugung, dass ausgerechnet der sanftmütige, grundanständige Florian niemals einer Wehrlosen Gewalt antun würde. Oder vielleicht doch, wenn sie ihn mit vorgetäuschten Gefühlen erregt und dann plötzlich auf kränkende Weise zurückgewiesen hätte? Martha wusste nicht, was beim Baden und später während des Unwetters geschehen sein mochte. Sie konnte es nicht einmal mehr klar überlegen, denn schon ein paar Minuten später hörte sie ein Auto durchs Hoftor fahren. Wenigstens zwei Männer mussten ausgestiegen sein, denn einer hämmerte ziemlich hart an die Haustür, ein anderer klopfte zugleich der Reihe nach an alle beleuchteten Fenster.

Mit einem Blick befahl die Bergheim ihrer Dirn zu öffnen. Sobald die Reni aus dem Raum gegangen war, drängte sie noch einmal: „Sag's mir ehrlich: Wer könnte dir das angetan haben?"

Gleich ging wieder ein Zittern durch Veras Hände, mit denen sie sich in die Decke verkrallte und sie zusammenzog, als fürchtete oder schämte sie sich, jemand Fremden ihre Verletzungen sehen zu lassen. Ein kurzes Klopfen, schon ging die Tür auf. „Der Gendarm", flüsterte sie erleichtert, als hätte sie gefürchtet, ein anderer würde kommen.

„Einen schönen guten Abend", wünschte der Postenkommandant Max Schindler, weder zum Anlass seines Kommens noch der späten Stunde so recht passend. Nach dem telefonischen Hilferuf des Alfred Herwig hätte er hier das Chaos mit einer hysterischen, seelisch und körperlich schwer Verletzten erwartet. Statt dessen saß dieses schwarzhaarige Dirndl zumindest ruhig auf einem Stuhl, die Bergheim-Bäuerin lächelte ihm sogar entgegen. Also fragte er beinahe leichthin: „Unser Sittenstrolch hat also wieder ein Opfer gefunden. Fräulein Vera, ich darf du sagen?"

Sie warf einen ängstlichen Blick auf den großen, mächtigen Mann, der vielleicht nur zur Tarnung so freundlich redete. Als die Martha ihr ermutigend zunickte, sagte sie: „Sie wollen was wissen. Fragen Sie halt."

Mit drei kurzen Antworten wiederholte sie, was sie schon der Bergheim-Bäuerin berichtet hatte. Dann bat sie: „Langt das? Ich bin schrecklich müde."

Die Martha atmete erleichtert auf, denn die Vera hatte den Namen Florian nicht einmal erwähnt. Max Schindler beendete die Befragung, versicherte ihr, sie müsse keine Angst mehr haben, er würde nur noch die anderen Bewohner nach ihren Beobachtungen fragen. Reni war vor der Tür stehen geblieben, jetzt führte sie ihn zur Stube, wohin der zweite Gendarm inzwischen schon die Leute vom Hof und deren Gäste zusammengetrommelt hatte.

Für die Bäuerin bot sich keine Möglichkeit, von der Befragung auch nur ein Wort mitzubekommen, denn sobald sie aufstand und einen Schritt zur Tür machte, begann Vera leise wie ein Kind zu weinen. „Um Himmels willen, lass mich nicht allein!", bettelte sie verzweifelt.

Martha erkannte eine andere Möglichkeit, mehr von der Wahrheit zu erfahren. „Keine Angst, ich bleib bei dir", beruhigte sie die Vera, doch auch wenn sie es grausam fand, stellte sie eine Bedingung: „Aber wenn du mir nicht alles sagst, was du weißt, muss ich drüben in der Stube hören, was die anderen reden."

Hastig wiederholte die Vera ihre bisherige Schilderung, soweit sie sich an das Geschehene überhaupt erinnern konnte. Gerade an dem Punkt, über den die Mutter unbedingt alles erfahren musste, verstummte sie. Martha unterbrach sie plötzlich in scharfem Ton: „Was hat dir der Florian angetan? Hat er dich überfallen und hingeschmissen?"

In Veras Augen trat das helle Entsetzen. „Einer hat

mich doch nach dem Steg über den Bach von hinten angefallen, gepackt und auf die Erde geworfen. Alles um mich ist finster geworden, ich hab nichts gesehen."

Sie rettete sich wieder in Schluchzen, aber für die Mutter ging es um zu viel, als dass sie Mitleid bekommen hätte. „Denk nach, oder ich geh!", drohte sie und tat, als würde sie aufstehen.

„Nicht fortgehen!" Vera schlug die Hände vors Gesicht, und als könnte sie mit geschlossenen Augen das Geschehene noch einmal sehen, beschrieb sie es: „Ein Lichtschein fällt vom Hof herüber. Oder ist es der Mond? Ja, der Mond. Er hat mich hingeschmissen und sich über mich geneigt. Er will mich packen, ich aber krall ihm mit meinen Fingernägeln übers Gesicht. Da ist er aufgesprungen und davongelaufen. Nur einen kurzen Augenblick lang hab ich ihn gesehen."

„Wen?"

Als fiele es ihr unbeschreiblich schwer, würgte sie zwischen Schluchzen heraus: „Den ... Florian."

Schon die längste Zeit über hatte die Martha unter diesem schrecklichen Verdacht gegen ihren Sohn gelitten, ihn als irr verdrängt und doch weder vergessen noch verwerfen können. Jetzt hörte sie von den Lippen dieses armseligen Opfers den Namen des Täters und konnte die Ungeheuerlichkeit nicht fassen. „Das lügst du dir zusammen!", schrie sie plötzlich unbeherrscht. „Aber von niemandem lass ich mir meine Familie zerstören. Ich glaub's dir nicht, und wenn du's mir auf deinem Totenbett schwören würdest!"

Sie sprang auf und ging mit großen Schritten, zu allem entschlossen, weg. In dem Augenblick öffnete sich die Tür. Die Reni stand davor und sagte: „Alle sitzen noch in der Stube. Die Gendarmen sind fort, du kannst schon herauskommen. Bestimmt willst du hören, was sie gefragt haben. Ich bring inzwischen die Arme ins Bett. Oder willst auch du ihr dabei helfen?“

In der Martha tobte plötzlich ein so unbezähmbares Hassgefühl gegen die Vera, als hätte alle Schuld die allein getroffen. „Nein!“, sagte sie hart, ging aus der Kammer und beachtete nicht einmal das verständnislose Schauen der Reni.

Bis zur Stube, wo alle versammelt saßen, waren es keine zehn Schritte, aber der Martha schien es, als sollte sie einen unendlich weiten Weg nach Golgatha hinter sich bringen. Ihrem Florian zuliebe musste sie auch das schaffen, um jede Verleumdung durch die Vera zu widerlegen.

Selbstverständlich klopfte sie in ihrem eigenen Haus nicht an die Tür der Stube, sondern sie brach geradezu in den Raum. Alle schauten erschrocken auf sie und ahnten, dass ihnen nach den bisherigen Aufregungen jetzt auch noch die Bergheim Schwierigkeiten bereiten würde. Alfred Herwig rechtfertigte sich deshalb sofort ungefragt: „Ich habe mit der Gendarmerie von Windeck telefonieren müssen, denn immerhin ist dort draußen in der Nacht ein Verbrecher, ein Gewalttäter, der leicht zum Mörder werden könnte! Das sagt auch der Max Schindler.“

Die Martha hörte daraus den Vorwurf, sie hätte sich nicht nur um die Vera, sondern ebenso um ihre anderen Gäste kümmern müssen. Darum fragte sie scharf zurück: „Und was hat die Gendarmerie zu unserem Schutz veranlasst?“

Auch Suse Herwig rechtfertigte die Aktion ihres

Mannes: „Zumindest hat man uns gewarnt, heute Nacht nicht mehr aus dem Haus zu gehen, Fenster und Türen geschlossen zu halten."

Egon Scherer wollte das Seine dazu beitragen: „Es wäre sinnlos, in der Dunkelheit nach dem Verbrecher zu suchen."

„Egon, du lässt mich das sagen!", tuschte ihn Frau Gerda nieder und ergänzte den Bericht: „Der Herr Postenkommandant wird bei Anbruch des Morgens mit einem Suchtrupp, mit dem Jäger und seinem Hund sowie ein paar Leuten von der Feuerwehr die Gegend nach Spuren absuchen."

Beinahe hätte die Martha aus feindseligem Spott gefragt, ob auch der Trompeter der Musikkapelle mitkommen werde, um die Aktion mit Signalen zu lenken. Im Augenblick hasste sie jeden Glücklichen, der nicht dieselben Zweifel leiden musste wie sie. Nach einem Blick in die Runde fragte sie: „Wo ist die Trude?"

Unüberhörbar geringschätzig erklärte der Egon Scherer: „Sinnlos betrunken."

In Marthas Stimme kam ein Zittern, als sie sich nach ihren Dienstleuten erkundigte: „Die Erika und der Franz?"

Von der im Dunkeln liegenden letzten Zimmerecke her sagte der, nach dem sie nicht zu fragen gewagt hatte, der Florian: „Auch unsere Dienstleute hat der Schindler schon in die Kammern geschickt. Sie stehen außer jedem Verdacht."

Langsam kam er ins Licht, und als er den Kragen seines Jankers zurückschlug, erkannte Martha an seinem Hals zwei tiefe Kratzwunden, aus denen kleine Blutstropfen auf sein Hemd sickerten. Die Mutter fürchtete, die Erde müsse aufbersten und die Welt, zumindest den Bergheim-Hof, in einen Feuerkrater reißen. Unter ihr schwankte der Boden, aber sie war noch stark genug, um nicht vor aller Augen zusammenzubrechen. Sie konnte sogar fragen, ohne an ihren Worten zu ersticken: „Florian, woher hast du das? Wer hat das gemacht?"

Er ging mit drei großen Schritten auf sie zu, blieb erst nahe vor ihr stehen, aber dann sagte er klar und deutlich: „Ich hab's schon dem Schindler gestanden: Die Vera hat mir die Fingernägel ... Nicht ihre Schuld!"

Im nächsten Augenblick musste er die Mutter in seinen Armen auffangen.

Die Verwirrung innerhalb der Bergheim-Familie war noch lang nicht ausgestanden. Auch wenn am nächsten Morgen die Ehepaare Scherer und Herwig bedauerten, dass ihr Urlaub ein so plötzliches Ende gefunden habe. Aus geschäftlichen Gründen, gaben sie vor, doch man konnte ihnen unschwer von den Augen ablesen, dass sie Angst hatten, weiterhin auf dem Einschichthof in der Au zu bleiben. Florian bat den Hellriegel Hans über das Mobiltelefon Alfred Herwigs, seine Gäste abzuholen und nach Windeck zu bringen.

Auch wenn es unglaubwürdig klang, beteuerte der Egon Scherer zum Abschied: „Liebe Martha, wir haben uns in deinem Haus sehr wohl gefühlt und werden bestimmt im nächsten Jahr wieder ..."

Seine Frau, die Gerda, unterbrach ihn: „Egon, du trägst jetzt unsere Koffer hinaus. Der Hellriegel kann jeden Augenblick kommen, und wir sollten ihn nicht warten lassen." Um der Bergheim-Bäuerin zu erklären, dass sie kaum jemals noch hierher kommen würde, kehrte sie zum förmlichen Sie zurück: „Die Rechnung für uns vier Personen schicken Sie an meine Anschrift, dazu auch die Angaben über die Bankverbindung, damit es keinen vermeidbaren Briefwechsel geben muss. Das wär's, ich seh schon das Auto der ‚Goldenen Krone'." Als würde das alles erklären, fügte sie noch hinzu: „Hintennach kommt die Gendarmerie mit drei Wagen auf Verbrecherjagd. Sie werden es einsehen, meine Liebe: Man fühlt sich hier leider nicht mehr wohl."

Die Abschiedsworte fielen auch von Marthas Seite entsprechend kühl aus.

Als ihn seine vier Gäste nicht hören konnten, sagte der Hans Hellriegel leise zur Bergheim-Bäuerin: „Tut mir ehrlich Leid, dass die gleich vor Angst in die Hosen machen und davonrennen." Er gestand ihr sogar: „Am meisten Leid tut's mir, dass dafür die Burga wieder auf den Hof kommen will."

An diesem Morgen zeigte die Bergheim-Bäuerin wenig Bereitschaft zu einem längeren Gespräch mit dem Kronen-Wirt und verabschiedete sich statt dessen von der Familie Herwig mit den freundlichen Worten: „Wenn Sie wieder einmal bei mir Urlaub machen wollen, wird's mich recht freuen."

Alfred Herwig stellte überraschend die Bedingung: „Aber nur, wenn du weiterhin Freunde in uns siehst. Wir wünschen dir, dass für dich alles Hässliche bald vorbei ist!"

Er drückte ihr sogar einen Kuss auf die Wange, Frau Suse folgte etwas zögernd seinem Beispiel.

Der Hellriegel Hans fragte sie indessen schon: „Wie geht's mit den zwei Dirndln weiter? Ich hab nur erfahren, die müssen noch ein paar Tage bei mir in der ‚Krone' bleiben." Zur Warnung deutete die Bergheim-Bäuerin auf den Max Schindler, der soeben mit drei weiteren Polizisten aus dem Dienstauto stieg und auf sie zukam. Rasch haspelte der Wirt herunter, was er unbedingt anbringen wollte: „Die Suche nach dem unheimlichen Gewalttäter ist also noch nicht beendet, und ich fürchte, der Schindler wird ihn mit seinen paar Nachtwachtern auch nicht so bald erwischen. Martha, überleg's dir noch einmal: Wär's nicht besser, die Burga würde in der nächsten Zeit auch über Nacht bei mir in der ‚Krone' bleiben? Wenn der Verbrecher doch allerweil wieder junge Dirndln überfallt. Ich verspreche dir ..."

Unerbittlich hakte sie bei seinem Satz ein: „Versprich mir, dass du die Burga nach der Sperrstund jede Nacht mit dem Auto zum Hof herausbringst. Ist dir das zu mühselig, musst du dir leider für dein Wirtshaus eine andere Helferin suchen. Hast mich?"

„Bist ja deutlich genug", murmelte er enttäuscht, machte gleich darauf wieder ein sonniges Gesicht und ging zu seinem Auto, in das sich inzwischen schon die Familien Scherer und Herwig mit all ihrem Gepäck verstaut hatten. Frau Gerda ließ zum Fenster heraus ihr weißes Taschentuch flattern, wie wenn sie zuletzt vom Bergheim-Hof doch in Frieden scheiden wollte.

Max Schindler, der Postenkommandant der Windecker Gendarmerie, meldete sich bei der Bäuerin geradezu dienstlich stramm. Der Bürgermeister, zwölf Feuerwehrmänner sowie der Jäger mit seinem Hund würden in wenigen Minuten nachkommen. Er neigte sich vertraulich zur Martha und flüsterte ihr zu: „Die beiden Dirndln bring ich jetzt gleich mit dem Auto nach Windeck in die ‚Goldene Krone'. Dort müssen sie noch ein paar Tage durchhalten. Vielleicht bleib ich auch jetzt länger aus, denn ich möcht der Vera privat ein bissel näherkommen."

„Was meinst du damit?"

Noch selten war sich der Schindler Max der Bergheim-Bäuerin so hoch überlegen vorgekommen wie jetzt. „Reden will ich mit ihr", belehrte er sie geradezu nachsichtig, um jeden anderen Verdacht zurückzuweisen. „Aber halt nicht auf dem Gendarmerieposten, sondern gewissermaßen von Mensch zu Mensch. Vielleicht kommt dabei was heraus, denn manches reimt sich in den bisherigen Aussagen nicht zusammen. Und damit andere nicht auch so fragen wie du, nehm ich mir die Trude als Anstandsdame mit. Redet die eine nicht, so mach ich mir die andere gesprächig. Wir haben so unsere Erfahrungen. Als Gendarmen!"

Plötzlich fühlte sich die Martha wieder so unsicher, als schwanke der Boden unter ihren Füßen.

In der Küche fand sie die Reni. Die schaute ihr verschreckt und mitleidig zugleich entgegen. Man konnte meinen, sie gehörte nicht zu den Dienstleuten, sondern zur Familie.

„Der Gendarm will die Vera und die Trude nach Windeck bringen und dort noch ein paar Tage festhalten!", klagte die Martha angstvoll, wie wenn sie ein Unheil ahnte und nicht abwenden könnte.

„Bäuerin, du darfst doch nicht weinen? Warum auch?"

„Warum?“, wiederholte sie, antwortete aber nicht. Statt dessen fragte sie: „Hast du eine Ahnung, wo der Florian sein könnt? Ich nehm an, er wird sich auch von … von den zwei Dirndln verabschieden wollen. Holst du sie? Ich such inzwischen den Florian. Entweder arbeitet er schon mit den Leuten auf dem Feld, oder er ist beim Vieh im Stall.“

Reni fand die Trude in ihrer Kammer auf dem Bett sitzend. Sie schaute nach dem zu vielen Alkohol in der vergangenen Nacht ziemlich erbärmlich aus und fragte so ängstlich, als sollte sie vom Gendarm ins Gefängnis abgeholt werden: „Ist es soweit?“

„Der Schindler bringt jetzt euch beide nach Windeck.“

Die Trude nickte schicksalsergeben. „Wie der Hellriegel mit seinem Auto weggefahren ist, ohne uns etwas zu sagen, hab ich gleich gewusst: Für uns ist es noch nicht vorbei. Hat einen der Polizist erst einmal im Visier, nachher lasst er einen so leicht nicht mehr los. Und die Vera hat mir vorhin auch einiges erzählt.“

„Was?“, wollte die Reni wissen, aber sie kriegte keine Antwort. Also nahm sie ein paar von den Gepäcksstücken, die schon in der Mitte der Kammer zusammengestellt waren, und trug sie vors Haus. Dabei sah sie ihre Bäuerin zum Stall hinübergehen.

Die Martha Bergheim öffnete die Stalltür vorsichtig und beinahe lautlos. Sie wollte ganz sicher niemanden belauschen oder überraschen, denn sie litt ohnehin zu große Angst, etwas sehen oder hören zu müssen, das ihr ganzes Leben zerstören würde. Es dauerte ein paar Sekunden, bis sich ihre Augen an das Dämmerlicht im

Kuhstall gewöhnt hatten. Während dieser Zeit hörte sie schon leise Stimmen.

„Ich hab in meiner Todesangst nicht mehr klar denken können“, sagte die Vera. „Sonst hätte ich doch niemals dich für den Verbrecher gehalten. Hab ich dir sehr weh getan?“

Der Florian wies sie ärgerlich zurecht: „Lass das, damit machst du nichts besser. Die paar Kratzer bluten nicht einmal mehr, an denen sterb ich bestimmt nicht. Aber vielleicht ertrag ich es eines Tages nicht länger, dass du mich als den Gewalttäter genannt hast und ein paar Leute aus Windeck das sogar glauben könnten.“

„Hab ich nicht!“, verteidigte sich die Vera. „Wie mich deine Mutter gefragt hat, bin ich doch nur bei der Wahrheit geblieben: Gesehen hab ich dich. Einer hat mich im Finstern überfallen, gewürgt und niedergestoßen. Weiß ich, was er mir sonst noch hätt antun wollen, wär deine Mutter nicht gekommen?“

Die Stimme Florians wurde härter. „Passt schon! Da bin eben auch ich noch ganz in deiner Nähe gewesen. Im ersten Schrecken hätt mich die Mutter für den Verbrecher halten können! Ob sie mir das jetzt noch zutraut, weiß ich nicht, aber bei ihr kann ich es ins Reine bringen.“

„Warum schaust du dann noch immer so verzweifelt drein?“

Er wurde beinahe zornig. „Wenn ich dich so anschau, blutig geschlagen, wund, zerkratzt, nachher könnt mir leicht das heulende Elend kommen.“ Nach ein paar Sekunden hörte ihn die Mutter hastig drängen: „Vera, ich denk, es wird Zeit zum Abschiednehmen. Vorher muss ich dich nur eines fragen. Bitte, gib mir eine ehrliche Antwort: Glaubst du noch allerweil, ich könnt dir so etwas angetan haben?“

„Nein, Florian. Jetzt kann ich wieder klar denken. Dir trau ich keine Schlechtigkeit zu. Aber wenn's ohnehin schon Zeit zum Abschiednehmen wird, möcht auch ich dich was fragen und bitt mir eine ehrliche Antwort aus: Als wir uns beim Wolkenbruch im Wald unter das Dachl der Futterkrippe geflüchtet haben, ist es mir so vorgekommen, als könnten wir uns sogar ineinander verlieben.“

„Was willst du jetzt noch von mir wissen? Der Gendarm wird schon im Auto auf dich warten.“

Sie gab nicht auf, sondern fragte unmissverständlich: „Florian, hast du dich wenigstens ein bissel in mich verliebt? Sag ja, und ich komm sehr bald wieder zu euch auf den Hof!“

Nur ein paar Sekunden blieb es still, gerade so lang, wie ein flüchtiges Bussel dauern konnte. Dann sagte der Florian: „Ich denk, du solltest nicht mehr zu mir kommen. In unserer Gegend wird's für ein junges sauberes Dirndl von Tag zu Tag gefährlicher. Aber zwischen uns könnt's wahrscheinlich ohnehin nichts werden.“

Diesmal blieb es länger still. Die Mutter hörte gerade noch die Vera sagen: „Mit diesen Worten hast du mir nicht viel weniger wehgetan als der Gewalttäter in der Nacht.“

Martha schloss lautlos die Tür, denn sie wollte weder den Florian noch die Vera in Verlegenheit bringen. Schäbig fand sie es, dass sie gelauscht hatte, aber froh war sie darüber doch, denn sie meinte nun die Wahrheit zu kennen.

Der Abschied musste knapp ausfallen, die Zeit drängte. Inzwischen stellten sich die einfachen Gendarmen mit ihren Helfern von der Feuerwehr schon zum systematischen Durchsuchen der nächsten Umgebung auf. Nur der Postenkommandant Max Schindler sagte von seinem Dienstauto heraus: „Frau Bergheim, trenn dich von den Dirndln, ewig kann ich auch nicht warten! Du weißt, ich hab noch einiges in Windeck zu klären und will nach Möglichkeit dabei sein, wenn sie hier den Verbrecher gefangen haben. Für meine Beamten kann ich vielleicht noch die Hand ins Feuer legen, aber es könnte leicht geschehen, dass die Feuerwehrleut ihn verprügeln, gar erschlagen oder zumindest in die Gösing schmeißen würden!"

Die Reni blieb in der Küche. Sie zählte nach: „Heute muss ich nur noch für fünf Leut kochen."

Für die Suchmannschaften stellte sie eine Brotzeit mit Bier zurecht. Immer wieder schaute sie vom Küchenfenster über die Wiesen hinauf zum Wald, aber niemand Verdächtiger zeigte sich. Möglicherweise entkam der Verbrecher der Kette seiner Verfolger und rettete sich dann in höchster Not akkurat auf den Bergheim-Hof! Diese Vorstellung spielte die Reni in Gedanken durch und fragte sich, ob sie es übers Herz bringen würde, einen Verzweifelten seinen Häschern, vielleicht sogar Henkern, auszuliefern. „Eh klar", schloss sie. „Was der schon einheimischen und auswärtigen Dirndln angetan hat, verdient eine Strafe. Wenn ich nur denk, wie er die arme Vera zugerichtet hat, gibt's für ihn keine Milde!"

Später sah sie den Florian mit der Huber Erika zu

einer der vier Heuhütten auf die Bach-Wiese hinausgehen, und plötzlich erwachte in ihr wieder ein schrecklicher Verdacht. Sie fragte sich: „Wenn nun der Florian die Erika mit Gewalt ins Heu schmeißt, müsste ich auch ihn anzeigen? Ja!"

Zuletzt stellte sie sich vor, der Bauernsohn würde sie zur Liebe zwingen. Was sollte sie dann tun? Darauf gab sie sich keine Antwort, aber sie kriegte brennheiße Wangen und beruhigte sich: „Der Florian ist ein so feiner Mensch, der tät so etwas keinem Dirndl an!"

Von Zeit zu Zeit schaute sie doch wieder zum Küchenfenster hinaus, aber weder der Florian noch die Erika kamen auf den Hof zurück. Entweder waren sie schon durch den Fichtengraben weggegangen oder sie arbeiteten weiter in der Hütte. „Vielleicht hab ich auch übersehen, dass sie auf den Hof zurückgekommen sind. Man kann doch nicht die ganze Zeit über am Fenster stehen, und außerdem ist es mir ganz gleich und geht mich gar nichts an, was zwischen der Erika und dem Florian geschieht!"

Plötzlich stockte ihr doch der Herzschlag, denn nun war es soweit, dass sie eine schreckliche Entscheidung treffen sollte. Am Waldrand sah sie nämlich eine Gestalt durchs Unterholz brechen. Das konnte nur ein Mann sein. Sogar auf die Entfernung schaute er grauslich aus, wie ein böser Zwerg mit einem runden Buckel, vielleicht auch nur mit einem Rucksack. Der Gewalttäter, der Verbrecher! Die Knie zitterten ihr, vor Aufregung konnte sie kaum mehr stehen und musste sich am Fensterkreuz festhalten. Um sich aus der Erstarrung zu lösen, sagte sie sich flüsternd vor: „Vergewaltigt hat der noch niemanden, auch nicht umgebracht … Um Himmels willen: Meine Bäuerin!“

Die musste sie noch rechtzeitig vor der Gefahr warnen. Also lief sie aus dem Haus und rief gellend ihren Namen. Ihr war, als hörte sie von der Tenne herauf eine Stimme, rannte hin und stieß schon vor der Tür einen nächsten Angstschrei aus. Einer hatte sie in seinen Armen aufgefangen. An den wasserblauen Augen, strohblonden Haarstoppeln und der kleinen Knollennase erkannte sie den Laithofer-Knecht. „Wo ist die Bäuerin?“, würgte sie atemlos hervor. „Sag's schon! Franz, keine Zeit verlieren!“

Der war nicht so schnell aus der Ruhe zu bringen, sondern machte sich noch seine Gaudi. „Hast du's Busseln 'leicht schon gar so eilig?“

„Die Bäuerin!“ schrie sie und trommelte mit den Fäusten gegen seine Brust. „Der Verbrecher kommt vom Wald herunter auf den Hof zu gelaufen! Der ist den Gendarmen davongekommen, aber wenn er unsere Bäuerin vielleicht als Geisel packt! Wo?“

Jetzt erst begriff der Knecht, worum es der Reni ging. „Im Schuppen. Geh hinein zu ihr und bleibt alle zwei drinnen. Ich schau mir inzwischen den bösen Dirndlschänder genauer an und hol ihn mir!“

Sie wollte ihn gerade noch warnen, er sollte vorsichtig sein, so ein Lump könnte leicht ein Messer bei sich tragen, doch der Franz drängte sie einfach durchs Tor der Tenne und schob von außen den Riegel vor.

„Bäuerin“, flüsterte sie, als fürchtete sie, der Unhold könnte sie bis auf die Wiesen hinaus hören. „Der Verbrecher kommt auf den Hof zu. Wie der rennt, sind seine Verfolger bestimmt nahe hinter ihm her.“

Die Bergheim Martha nahm das nicht annähernd so leicht wie ihr Knecht, sondern sorgte sich gleich zuerst: „Wo ist der Florian? Und wo die Erika?"

Sie wollte zur Tür hinaus.

„Die sind in einer Heuhütte auf der Bach-Wiese!" Erst in diesem Augenblick wurde der Reni bewusst, in welcher Gefahr auch die beiden schwebten. Schon einmal hatte der Unhold ein Liebespaar überfallen und den Mann sogar mit Messerstichen verletzt! „Bäuerin, da kommst du nicht hinaus, der Franz hat zur Sicherheit den Riegel vorgelegt."

Nur zweimal warf sich die Martha gegen das Tor, dann brach es auf. Sie rannte zwischen den Scheunen hinunter bis zu den Wiesen und hörte nicht auf das verzweifelte Schluchzen der Reni. Nach wenigen Minuten war die ärgste Gefahr ohnehin gebannt, denn der Franz hatte sich dem Flüchtigen entgegengestellt, ihn gepackt und ihm mit einem harten Griff den Arm umgedreht. Bis zu ihnen hörten sie den Schmerzensschrei des Mannes, der somit jeden Widerstand aufgab.

Als der Laithofer Franz seine Bäuerin und die Magd noch immer verschreckt dastehen sah, führte er, übers ganze Gesicht stolz lachend, seinen Gefangenen zu ihnen. Der Kerl versuchte nur noch einmal, sich loszureißen und zischte: „Lass mich, du strohschädlerter Teufel! Wenn sie mich deinetwegen einsperren, zünden dir meine Freund den Hof an und schmeißen deine Frau samt den Kindern in die Gösing!"

Über solche Drohungen konnte der Laithofer gerade nur lachen. „Dein Pech, du verreckter Lump, dass ich keinen Hof, keine Frau und keine Kinder hab! Schau hinauf zum Wald, dort kommen sie schon angerannt, die Gendarmen, die Feuerwehrleut und der Gemeindejäger mit seinem Köter."

Keine zwei Minuten, dann waren sie alle beim Hof, umringten den Gefangenen und hielten ihn fest. Ein paar Faustschläge ließen ihn zusammenknicken. Die Reni konnte gar nicht mehr hinschauen. Es wäre ihm noch viel schlechter ergangen, doch da schrie einer: „Lasst ihn los, ihr Deppen! Der hat's bestimmt nicht getan, der ist nicht der Lump!"

Nach dem langen, mühsamen Herumstolpern im Wald wollten sich die Männer ihre Beute nicht mehr widerspruchslos entreißen lassen, und der Lippl-Bauer empörte sich mit seiner hohen Fistelstimme: „Woher willst akkurat du das wissen, Florian?" Dann sagte er aber nur noch zur Gaudi: „Du bist vielleicht auch so einer: An dem einen Tag mit einer Schwarzzottigen beim Flußwehr, heute mit deiner rehaugerten Dirn im Heu! Bist am Ende gar du der Wüstling? Von dir hab ich schon allerhand gehört!"

Die Bergheim Martha schaute entsetzt auf ihren Sohn, der regungslos dastand und die Fäuste ballte, als wollte er den mickrigen Lippl niederschlagen. Davor bewahrte ihn die Ankunft des Postenkommandanten der Gendarmerie, der am Morgen mit Vera und Trude nach Windeck gefahren war, um sie erst noch einmal freundschaftlich privat nach den Ereignissen der letzten Tage zu befragen und dann, ebenso privat, in der „Goldenen Krone" für die nächste Zeit einzuquartieren. Zum Autofenster schrie er heraus: „Mach dich nicht unglücklich, Bergheim, der Lippl meint's nicht so."

Wieder kam die völlig unerwartete Rettung aus dem

Chaos von einem, dem man das kaum zugetraut hätte. Plötzlich sprang nämlich Arco, der Deutsche Kurzhaar Jagdhund des Gemeindejägers, den Gefangenen von hinten an und verbiss sich in seinen Rucksack. Auch wenn der Arco als ebenso gehorsam wie gutmütig bekannt war, halfen keine scharfen Kommandoschreie, und niemand getraute sich, die zu Blutrausch entfesselte Bestie von ihrem Opfer wegzureißen. Erst der Jäger erlöste den bleich gewordenen Mann aus seiner Todesangst, indem er Arco mit einem kurzen Pfiff zurückrief. Dann allerdings verhörte er ihn dienstlich scharf: „Name?"

Dreimal musste der völlig Entnervte zum Reden ansetzen, bis er es über die Lippen brachte: „Holzinger Lois aus Bergstetten."

„Was hast du in deinem Rucksack?"

„Nichts", beschwor der Lois und verbesserte zur Sicherheit gleich darauf weinerlich: „Eh grad nur einen Hasen, und den muss ein Auto erwischt haben. Er ist schon tot und flach auf der Waldstraße gelegen, wie ich ihn eingesackelt hab."

Der Jäger holte ein tatsächlich mickriges Exemplar heraus. „Und deswegen hättest du dich beinahe von der wütenden Menge hier lynchen lassen? Leut, wenn ihr auf mich hört: Der da ist kein Gewalttäter, nicht einmal ein Spanner. Dem darf kein Gendarm was tun, denn einer, der sich für einen totgefahrenen, zerquetschten Hasen umbringen lasst, ist dümmer als die Polizei erlaubt!"

„Für heute: Ende unserer Verbrecherjagd!", entschied nun sogar der Postenkommandant Max Schindler in bester Laune. „Wo ich bisher gewesen bin? In

Windeck. Einer hat doch die Festung halten müssen. Gut, dass ich noch rechtzeitig gekommen bin, wenn schon bald zwanzig erwachsene Männer hinter so einem verreckten Mandl herrennen. Fertigmachen zum Abrücken!"

Dagegen hatte nur die Reni einiges einzuwenden. „Wenigstens eine Stunde hab ich an der Brotzeit für so viele Leut gearbeitet. Lasst ihr alles stehen, ist das Zeug bis morgen nicht mehr frisch, und nachher fressen es grad noch unsere Schweindln!"

Beim Schmausen in der großen Küche und im Garten ging es noch recht urig zu, denn einer fing an, Witze zu erzählen, die nächsten folgten, zum Schluss ließ vor lauter Eifer keiner mehr den anderen zu Ende reden. Die besten Witze wusste ausgerechnet der Holzinger Lois aus Bergstetten. Er hatte sich inzwischen von seiner Todesangst erholt und legte richtig los. Erst nach dem fünften Witz über Jäger konnte der Gemeindejäger von Windeck nicht mehr lachen und fuhr angeekelt auf ihn los: „Da sieht man's wieder deutlich, Holzinger, was du für einer bist! Noch so einen Witz, und sogar den Schweindln der Bergheim-Bäuerin wird davon schlecht!"

Die gute Stimmung hatte eine kalte Dusche bekommen, denn der nächste Streit drohte auszubrechen. Postenkommandant Max Schindler nutzte die Gelegenheit, um den allgemeinen Aufbruch zu befehlen.

Eigentlich hätte die Bergheim-Mutter vorgehabt, sich möglichst bald mit dem Florian auszusprechen, um Gewissheit darüber zu bekommen, wieso er in der Unglücksnacht so bald in Veras Nähe gewesen sei, und warum sie ihm so tiefe, blutende Kratzwunden am Hals zugefügt habe. Schon zweimal versuchte sie, das Reden in diese Richtung zu lenken, doch sobald sie eine erste unangenehmere Frage stellte, zog er sich zurück und verkapselte sich gegen alles und alle. Nur einmal fragte er sie: „Mutter, misstraust du mir noch immer? Wär's nicht mein Hof, den ich als sein einziger Sohn vom Vater übernehmen sollte, würde ich wahrscheinlich früher oder später fortgehen. Vom Hof, aus Windeck, vielleicht ganz aus dem Land. Zwei Wochen sind vergangen, und noch immer fürchtest du, ich könnt der Verbrecher sein!"

Das klang aus seinem Mund so erschütternd, dass die Mutter gleich leugnete: „Nein, Florian, bestimmt glaub ich nichts Schlechtes von dir!" Aber das unsichere Flackern in ihren Augen strafte sie Lügen.

Sie konnte ihren Sohn nicht täuschen, er sagte es ihr auf den Kopf zu: „Du redest anders als du denkst und fühlst. Du traust mir nicht wirklich. In dir bleibt immer noch ein Körndl Misstrauen, und beim geringsten Anlass wächst daraus der Verdacht, ich könnte der Vera doch etwas angetan haben!"

Es war nicht recht gescheit, aber in diesem Augenblick musste sie einfach noch einmal, wie sie meinte zum letzten Mal, fragen: „Hast du ihr wirklich nicht wehgetan?"

„Doch, hab ich", gestand er die Wahrheit. Mehr konnte er ihr darüber nicht sagen, denn er wollte über Veras enttäuschte Gefühle für ihn kein Wort verraten. „Jedenfalls verhält sich alles anders als du fürchtest. Du kannst beruhigt sein, Mutter, zwischen der Vera und mir ist nichts geschehen."

Ihre Unruhe blieb. Das merkten auch die Leute in Windeck, sie machten sich einen Reim darauf, und mit kleinen, gar nicht immer bös gemeinten Anspielungen kränkten sie die Martha viel zu oft. In der Folge zog sich die Bergheim-Bäuerin noch mehr auf ihren Hof zurück und zeigte sich kaum mehr in Windeck.

Der Tratsch blühte im Untergrund und kam über nicht erkennbare Wege als geflüstertes Gerücht sogar bis zum Selinger-Wirt nach Langen. Von dort brachte es der Konrad Schwarz nach Hause, womit er seine Frau, die Gretel, in Panik versetzte. Beide waren sie über sechzig, und alles ängstigte sie, was von draußen her das Glück ihrer Familie bedrohte.

Die Gretel Schwarz wusste, dass sie damit ihrem Sohn wehtun würde, aber sie hielt es für ihre Pflicht, ihn aus seinen verliebten Träumen zu retten und ihm die Augen für die Wirklichkeit zu öffnen. „Jürgen, wir sind unser Lebtag anständige Menschen gewesen und haben nie was mit der Polizei zu tun gehabt!“ beschwor sie ihn. „Die Bergheim-Leute taugen nicht für dich: Der Florian ist ein perverser Spanner und gewalttätiger Messerstecher! Das Dirndl aus der Stadt hat er beinahe krankenhausreif geschlagen! Aber seine Mutter, die alles weiß, schützt ihn noch immer!“

„So muss es aber nicht unbedingt hergegangen sein“, versuchte der Jürgen ihr nur behutsam zu widersprechen, damit er durch seine Worte nicht noch mehr Feindseligkeit schaffen würde. Lächelnd erinnerte er sie: „Außerdem möcht ich einmal nicht den Florian, sondern die Martha heiraten, und der kann niemand eine Schlechtigkeit nachsagen.“

„Heiraten?“, fing der Schwarz-Vater dieses eine

Wort auf und geriet in helle Aufregung. „Ich hab mein Leben lang hart gearbeitet und hier in Langen aus einer kleinen vergammelten Schlosserei das zentrale Kaufhaus für landwirtschaftliche Maschinen mit der angeschlossenen Werkstätte zum Warten und Reparieren aufgebaut. Aber mein Herr Sohn teilt mir so nebenbei mit, dass er eine Bäuerin aus der Einschicht als Chefin hier hereinsetzen will. Oder wirst du am Ende gar alles hinwerfen und als Knecht der Bergheim in die Au ziehen?"

Es war nicht sehr klug vom Jürgen, aber seit beinahe zwei Wochen hatte er von der Martha keine Nachricht erhalten, und die Ungewissheit zehrte an seiner letzten Nervenkraft. Nicht zuletzt deshalb verlor er jetzt die Beherrschung und erwiderte dem Vater übertrieben hart: „Deine Sorge um den Betrieb kommt verfrüht und ist völlig unsinnig. Die Martha hat mir bisher noch nicht zugesagt, dass sie mich heiraten wollte! Nur ich habe mir vorgestellt, sie könnte eines Tages unser Büro übernehmen." Er sah, wie seine Mutter zusammenzuckte, doch im Augenblick kannte er kein Mitleid mehr und fuhr fort: „Euer Leben lang war es gut und richtig, die Geschäftspost auf einer alten Schreibmaschine zu tippen und in Langen aufs Postamt zu tragen. Heutzutage erstellt man Angebote und Bestellungen auf dem Computer und schickt sie von daheim binnen Minuten um die halbe Welt."

Konrad Schwarz hörte nur eines heraus: „Willst du damit sagen, dass wir mit zweiundsechzig Jahren schon zum unbrauchbaren Schrott gehören?"

Mutter Gretel schossen Tränen in die Augen. Aber sie beide hatten die Frau, die er liebte, verurteilt. Darum ersparte er auch ihnen jetzt nicht den härtesten Schlag: „Damit es zwischen uns klar ist: Sollte die Martha mir das Jawort geben und ihr euch damit nicht zurechtfinden können, so werde ich eher zu ihr auf den Hof gehen als sie aufzugeben."

Wortlos ging die Mutter in die Küche, die sie noch immer als ihr Reich betrachtete und auch gegen jede Fremde bis aufs Blut verteidigen würde. Der Vater zog sich ins Büro zurück. Er wirkte gebückt, so alt wie seine Schreibmaschine, auf der er ein handschriftlich vorbereitetes Angebot tippte.

Auch den Jürgen litt es nicht länger im Haus. Er machte sich in der modern ausgebauten Werkstätte wieder an jene Arbeit, die er vorhin wegen der Aussprache mit den Eltern unterbrochen hatte. An diesem Tag schien sich alles gegen ihn zu verschwören, denn aus einem alten Motor konnte er von vier rostigen Schrauben nur drei lösen. Die vierte hatte sich im Laufe vieler schwerer Arbeitsjahre im Block festgefressen. Lang genug versuchte er es geduldig mit Öl und besonderem Werkzeug. Zuletzt packte er plötzlich einen schweren Hammer und drosch unvernünftig wütend zu. Die Schraube brach ab. Jürgen musste ein Aufschluchzen unterdrücken. „Alles zerstör ich!", klagte er sich verzweifelt an und legte den Schlägel aus der Hand.

Er ging ins Wohnhaus. Den Vater fand er im Büro und gestand ihm seinen Fehler. „Ich hätt es nicht mit Gewalt erzwingen dürfen", sagte er. „Jetzt weiß ich nicht einmal, ob ich die Schraube noch jemals aus dem alten Motorblock bohren kann."

„Darf ich es versuchen?", fragte der Konrad

Schwarz seinen Sohn. „Ich meine nicht, dass ich es unbedingt besser kann als du, aber ich hab im Leben noch jede festgefressene Schraube wieder frei gebracht."

Nach einer Viertelstunde hatte es der Vater mit weniger Kraft und mehr Geduld geschafft.

Auch wenn es unsinnig war, davon Schlüsse auf andere offene Probleme zu ziehen, befiel den Jürgen jetzt das quälende Gefühl, er könnte vorhin seinen Eltern unrecht getan haben. Er fand die Mutter noch in der Küche. Sie schaute ihm fragend, beinahe ängstlich entgegen und wischte sich schnell über die Augen, die von der gerösteten Zwiebel tränten.

„Mutter", begann er.

Als er weiter keine richtigen Worte fand, gab sie ihm einfach ein Bussel. „Mach dir nicht alles so schwer", riet sie ihm beinahe schon wieder zuversichtlich. „Auch ich hab's im Leben oft genug erfahren, dass Ungewissheit härter zu ertragen ist als nachher die ganze Wahrheit. Darum solltest du nicht darauf warten, dass die Bergheim-Bäuerin ... dass deine Martha zu dir nach Langen kommt."

„Dank dir!", flüsterte er überglücklich. „Wieso gibst du mir plötzlich diesen Rat? Du bist wunderbar!"

Die Gretel Schwarz schüttelte den Kopf. „Geh weiter, Bub. Da ist nichts Wunderbares dabei. Ich hab mir nur inzwischen überlegt, was es der Martha so schwer machen könnte, die Wahrheit über ihren Florian herauszukriegen: Sie ist halt auch eine Mutter. Und wenn's an allen Ecken und Enden nicht zusammenpasst, urteilt eine Mutter mehr nach dem Herzen als nach dem Verstand."

Eigentlich fragte er nur sich selbst, aber sie hörte ihn: „Wann wär's am günstigsten, nach Windeck zu fahren? Diese Woche geht's mit der Arbeit schlecht aus. Am nächsten Wochenende?“ Die Mutter warf ihm einen eher warnenden als fragenden Blick zu. Darum entschied er: „Am liebsten gleich!“

Als sein Auto auf der Straße so schnell war, dass bald eine Ortstafel auf die andere folgte, verstand er sich nicht mehr, wieso er so lang hatte zögern können. Erst nachdem er Windeck hinter sich gelassen hatte und auf der schmalen Wirtschaftsstraße zum Bergheim-Hof hinaus fuhr, verlor er einiges von seinem Schwung. Auf den Feldern sah er Landleute arbeiten. Er fragte sich, ob es gescheiter gewesen wäre, sich bei der Martha anzumelden, aber es gab noch keine Telefonleitung in die Einschicht hinaus. Außerdem wollte er über bestehende Missverständnisse zur Sicherheit nur dann reden, wenn er die Martha notfalls in die Arme nehmen und wenigstens mit zärtlichen Busseln überzeugen konnte.

Je näher er dem Hof kam, desto größer wurden seine Bedenken, er würde sie daheim nicht antreffen. „Wenn sie aber auch dauernd wie eine Glucke unterwegs ist und sich um alle Schwierigkeiten ihrer Kinder absorgt!“ Er beschloss: „Sobald sie erst einmal meine Frau ist, muss sich das aufhören. Die drei sind längst alt genug, dass sie nicht dauernd der Mutter an der Kittelfalte hängen! Burga und Christina bleiben ohnehin schon beinahe ganz aus dem Haus, also geht es nur noch um den Florian.“

Auch der Gedanke an den Sohn und Hoferben bereitete ihm keine besonderen Sorgen. War es ihm erst gelungen, die Martha nach Langen zu holen, so musste der Florian endlich sein Erbe mit all den Lasten der Verantwortung übernehmen. Vom Einschichthof in der Au bei Windeck bis zum Firmengebäude in Langen war es genug weit!

Er fuhr nicht durchs Hoftor, sondern stieg schon davor aus und ging hinein. Zu seiner Enttäuschung sprang weder die Haustür auf, noch kam ihm die Martha von einem der Wirtschaftsgebäude her entgegengelaufen. Über eine Wiese nahe dem Sölla-Bach sah er einen Traktor über den Feldweg zum Wald hinauffahren, dahinter gingen zwei Dirndln, vermutlich die beiden Mägde Erika und Reni.

„Suchst du 'leicht mich?", fragte hinter ihm eine Männerstimme. „Ich heiß Laithofer Franz. Leider bin ich hier nicht der Bauer, sondern nur der Knecht für alles. Der zukünftige Herr auf dem Bergheim-Hof fahrt grad mit dem Traktor zum Wald hin. Wenn du ihn noch erwischen willst ..."

Um mit dem Knecht nicht noch mehr Zeit zu vertun, wehrte der Jürgen schnell ab: „Dafür bin ich aber nicht hergekommen. Wo find ich die Bergheim Martha?"

Als wollte der Franz diesem „Schlosser" mehr Achtung für die Hofleute beibringen, betonte er: „Unsere Bäuerin, die Frau Bergheim, willst du sprechen? Weiß sie, dass du kommen wirst?"

Der Jürgen kriegte einen roten Kopf. „Muss man sich auf diesem Hof erst einen Termin geben lassen?", fuhr er unbotmäßig auf.

Aber den Laithofer-Knecht beeindruckte das überhaupt nicht. Er zwinkerte ein bissel unruhig mit seinen wässrig blauen Augen, rümpfte seine kleine Knollennase und verzog die Mundwinkel geringschätzig. Nachher gab er jedoch überraschend freundlich zurück: „Müssen muss man gar nichts auf diesem Hof, aber dafür hättest du sie daheim angetroffen. Jetzt fahrst du halt wieder nach Windeck zurück, bittest die Resa Tiewald, die Schreiberin auf der Gemeinde, um einen Termin beim Bürgermeister Hofner, und wenn du Glück hast, findest du die Bergheim-Bäuerin noch bei ihm auf dem Amt. Vielleicht sind sie aber auch schon auf seinen Hof gegangen, denn seit ihm die schöne Resa nicht mehr in allem genügt, ladet er gern andere schöne Frauen zu sich ein. Gelt, ich hab nichts gesagt!"

„Was du dir zusammenspinnst!" Fünf gefährliche Sekunden lang überlegte der Jürgen Schwarz, ob er dem Franz für seine frechen Andeutungen über die Martha eine auf seine strohblonde Stoppelglatze geben sollte, dann verzichtete er darauf. Es hätte sich ihm kaum gelohnt. Grußlos stieg er ins Auto und fuhr nach Windeck zurück. Auch wenn er sich gegen solche Gedanken wehrte, musste er überlegen, ob die Martha vielleicht die ganze letzte Zeit über mit dem Bürgermeister zu sehr beschäftigt gewesen wäre und nur deshalb nicht mehr zu ihm nach Langen gekommen sei. Zornig auf sich, beschimpfte er in Gedanken auch den Laithofer-Knecht, kam jedoch zu der Erkenntnis: „Traurig genug, dass einer nur deppert reden muss, damit ich der Martha schon jede Schlechtigkeit zutraue."

Dennoch fühlte er sich ungut, beinahe gedemütigt, als er sein Auto auf dem Hauptplatz abstellte. Vor dem Gemeindeamt wurden ihm die Schritte immer schwerer. Warum sollte der Knecht akkurat eine so gutherzige, anständige Bäuerin wie die Martha aus purer Bosheit schlecht machen? „Wo kein Feuer, dort kein Rauch!“

Die Haustür war versperrt. Wer zum Gendarmerieposten oder zum Bürgermeister kommen wollte, musste erst auf eine Klingel drücken. Noch hatte der Jürgen den richtigen Knopf nicht gefunden, als er über den ganzen Platz hin eine ihm bekannte Stimme seinen Namen rufen hörte.

„Ja, Martha, ich bin's!“ sagte er voller Glück und lief zum Gasthof „Goldene Krone“ hinüber.

Erst als er näher kam, sah er, dass ihm vom Fenster heraus nicht die Martha, sondern ein junges Dirndl zuwinkte. „Du bist's nur?“

Sie kam ihm bis ins Vorhaus entgegen und konnte noch lachen. „Alsdann, gar so enttäuscht ist bisher noch kein Mann gewesen, wenn er mich erkannt hat. Aber ich versteh's: Mit unserer Mutter kommt halt keine mit. Worauf wartest du noch? Sie sitzt im Extrastüberl.“

„Allein?“

„Das grad nicht“, sagte die Burga, „sondern mit dem Hofner, unserem Bürgermeister.“

Somit langte es ihm. „Da will ich erst gar nicht stören. Es ist besser, ich fahr heim und komm ein anderes Mal.“

„Extra wieder von Langen herüber?“, bezweifelte sie. Dann stellte sie sich auf die Zehen, damit sie nahe an seinem Ohr flüstern konnte: „Hat dir 'leicht einer draußen auf dem Hof ein bissel Gift eingeträufelt? Der Franz, unser Knecht? Glaub dem kein Wort, der schimpft auf jeden, und hat er einen schlechten Tag, so lasst er vor allem an keinem weiblichen Wesen auch nur ein gutes Haar. Mein Glück, dass er dir wenigstens nicht die zwanzig Burschen aufgezählt hat, mit denen ich angeblich schon im Heu gelegen bin! Jetzt gib mir erst einmal die Hand, denn 'bald du immer so muffig bist, mag ich dich auch nicht als meinen Stiefvater kriegen!"

„Als was?" So schnell packte er das nicht, doch dann war er gar nicht so bös darüber, dass ihm der Tratsch über die Martha und ihn schon längst bis Windeck vorausgeeilt war. Das würde ihm zumindest lästige Erklärungen ersparen.

Die Burga hakte sich vertraulich bei ihm unter und schob ihn zur Tür ins Extrastüberl hin. Dabei flüsterte sie ihm zu: „Künftig sei recht lieb zu mir und meiner Mutter, denn sonst verkupple ich sie doch mit unserem Dorfkaiser."

„Wehe dir!" Er konnte schon wieder lachen, verzichtete aufs höfliche Anklopfen und platzte einfach in das Stüberl.

Auch wenn die Martha gar nicht recht nahe beim Hofner Kurt saß, schreckte sie erst zusammen. Dann reichte sie dem Jürgen beinahe nur freundschaftlich die Hand und sagte: „Welcher Wind hat dich zu mir her verschlagen?"

„Hoffentlich ein glücklicher", gab er vielsagend und doch nicht gerade verräterisch fröhlich zurück. Als er den fragenden Blick des Hofner auf sich spürte, kam er der Martha zuvor und sagte: „Ich grüße Sie, Herr Bürgermeister. Mein Name ist ..."

„Weiß ich längst!" unterbrach ihn der ziemlich

kühl, damit der Fremde merken sollte, dass er durch sein Kommen und Bleiben störte.

Der Jürgen stellte sich ahnungslos und scherzte: „Sie kennen mich? Hoffentlich nicht aus der Verbrecherkartei!"

Damit lockte er dem Hofner kein freundliches Brummen ab, sondern der berichtete dienstlich humorlos: „Während der letzten Zeit hat sich in unserer Gegend recht viel Unliebsames ereignet. Urlaubsgäste sind belästigt, bedroht und sogar verletzt worden. Wir mögen es darum nicht besonders, wenn zu viele Leute von auswärts in unsere Gegend kommen."

Die Martha wollte noch immer die Stimmung gelöster und fröhlicher machen, weshalb sie sich dreinmischte: „Für den Jürgen Schwarz bürge ich und könnte für ihn sogar die Hand ins Feuer legen!"

Darüber scherzte der Hofner betont feindselig: „Sei nicht allerweil so gutgläubig! Der Jürgen Schwarz verspricht meistens mehr, als er wirklich einhalten will. Ihn und seine Familie kenn ich schon etliche Jahre, doch ich wart jetzt lang genug darauf, dass er bei uns eine Filiale einrichtet. Aber das ist eine andere Geschichte. Vorhin hab ich es ganz anders gemeint: Nicht dass der Jürgen der unbekannte Gewalttäter sein könnte. Das auf keinen Fall. Aber als Auswärtiger steht er möglicherweise ganz oben auf der Abschussliste und könnte für den Lumpen zum nächsten Opfer werden."

So etwas befürchtete der Jürgen keinen Augenblick lang. Er wünschte sich nur, der Bürgermeister sollte endlich aufstehen und zu seiner schönen Resa Tiewald abrauschen. Darum stellte er keine Fragen, sondern tat die Warnung mit einem Lacher ab: „Sollte es einer ausgerechnet auf mich abgesehen haben, wird er draufzahlen. Ich bin allerweil noch stark genug, dass ich mich wehren kann."

Der Kurt Hofner stieß ein unüberhörbar geringschätziges Lachen aus. „Vorsichtig bleiben und nicht so großspurig tun, Klempner!", ermahnte er ihn scherzhaft in beinahe feindlichem Ton. „Gegen einen Schlag von hinten oder ein Messer in den Rücken könntest vielleicht auch du nichts tun, und wer hat nachher die Scherereien? Der Bürgermeister und die Gendarmen! Wer trägt den Schaden? Ganz Windeck, denn in eine Kleinstadt, wo alle Augenblicke unvorsichtige, unbelehrbare Leut überfallen werden, möchte bald keiner mehr auf Urlaub kommen! Pfüat dich, Martha, pass gut auf dich auf. Aber heute wird dich ohnehin der Herr Schwarz mit seinem Auto zu deinem Hof hinausbringen? Oder? Nachher könnt dir kein Räuberhauptmann mehr ein Haar krümmen! Sagt er halt, der Jürgen. Noch einen schönen Nachmittag!"

Kaum hatte sich die Tür hinter ihm geschlossen, rutschte der Jürgen schon auf der Bank neben die Martha hin, legte seinen rechten Arm um ihre Schultern und hob ihr Gesicht zu seinem. „Endlich", flüsterte er. „Der Dodel hat lang genug nicht gemerkt, wie viel Sehnsucht ich nach dir gelitten hab, denn sonst wär er mitleidig geworden und schon früher abgezogen!"

Als er ihre Lippen nach einem langen Bussel wieder freigab, widersprach sie ihm: „Der Kurt ist kein Dodel, sondern ein lieber alter Freund, der mir hilft, wann immer er es verantworten kann. Er wird mir auch den Bau weiterer Stallungen in der Au genehmigen."

Noch beachtete der Jürgen sein leichtes Verkrampfen aus Eifersucht kaum, sondern bat: „Sag's mir, hast du mich noch lieb?"

„Muss ich dir das wirklich allerweil wieder sagen? Du weißt es doch längst, und bei mir hat sich nichts geändert."

„Warum rückst du nachher schon wieder ein Stückl von mir weg?"

An diesem Nachmittag lief keineswegs alles so, wie er es sich erträumt hätte. Auch jetzt wirkte die Martha nervös, beinahe ängstlich, und es klang eher nach einer Ausrede, als sie zur Tür zeigte und ihm vorhielt: „Hier kann jederzeit einer hereinkommen!"

Wer, fragte er nicht, denn nichts konnte sie so sehr ärgern wie seine Eifersucht. Also sagte er kein Wort mehr darüber und ging zum nächsten Angriff über, indem er ihr vorhielt: „Mir scheint, bei dir hat sich wirklich nichts zum Besseren geändert. Du hast dich noch nicht einmal getraut, diesem Kurt Hofner zu gestehen, dass wir zwei zusammengehören." Diesem Vorwurf widersprach sie noch immer nicht, was ihn zu weiteren Schritten näher ans geplante Ziel ermutigte. „Deine Tochter hat mir vorhin sehr lieb gesagt, dass es ihr gefallen könnte, mich als ihren Stiefvater zu bekommen."

Sofort merkte er, dass sie sich dagegen, innerlich und äußerlich erkennbar, aufbäumte. Seine Hoffnung, sie würde nur mit einem eher scherzhaften Protest antworten, erfüllte sich nicht. Statt dessen wurden ihre Züge streng und hart.

„Jürgen, im Augenblick droht meine Familie auseinander zu brechen, und ich fürchte, das könnte noch zu einer Katastrophe führen." Ihre Worte klangen unüberhörbar nach Angst.

Um ihr anzuzeigen, dass er unter allen Umständen zu ihr halten und ihr beistehen würde, legte er seine Hand fest über ihre. Als er jedoch spürte, wie ihre Finger zitterten und wieder die Freiheit suchten, war in ihm nur noch Mitleid.

„Florian?", riet er. „Kein Grund zu verzweifeln, denn es gibt doch immer wieder einen Weg zurück. Noch ist es für ihn nicht zu spät."

„Wieso der Florian?" Sie schien nicht zu verstehen, worauf er anspielte. Bevor er den folgenschweren Fehler begangen hätte, darüber offener zu sprechen, brach es aus ihr: „Noch vor einem halben Jahr hätte ich unsere Familie für die glücklichste geschätzt. Andere zerbrechen an Katastrophen: täglich Streit, Lügen, Ehebruch, Scheidung der Eltern, Misshandlung der Partner, Spielleidenschaft, Alkohol, Drogen, Elend und Not. So etwas hat es bei uns nie gegeben, jedes Unheil ist bisher an uns vorbeigezogen. Aber plötzlich droht in unserer Familie alles Glück zu zerbrechen. Meine Burga habe ich im letzten Augenblick von einem Lumpen wegholen können, der sie in Elend und Verzweiflung getrieben hätte. Jetzt erledigt sie zwar hier in der ‚Krone' alle Arbeiten, von der Putzfrau und Serviererin bis zur Buchhalterin und Einkäuferin. Beinahe könnte ich meinen, sie wäre ruhig geworden, aber Ruhe ist nicht das Gleiche wie Glück."

„Und Tina?", fragte er nur, um sie von den Sorgen um die Burga weg zu bringen.

Sie sprang auf, stellte sich ans Fenster, als wollte sie draußen etwas erkennen. Statt dessen wandte sie dem Jürgen nur den Rücken zu, damit er ihr die Verzweiflung nicht von den Augen ablesen konnte. Nach einer Weile hatte sie sich schon so weit beruhigt, dass sie zur Bank zurückkam, aber sie starrte immer noch auf ein Bild an der Wand, ohne etwas zu erkennen. Dann sagte sie plötzlich klar und ruhig: „Du hast Recht, Jürgen, sie ist nicht mehr meine kleine Christina, die ich so lieb gehabt habe. Mit nur achtzehn Jahren hat sich das Bauerndirndl zur Tina gewandelt. Einmal habe ich sie in Salzburg gesehen und beinahe nicht erkannt. Verrückte Frisur, das Gesicht voller Schminke. Ich hab sie nicht ansprechen können, denn sie hing zärtlich am Arm eines älteren Mannes, den ich aber auf die Entfernung nicht erkannt hab."

Bevor sie sich noch mehr in Wut und Verzweiflung reden konnte, unterbrach sie der Jürgen lachend: „Arme Mutter, du hast es übersehen, wie aus deiner kleinen Christina mit achtzehn Jahren schon eine junge Frau geworden ist. Du fürchtest, sie könnte sich das Leben nach ganz anderen Vorbildern gestalten als nach der Mutter, die eine wunderschöne Bäuerin auf dem Einschichthof geblieben ist."

Mit diesen Worten konnte er die Martha weder trösten noch beruhigen. Im Gegenteil, sie begehrte plötzlich auf: „Das Bauernleben ist ihr halt nicht aufregend genug gewesen. Es hat ihr auch nicht gelangt, dass ich ihr Fortbildungskurse in Salzburg ermöglicht habe. Als es für sie zeitlich günstiger gewesen ist, hab ich zugestimmt, dass sie jede Woche drei Tage hintereinander bei ihrer Freundin geblieben ist. Und der Erfolg?"

Als sie all ihre Verzweiflung ganz in sich hineinwürgen und nicht weiterreden wollte, erinnerte sie der Jürgen doch nach einer Weile: „Der Erfolg?"

Die Martha schaute auf, wie wenn sie aus einem bösen Traum aufgewacht wäre und sich erst von der Benommenheit lösen müsste. Dann jedoch brach alle Bitterkeit aus ihr: „Sie hat gut gelernt. Wenn sie jetzt manchmal noch für ein, zwei Tage auf den Hof heimkommt, erzählt sie jedes Mal von Aufgaben und Prüfungen. Das heißt aber, sie hat wunderbar lügen und betrügen gelernt, denn in Wahrheit schaut alles anders aus: Seit zwei Wochen hat sie die Kurse gekündigt. Den Kursbeitrag verwendet sie offensichtlich für wichtigere Anschaffungen. Sie wohnt auch nicht mehr bei ihrer Freundin und nicht in Salzburg."

„Wo?"

Die Martha zögerte, dem Jürgen auch noch das Letzte zu sagen, doch sie konnte das aus ihr brechende Leid nicht länger zurückhalten und musste sich freisprechen. „Jedenfalls bei einem Mann. Wo und mit wem, weiß ich nicht. Sie hat mich beschworen, ich sollte ihr nicht nachspionieren, ihr das Leben nicht zerstören. Würde ich es doch versuchen, müsste sie mich hassen und mit mir für immer brechen. Jürgen, sie hat den Verstand verloren, denn sie meint dies alles ganz ernst!"

Somit langte es ihm. Er wollte nichts mehr von ihren Sorgen um die Bergheim-Töchter hören, sondern endlich mit ihr von dem reden, was ihrer beider künftiges Leben betraf. Auch nicht in der „Goldenen Krone", wo hinter jeder Tür jemand horchen könnte. Als sie weggingen, zeigte sich die Burga nicht, und der

Hellriegel Hans erklärte ihnen: „Akkurat jetzt hat die Burga Ruhestunde, wie das jeder Kellnerin zusteht." Besonders an die Adresse Jürgens schickte er die Nachricht: „Bei uns in Windeck muss eben alles seine Ordnung haben, denn der Hofner Kurtl ist zwar seelensgut, aber auch streng. Stimmt's, Martha?"

Um schneller wegzukommen, zahlte der Jürgen die ganze Zeche und wartete nicht aufs Wechselgeld.

„Ein feiner Mann", murmelte der Wirt hochachtungsvoll hinter ihm her. „Wenn die Martha den kriegen könnte, hätt sie fürs Leben ausgesorgt."

Als Jürgen Schwarz mit der Bergheim Martha über den Hauptplatz ging, schaute die Sekretärin von einem Fenster des Gemeindeamts herunter und frohlockte triumphierend: „Komm zu mir, Bärli, dort geht die angeblich sauberste und anständigste Bäuerin mit ihrem Freund! Wie der sie um die Schultern hält, kannst du dir schon denken, wohin sie von hier gehen werden: Auf den Kirchberg zu den Bankerln! Am helllichten Tag, und sie schämen sich gar nicht: Die Bergheim-Mutter mit ihrem um Jahre jüngeren Liebhaber! So eine willst du mir noch weiterhin dauernd als Frauenideal unter die Nase halten!"

Der Bürgermeister Kurt Hofner schaute nur hinter dem Vorhangl hinaus, aber er sah genug, urteilte allerdings anders als sein Sekretärin: „Eine Frau ist nur, was der Mann aus ihr macht. Ich sag's allerweil: Der Schlossergesell aus Langen ist für sie bestimmt nicht der Richtige!"

Martha Bergheim spürte, wie die Blicke der Resa Tiewald sie geradezu körperlich in den Rücken stachen, weshalb sie den Jürgen schneller weiterzog. Als er meinte, sie wären noch nie miteinander den romantischen Kirchberg mitten in Windeck hinaufgegangen, entschied sie: „Das werden wir auch heute nicht. Die Leute ratschen bestimmt genug über uns, da müssen wir erst gar nicht zu den Liebesbankerln gehen."

„Ich hab's nicht so gemeint", entschuldigte sich der Jürgen und verzichtete auf dieses Ziel. Aber Leid tat es ihm doch, denn er wollte nun endlich mit der Martha in Ruhe reden können, und dafür wäre ihm beinahe schon jeder Ort recht gewesen. Ganz besonders ein „Liebesbankerl", wie sie es genannt hatte. Er fügte sich: „Meinetwegen, fahren wir halt auf deinen Hof hinaus?"

„Nein", bat sie hastig. „Das nicht. Ich hab in letzter Zeit genug Sorgen, Ärger und Aufregungen mit dem Bergheim-Hof und seinen Leuten. Wenigstens für ein paar Stunden möcht ich davon nichts sehen und hören, sondern nur mit dir allein sein!"

Das klang nicht schlecht, also suchte er nach einem Ort, wo sie nur für ihn allein gewesen wäre, und schlug ihr vor: „Dürfen wir wenigstens über den Uferweg entlang der Gösing gehen? Ich hab meinen Ausweis mit: Wir sind beide schon großjährig!"

Die Martha dachte an die Gedenktafel für den ertrunkenen Martin Bergheim, weshalb sie ihm noch einmal etwas anderes vorschlug: „Am besten, du lasst dich von mir überraschen. Fahren wir mit deinem Auto. Ich weise dir den Weg. Ohnehin nicht weit, aber es wird dir gefallen."

Sie gingen zur „Goldenen Krone" zurück, wo er seinen Wagen abgestellt hatte. Ein Fenstervorhang in der Gaststube bewegte sich, doch das machte nur der

Wirt, der an diesem wenig einträglichen Tag nach Gästen ausschaute. Seine Erwartung wurde enttäuscht, denn die Bergheim kam mit ihrem Freund nicht mehr zu ihm ins Lokal, sondern beide stiegen ins Auto und fuhren die Straße hinunter.

Hinter dem Friedhof überquerten sie die Gösing-Brücke und kamen auf eine Waldstraße, die bald in engen Kehren den Berg hinauf führte. Manchmal gelang Jürgen ein Blick zwischen Baumwipfeln auf die Berge der gegenüberliegenden Seite des Tals, aber er konnte nur vermuten, dass sie zur Burgruine Gösingstein fuhren. Zuletzt stieg die Straße so steil an, dass der Jürgen beinahe schon fürchtete, sein Auto würde es nicht bis zum Gipfel schaffen. Als müsste er sich dafür bei der Martha entschuldigen, erklärte er ihr: „Bis vor einem Jahr ist es notwendig gewesen, alles Geld in den Betrieb zu stecken. Seit den letzten Monaten verschiebe ich den Kauf eines neuen Autos, denn ich weiß nicht, welche Farbe am besten zu deinem Hochzeitskleid passen wird."

Somit war es wieder einmal gesagt, und er atmete freier.

Sie kamen zu der Felsplatte, aus der die Mauerreste der Ruine Gösingstein wie anklagend in den Himmel wuchsen.

„Ein herrlicher Fernblick!", begeisterte sich der Jürgen. „Diese Berglandschaft ist einfach großartig. Ein paar Dörfer weiter, und bei uns sind die Hügel nicht viel höher als die Misthaufen der Bauern unserer Umgebung."

Noch etwas taugte ihm hier besonders, doch darüber sagte er kein Wort mehr. Die Martha trug ein

Dirndlkleid mit kurzen Ärmeln. In dem frischen Bergwind fröstelte sie, bis der Jürgen seinen Janker auszog und ihr um die Schultern legte. Zärtlich kuschelte sie sich an seine Brust. Er legte die Arme um sie. „Nur damit der Wind meinen neuen Janker nicht forttragen kann."

Zur Sicherheit hielt er sie samt dem Janker fest und busselte sie auf ihr rotbraunes Haar, auf die Stirn und jedes ihrer moosgrünen Augen. Das Bussel auf ihre Nasenspitze fiel noch frech aus, dann kriegte sie auf jede Wange eines, und immer wenn er die Seiten wechselte, liebkoste er ihre Lippen mit den seinen. Diese Liebkosungen wurden leidenschaftlicher, bis sie plötzlich ihre Arme um ihn schlang und die Hände in seinem Nacken verschränkte.

Als er sie endlich doch wieder freigab, gestand sie ihm: „Deine Busseln sind gefährlich, die machen mich schwindlig. Ich will aber noch nicht von den Ruinen abstürzen und sterben. Leben möcht ich, Jürgen, so gern für dich und mit dir glücklich leben."

Hier, wo ihn nur sie hören konnte, schrie er es in den Wind hinaus: „Ich liebe die Martha Bergheim, hol sie mir als meine Frau und werd sie nie wieder im Leben hergeben!"

Ihr Lachen klang noch sorglos glücklich, voller Sehnsucht, denn sie hatte ganz vergessen, dass er ihr zu all den bisherigen Sorgen noch viele andere aufbürden könnte. „Ich lieb dich, Jürgen, von ganzem Herzen. Wir kennen einander schon lang genug, aber erst jetzt bin ich mir plötzlich ganz sicher: Ich hab dich schon immer lieb gehabt."

Auch wenn er noch so sehr darauf brannte, hütete er

sich, sie so bald wieder einmal zu fragen, wann sie ihn heiraten wollte.

Erst spät am Abend brachte er sie mit dem Auto zum Bergheim-Hof hinaus in die Au. Sie waren still geworden, als fürchteten sie, unbedachte Worte auszusprechen, die alle Harmonie zwischen ihnen stören könnten. Als sie aus dem Wald kamen und in nicht zu großer Entfernung die beleuchteten Fenster des Wohntrakts sahen, bat die Martha: „Ich möcht hier aussteigen und das letzte Stück allein gehen."

Zwar hielt er den Wagen an, doch er wollte darauf bestehen, dass er sie noch begleiten dürfe. „Wenigstens bis zum Tor."

Sie schüttelte den Kopf. „Bitte nicht. Wir sind so glücklich gewesen, da kann ich nicht von dir weggehen und nach fünf Schritten wieder in eine Welt voller Sorgen und Leid zurückkehren."

„Wenn du's so willst", fügte er sich. „Ich werde dir nachschauen, bis du auf dem Hof bist."

„Wenn's dich beruhigt. Aber ich muss öfters tagsüber sogar auf dem Uferweg von Windeck allein heimgehen. Nach Einbruch der Dunkelheit mache ich lieber den Umweg auf der Straße. Mir ist noch nie etwas geschehen. Mein sehr galanter Sohn Florian weiß dafür eine Erklärung: Der Sittenstrolch überfällt und belästigt nur junge, hübsche Mädchen. Eine alte Frau ist nicht mehr so sehr in Gefahr."

Jürgen zwang sich etwas mühselig zu einem Lächeln, dann verlangte er: „Alte, wunderschöne, bezaubernde Frau, gibst du mir noch einen Gutenachtkuss?"

Sie ließ sich nicht zweimal bitten und bewies ihm,

wie sehr auch sie sich nach seinen Zärtlichkeiten sehnte. Es wurde ein leidenschaftlicher Kuss, der kaum enden wollte.

Nach einer Weile befreite sich die Martha doch geradezu unwillig aus seiner Umarmung und hielt ihm vor: „Willst du's verantworten, wenn ich heute nur an dich denken und nicht schlafen werde? Gute Nacht!"

„Gute Nacht, Martha. Ich liebe dich!"

„Ich hab dich schrecklich lieb!"

Sie hatte schon ein paar schnelle Schritte vom Auto weg gemacht, da rief er sie noch einmal an: „Nur eine kurze Frage!"

„Frag halt."

„Wann sehen wir einander wieder? Hoffentlich sehr bald, denn sonst bringst du auch mich um die Ruhe bei Tag und Nacht!"

Sie musste kaum einen Augenblick lang überlegen, womit sie verriet, dass sie seine Frage längst schon herbeigesehnt hatte. „Am Sonntag fällt diesmal die Hofwache auf mich. Schau nicht gleich so enttäuscht drein!", verlangte sie. „Spätestens nach dem Mittagessen, also zwischen eins und zwei, gehen meine Leute nach Windeck. Sogar der Florian, dieser Tanzmuffel, kann sich diesmal nicht ausschließen, denn für den nächsten Sonntag ist ein prominent besetztes Kegelturnier ausgeschrieben. Der Bürgermeister persönlich besteht darauf, dass der Florian in seiner Mannschaft mitmacht."

So viel Glück konnte der Jürgen kaum fassen. „Du wirst also allein auf dem Hof bleiben?"

„Hoffentlich nicht", sagte sie leise. „Oder hast du für diesen Tag schon etwas Wichtigeres vor?"

Statt ihr zu widersprechen, zog er sie in die Arme und busselte sie so leidenschaftlich, dass auch ohne Worte alles gesagt war. Als sie zum Hof hinging, schaute er ihr nach. In ihm war so viel Liebe, Zärtlichkeit und Sehnsucht, wie er das nie für möglich gehalten hätte. Auch wenn sie ihn längst nicht mehr bis zum Hoftor hören konnte, schrie er es plötzlich heraus: „Martha Bergheim, und wenn ich dich zur Kirche tragen muss, ich will und werde dich heiraten!"

„Ich bin doch kein junges Dirndl mehr, das vor lauter Verliebtheit rauschig wird!", rief sich die Martha zur Ordnung und bemühte sich, wenigstens zwischendurch einmal an etwas anderes zu denken als an den Jürgen.

Die Tage vergingen quälend langsam, jeder schien statt vierundzwanzig achtundvierzig Stunden zu haben. In beinahe allen Nächten schreckte sie aus dem Schlaf und konnte vor Sehnsucht nach dem Jürgen keine Ruhe mehr finden. Tagsüber fiel es ihr schwer, bei einer Arbeit längere Zeit durchzuhalten. In ihr war zu viel Unrast und Angst, wieder könnte etwas geschehen, das ihr Glück zerstören würde.

Die Burga kam selten auf den Hof heraus, denn in der „Goldenen Krone" schien es immer mehr Arbeit zu geben.

„Ich bin nur schnell beim Köhler Fritz einkaufen gewesen und kann nicht so lang vom Hof wegbleiben, denn ich warte am Sonntag auf den Jürgen", gestand die Martha ihrer Tochter, warum sie nicht einmal auf einen kurzen Plausch in die „Goldene Krone" kommen wollte.

„Das macht der narrische Altweibersommer", sagte die Burga lächelnd und wollte bestimmt nicht boshaft darauf anspielen, dass sich ihre Mutter ausgerechnet nach einem Mann sehnte, der ein paar Jahre jünger war als sie.

Am Samstagabend schoben sich dunkelgraue Wolken schwer und langsam über die Berge herunter. Die Luft schmeichelte noch warm und lind, an den Bäumen bewegte sich kaum ein Blatt.

„Wir dürfen heute noch nicht Feierabend machen", sagte die Martha zu den Dienstleuten vom Hof. „Schaut zum Wildkogel hinauf: Das Unwetter kann jeden Augenblick losbrechen. Wenn wir nicht rechtzeitig alles dicht und fest machen, wird es allerhand Schaden anrichten. Den Heuwagen müssen wir auf jeden Fall abladen!"

Leises Murren antwortete ihr. Die Erika war nach der Arbeit im Gesicht hochrot. Um sich mehr Luft und wenigstens ein bissel Kühlung zu verschaffen, machte sie noch zwei Knöpferl oben am Mieder auf und jammerte: „Nimmt's akkurat heute gar kein Ende mehr? Ich muss in den Kuhstall und nachher im Waschhaus den Sautrank für morgen herrichten. Bis ich ins Bett komm, wird's neun, zehn, aber mir tät's eigentlich jetzt schon reichen."

Der Laithofer-Knecht nahm seinen Strohhut ab, damit er mit dem Schnäuztüchl das Schweißband trockenwischen konnte. Er versuchte wenigstens, wenn auch ein bissel mühevoll, zu scherzen: „Bäuerin, falls wir nicht schon vorher tot umfallen, packen wir's noch allerweil."

„Auf dich kann ich mich halt immer verlassen,

Franz. Du holst nachher mit mir die Pferde von der Koppel."

Er strahlte vor Stolz und vergaß, dass er sie soeben noch in Gedanken als Menschenschinderin zum Teufel gewünscht hatte.

Die Reni nahm eine Heugabel, schaute zum Florian und sagte: „Nachher bleiben fürs Heuabladen nur wir zwei. Ich geh auf den Oberboden und nehm's dir ab."

Selten meldete der Florian gegen Aufträge der Mutter einen Widerspruch an, doch jetzt sagte er: „Es wär nicht nötig, dass du nach diesem harten Tag die Leut noch bis in die Nacht herumhetzt! Die Luft ist so bleiern schwer, da bleiben die Wolken in den Bergen hängen."

Zuletzt wollte sich der Bauernsohn doch nicht als Einziger von der Mehrarbeit drücken und ging hinter der Reni nach. Der Martha fiel auf, dass die junge Dirn an diesem Abend ärger hinkte als gewöhnlich. Beinahe hätte sie aus Mitleid mit ihr das Abladen des Heuwagens doch auf den nächsten Tag verschoben, aber dann war ihre Sorge um den Hof wieder einmal stärker als alle anderen Bedenken.

Nur sie und der Laithofer-Knecht waren allein stehengeblieben. „Los, Franz, gehen wir. Im Gegensatz zum Florian fürcht ich noch immer, das Gewitter bleibt nicht im Berg hängen. Nachher könnt's auch schon in ein paar Minuten heruntertuschen!"

Sieben Pferde weideten oben beim Waldrand. Auf dem Weg dorthin wählte die Martha den kürzesten Weg, wo sie zwar keine Tore aufmachen, dafür jedoch über ein paar Kuhzäune steigen musste.

Der Franz reichte ihr jedes Mal hilfreich seine

Hand. „Aufpassen, Bäuerin!“, ermahnte er sie. „Da gibt’s im Boden jede Menge Löcher. Wenn du hineinstolperst, kannst du dir arg wehtun. Da ist wieder eines!“

Bald hinter dem Hof kamen sie zum Sölla-Bach, der nach einer Woche ohne Regen als armseliges Rinnsal dahinsickerte. Der Laithofer reichte ihr abermals die Hand hin, aber sie dankte mit einem Lacher: „Da muss ich nicht einmal drüberspringen, sondern steig ohne Hilfe von einem Ufer zum anderen. Ich bin noch kein altes Weiberl!“

„Bestimmt nicht!“ Seine wasserblauen Augen himmelten sie voll Bewunderung an, und das tat ihr aus einem ganz bestimmten Grund sogar recht gut: Der Franz war mit seinen fünfunddreißig Jahren um fünf jünger als der Jürgen, also um zehn jünger als sie, und er bewunderte sie noch immer als Frau! Warum also hatte sie Angst, nur weil sie um fünf Jahre älter war als der Jürgen?

„Starr mich nicht so an, sondern geh weiter!“, drängte sie ihren Knecht gar nicht ernsthaft unwillig.

Keine zehn Minuten später kamen sie zur Koppel. Die Pferde hatten sie schon entdeckt, und als ihnen eines entgegenlief, folgten auch die anderen. Die Martha und ihr Knecht begrüßten sie alle der Reihe nach mit Worten und freundlichem Tätscheln. Erst ein geradezu heißer Luftschwall von den Felsen herunter erinnerte die Bäuerin wieder daran, dass es geraten wäre, sich gleich auf den Heimweg zu machen.

Zur Vorsicht führte sie den schwarzen Hengst am Halfter, die anderen sechs Pferde folgten ihnen bereitwillig. Der Franz musste dem Zug vorauslaufen, an den Zäunen die Torbalken aufschieben und nachher wieder schließen. So kamen sie rasch weiter.

Noch bevor sie beim Bachufer waren, bissen einander zwei junge Hengste, der braune „Loisi“ und der „Scheckl“. Das war noch lang keine ernste Feindschaft, eher ein spielerisches Kräftemessen, aber der Knecht musste sie auseinanderjagen. Er entschuldigte sie vor seiner Bäuerin ohnehin mit einem nachsichtigen Lächeln: „Der heiße Wind macht sie narrisch. Ich tät's ihnen gönnen, dass sie sich noch ordentlich austoben, nur schade, wenn sie sich dabei manchmal wehtun. Die jungen Ross sind halt auch nicht vernünftiger als die Menschen.“

Sie brachten die sieben Pferde in den Stall. Der Laithofer Franz versprach, sie noch bestens zu versorgen.

Als die Martha in die große Küche kam, saßen der Florian, die Erika und die Reni schon am Tisch, aber sie warteten mit dem Essen auf die Bäuerin. Der Platz des Knechts blieb weiterhin noch frei. Früher, in glücklicheren Zeiten, waren hier auch die beiden Bauerntöchter Burga und Christina gesessen. Manchmal gelang es der Martha, ihre zwei Dirndln für kurze Zeit über der Sehnsucht nach dem Jürgen zu vergessen, aber jetzt musste sie immer wieder auf die zwei verwaisten Plätze schauen und kriegte ein wehes, geradezu wundes Gefühl.

Der Laithofer Franz stolperte in die Küche, schaute auf den Tisch und sagte: „Ich pack's nicht! Ihr habt mit dem Essen auf mich gewartet? Das ist schön von euch, und hätt ich das gewusst, so wär ich vielleicht schon früher gekommen. So aber sind mir halt die Ross wichtiger gewesen als mein Hunger.“

Im Schein der Zuglampe über dem Tisch leuchteten seine Augen noch heller als sonst. Vielleicht kam es der Martha auch nur nach der Dunkelheit im Freien so vor. Mit seinem fröhlich unbesorgten Lachen brachte er in die kleiner gewordene Gesellschaft wieder Heiterkeit. Die Bergheim-Mutter meinte, sie würde aus Renis Augen Sehnsucht, aber kein Glück erkennen. Das mochte eine Täuschung sein, doch in der letzten Zeit war es auf dem Hof für niemanden besonders fröhlich hergegangen, und an unbeschwertes Glücklichsein konnte sich kaum noch jemand erinnern.

Eigentlich aß an diesem Abend nur der Franz mit vollem Appetit, die anderen luden sich weniger auf den Teller. Die Erika erklärte sogar gähnend: „Ich bring fast nichts mehr hinunter. Heute bin ich schon fürs Beißen und Schlucken zu müde."

Die Bergheim-Bäuerin hörte daraus den Vorwurf aller, die mit ihr auf dem Hof arbeiteten: Vor lauter Rackerei würde man das Leben versäumen! In Gedanken sah sie wieder vor sich, wie mühselig die Reni zur letzten Arbeit auf dem Heuboden gegangen war. Traurigkeit hatte sie noch hinter einem Lächeln verbergen können, das Hinken mit ihrem verletzten linken Fuß nicht. Die Martha kriegte ein ehrlich schlechtes Gewissen.

Doch plötzlich horchte sie auf. Nun hörte sie es schon deutlicher. Kein Zweifel, draußen fielen schwere Regentropfen vom Himmel. Minuten später prasselte es herunter. Kein schweres Unwetter, aber ohne die vorsorglichen Arbeiten zum Schutz hätte am Hof und Vieh Schaden entstehen können.

Lang vor dem ersten Sonnenstrahl erwachte die Martha und wusste es gleich: Sonntag, heute würde der Jürgen zu ihr auf den Hof kommen! Das konnte den ersten Schritt in ihr neues Leben bedeuten, ohne dass sie ihre Liebe künftig jemals wieder verheimlichen musste. Sie hätte aufjubeln mögen, sprang mit beiden Beinen zugleich aus dem Bett und fühlte sich köstlich jung.

An diesem Morgen brauchte sie viel länger, um sich zurechtzumachen. Am Ende beruhigte sie ein Blick in den Spiegel, aus dem ihr eine noch junge Frau entgegenlächelte, die ihre fünfundvierzig Jahre Leben mit viel Glück und noch mehr Leid nicht verleugnete, aber in der Erwartung einer neuen Liebe nun noch schöner wieder aufblühte.

Als sie in die Küche kam, saßen ihre Leute schon am Tisch, und sie musste prüfende Blicke überstehen. An diesem Morgen trug sie dasselbe Dirndlkleid wie nach dem letzten Tag ihrer zweijährigen Trauer, und doch fürchtete sie, jeder würde ihr anmerken, vielleicht sogar verübeln, dass seit damals in ihrem Leben vieles anders geworden war.

„Guten Morgen, Mutter", begrüßte sie der Florian ziemlich karg. Immerhin ahnte er, für wen sie sich so schön gemacht hatte. Die Erika schaute ein bissel neidisch auf ihr altsilbernes Halsband, einen echten alten Bauernschmuck, den man seit dem Tod des Martin Bergheim nicht mehr an ihr gesehen hatte.

Ohne zu ahnen, was sie damit anrichtete, sagte die Reni: „Hast du dich heute schön gemacht, Bäuerin! Man könnt dich grad für eine Braut anschauen!"

Der Laithofer Franz verzog den Mund ein bissel

schief, wie immer, wenn er verlegen war, seufzte komisch übertrieben und jammerte: „Ungerecht geht's auf der Welt zu: Warum bin ich als Knechtl auf die Welt gekommen, hab strohgelbe Stoppelhaar und eine Kartoffelnase? Ich wollt gar kein Millionär sein, aber ein Großbauer, mit einem schwarzen Haarschopf, Glutaugen und einer römischen Nase. Bäuerin, nachher tät ich dich auf der Stelle heiraten."

Darüber lachte die Erika schon wieder herzlich heraus, denn zumindest dem Laithofer-Knecht musste sie um nichts neidig sein. Die Reni lächelte nur über seinen Wunschtraum, aber der Bergheim Martha tat er richtig leid, und sie tröstete ihn: „Musst dich gar nicht herunterkränken, Franz. Jeder gute, anständige Mensch hat seinen Wert. Bestimmt findest auch du einmal eine, die deine Kraft bewundert und deine Haar nicht strohgelb, sondern weizengolden findet. Ein blauer Himmel ist allerweil schöner als ein grauer, und das könnt auch für deine Augen gelten. Also, Franz, schau nicht so traurig drein, wie wenn dir die Hendln das Futter weggefressen hätten!"

Für Sekunden blitzten seine Augen sogar fröhlich auf, dann kriegte er wieder den verzweifelten Dackelblick. „Könnt aber auch sein, Bäuerin, dass ich heute noch einen anderen Grund fürs Traurigsein hab. Den sag ich dir aber erst nach dem Frühstück, denn schlechte Nachrichten vertragt man auf nüchternen Magen noch schlechter."

Sie fragte vergeblich, drängte ihn zum Reden, zuletzt sagte sie lachend: „Du weißt ohnehin nichts und willst dich nur wichtig machen. Aber mir kann heute nichts den Tag verderben."

„Meinst du? Bist du dir sicher?", murmelte er. Nachher war aus ihm wieder kein Wort mehr herauszubringen.

Die unbedingt auch am Sonntag notwendige Stallarbeit war bald getan. Nachher setzte sich die Erika mit einer Strickerei für ihr Patenkind in den Garten.

Als der Laithofer-Knecht noch zweimal zu den Wirtschaftsgebäuden hinunter ging, wurde die Martha argwöhnisch und folgte ihm bis in den Pferdestall. Von der Tür aus konnte sie ihn nicht gleich entdecken, denn er kniete in der Box eines jungen Hengstes, er aber musste sie gesehen haben. Als sie ihn recht scharf anredete, erschrak er nicht einmal, schaute sich auch nicht nach ihr um, sondern sagte über die Schulter zurück: „Meine schlechte Nachricht, mit der ich dir den Tag eigentlich nicht hätt verderben wollen: Der ‚Scheckl' muss sich gestern auf dem Weg von der Koppel herunter in einem Graben oder beim Bach den rechten Vorderhaxen geprellt haben. Heute in der Früh hat ihm das Gelenk nur ein bissel wehgetan, jetzt ist es schon leicht geschwollen."

An Jürgens Besuch auf ihrem Hof dachte sie in diesem Augenblick nicht mehr. „Franz, du meinst, er könnte sich ärger verletzt haben? Wenn's ihm doch wehtut! Gelenke sind besonders empfindlich."

„Am meisten tut's allerweil grad dort weh, wo's einem wehtut", versuchte der Knecht seine Bäuerin zu beruhigen. „Sorg dich nicht gleich wieder zu viel, es wird schon nicht so ernst sein."

„Den Tierarzt?", schlug die Martha vor.

„Geh weiter, der von Windeck ist bestenfalls ein Schinder, aber vom Heilen versteht er weniger als ich."

Sie hörte etwas heraus, das er nicht ausgesprochen hatte: „Franz, sag nur noch, du verstehst was!"

„Nicht viel", gab er bescheiden zu. „Aber mein Urgroßvater selig mütterlicherseits ist ein Schaflhirt gewesen. Ziegen hat er auch gehabt. Wenn sich eines von den Viechern einen Haxen verstaucht oder gar gebrochen hat, ist damals weit und breit kein Doktor zur Stelle gewesen. Da hat der Hirt den Bruch eingerichtet, mit Kräutern umwickelt und zwischen zwei Bretteln geschient. Ich schwör's dir, seine Schafl sind nachher viel besser gelaufen als vorher mit den heilen Knochen."

Die Martha fasste schon wieder Hoffnung. „Du meinst, auch du könntest dem ‚Scheckl' helfen?"

„So ein Ross ist halt kein Schaf", überlegte er noch laut und zögerte, doch als er der Martha die Enttäuschung von den Augen ablas, wechselte er auf eine großspurigere Tonart. „Ich werd's versuchen, Bäuerin. Und wenn der Urenkel des Jeremias Brunnhauser was will, kann er's auch!"

Für eine Stunde verschwand er im Wald, kroch gebückt und sogar auf Knien über die Wiesen und kam mit einem köstlich duftenden Pflanzenbüschel zurück. Die Martha half dann mit, dem jungen Hengst einen Umschlag mit den Kräutern und darüber feste Bandagen anzulegen. Jetzt erst fiel es ihr ein, dass der Jürgen am Nachmittag zu ihr auf den Hof kommen wollte. Als hätte der Laithofer ihre Sorgen erraten, beruhigte er sie: „Bäuerin, du musst aber deswegen nicht den ganzen Sonntag daheim bleiben. Ich kümmere mich um meinen Patienten, denn falls die Kräutl nichts nützen, müssen wir vielleicht doch den Schinder holen." Jetzt sah er gleich ihr Entsetzen und klärte sie lachend auf: „Ich red doch nicht vom Abdecker, sondern nur von unserem großartigen Windecker Viechdoktor."

„Du meinst, der ‚Scheckl' könnte länger als ein paar Stunden brauchen, bis er über das Schlimmste weg ist?"

Er holte mit seiner Antwort weiter aus: „Sogar der Jeremias hat nicht zaubern können, und der hat's nur mit Schafen und Ziegen zu tun gehabt. Der heilige Franziskus Laithofer braucht für Wunder schon ein bissel länger. Aber ich versprech dir, dass ich die ganze Zeit über bei meinem Patienten wachen will. Alsdann kannst du ruhig fortgehen."

In der Martha erwachte Argwohn, der Knecht wolle sie sogar aus dem Stall schicken. Künstler waren nun einmal recht eigenwillig, und wenn stimmte, was er über seinen Urgroßvater erzählte, stammte er aus einer Familie von Heilkünstlern. Dennoch beschloss die Bäuerin, die ganze Verantwortung nicht ihrem Knecht allein zu überlassen. „Ich bleib auch hier", entschied sie. Da sie meinte, es ginge den Franz ohnehin nichts an, ließ sie ihn ihre Enttäuschung nicht merken, sondern behauptete: „Das macht mir gar nichts aus. Für heute hab ich ohnehin nichts Wichtiges vorgehabt."

Dennoch hatte sie es eilig, rechtzeitig ins Haus zu kommen. Der Florian begegnete ihr an der Tür, und zu dem sagte sie: „Gut, dass ich dich noch antreffe. Ich hab dich was bitten wollen."

„Ja?", forderte er sie zum Weiterreden auf.

Aber plötzlich wollte sie das nicht mehr und sagte statt dessen: „Es wäre gut, könntest du, bevor du weggehst, noch in den Stall schauen. Der Franz hat zwar den ‚Scheckl' schon recht gut verarztet, aber ich wär ruhiger, hättest du seine Heilkunst näher geprüft."

Zwar ging der Florian recht nachdenklich zum Pferdestall hinunter, aber dabei kam er zu der Vermutung, dass die Mutter wahrscheinlich etwas anderes sagen wollte.

Die Reni war in der Küche gerade mit dem Geschirrspülen fertig. Auch das lief also nicht nach Marthas Erwartungen, weshalb sie fragte: „Du gehst nicht mit der Erika nach Windeck? Und mit dem Florian?"

„Nein, wozu auch?" antwortete das Dirndl, nicht gerade fröhlich gestimmt. „Ist die Erika erst einmal auf dem Tanzboden, kommt sie nicht mehr vor dem Rausschmeißer herunter. Der Florian geht bestimmt wieder zur Kegelbahn. Was sollt also ich da anfangen? Unlängst hab ich beim Er-und-Sie-Kegeln gepatzt und meine Mannschaft ganz zuletzt noch um den Sieg gebracht. Das haben sie mir bestimmt bis heute noch nicht verziehen. Die sind froh, wenn sie mich nicht sehen. Und beim Tanzen? Wer holt sich schon eine Hinkende zum Tanz?"

„So musst du auch wieder nicht reden!", fuhr die Martha ehrlich verärgert auf sie los. „Wenn du dich ein bissel zusammennimmst, merkt man dir kaum etwas an. Einmal hab ich dich mit dem Florian die schönsten Landlerfiguren tanzen gesehen. Ungelogen: Ihr seid das hübscheste Paar gewesen."

„Darum hat der Florian mit mir gleich zweimal getanzt: zum ersten und zum letzten Mal", spöttelte die Reni bitter über sich selbst. „Damals hat ihn nachher der Bertl vom Schmied gefragt, ob er's schon nötig hat, mit der Irene Hinkebein zu tanzen. Seit der Zeit hat er's doch nicht mehr nötig, denn genug viele andere Dirndln von Windeck reißen sich um ihn."

Ungewollt brachte sie mit diesen Worten ihrer Bäuerin zum Bewusstsein, was die vorhin vom Florian und jetzt von der Reni erbitten wollte. „Schade", schloss sie und wechselte zum nächsten Thema: „Eigentlich hätt ich eine Bitte gehabt. Aber nur mir zuliebe wirst du auch nicht nach Windeck fahren wollen. Der Bus kommt in einer Viertelstund oben an der Wirtschaftsstraße vorbei."

„Soll ich dir was helfen?", fragte das Dirndl ohne zu zögern. „Wenn ich kann, tu ich's gern."

Die Martha schob ihr rasch einen Zettel über den Tisch. „Du müsstest mir nur von der ‚Goldenen Krone' aus diese Telefonnummer anrufen und dem Jürgen Schwarz ausrichten, oder ausrichten lassen, dass ich heute leider keine Zeit hab und vom Hof nicht wegkomme. Wärst du so lieb, Reni?"

Die schob den Zettel in ihre Schürzentasche. „Ich muss mich grad noch schnell kämmen. Wenn ich ohnehin nur fürs Telefonieren in die ‚Krone' geh, lohnt es sich auch nicht, ein schöneres Gewand anzulegen." Sie hatte ein liebes, halt ein bissel trauriges Lächeln. „In zwei, höchstens drei Stunden bin ich zurück und bring dir hoffentlich eine Antwort."

„So bald?" Die Martha spürte gerade noch, dass ihr die Freude heiße Wangen machte, doch dann fiel ihr ein: „Der nächste Autobus geht bei uns erst wieder am Abend vorbei."

„Ich geh auch recht gern zu Fuß", versicherte ihr die Reni und schaute schon unruhig drein, denn soeben rannte die Erika durchs Hoftor hinaus. Der Florian ließ sich mehr Zeit und rief noch im Vorbeigehen der Mutter durchs Küchenfenster zu: „Dem ‚Scheckl' geht's schon besser. Der Laithofer muss Zauberkräfte haben. Aber es beruhigt mich doch, dass du heute auf dem Hof bleibst. Pfüat dich, Mutter!"

Die Martha wollte ihm noch nachrufen, er sollte ein bissel auf die Reni aufpassen, denn für ein zwanzigjähriges Dirndl wäre der Uferweg entlang der Gösing auch schon vor der ersten Abenddämmerung gefährlich! Aber der Florian ging bereits zur Wirtschaftsstraße, um den Autobus anzuhalten. Die Reni kam erst jetzt aus ihrer Kammer zurück. Sie hatte die Bluse gewechselt und sich eine frische Schürze vorgebunden. Als hätte sie die plötzlichen Bedenken ihrer Bäuerin geahnt, schwenkte sie den Zettel mit der Telefonnummer. Den hatte sie also nicht in der anderen Tasche vergessen. Das war somit ein Versprechen, dem ihre Bäuerin trauen durfte. Und als sie plötzlich leicht hinkend zu rennen anfing, fuhr ihr der Bus gerade vor der Nase davon. Der Fahrer bekam jedoch Mitleid und hielt ihretwegen noch einmal an. Er kannte halt die Reni schon lang genug vom Sehen. Dass sie sogar mit ihrem etwas lahmen Bein so rasch gelaufen war, sagte ihm, dass auch auf sie in Windeck wahrscheinlich ein Schatz wartete. Er meinte eben, für nichts anderes auf dieser Welt würde ein Dirndl so wild rennen.

Der Martha war inzwischen aller Hunger aufs Mittagessen vergangen. Sie schnitt sich nur einen Ranken Brot und ein Stückl Wurst ab. Zum Laithofer-Knecht, der im Stall auf einer umgelegten Kiste neben dem liegenden Pferd saß, sagte sie: „Geh in die Küche essen!

Ich bin sicher, die Reni hat dir was in der Speiskammer bereitgestellt. Du musst auch in der nächsten Zeit nicht wieder in den Stall kommen, jetzt bleib erst einmal ich auf der prächtigen Kiste sitzen."

Der Knecht maß sie mit einem schnellen Blick. „Weißt du dir für den Sonntag nichts Besseres?"

„Eigentlich nichts", sagte sie und fügte nur in Gedanken hinzu: „Wenn doch der Jürgen heute nicht mehr zu mir kommen wird."

Während der nächsten Stunde überlegte sie, wie das Leben auf dem Bergheim-Hof nach ihrem Fortgehen weiterlaufen werde, und sie kam zu der Erkenntnis: „Auch nicht viel anders als jetzt." Das beruhigte sie eigentlich und kränkte sie zugleich. „Geht einer aus dem Haus, so ist es beinahe schon, wie wenn er gestorben wäre. Erst verzweifelt man, kränkt sich herunter und meint, alles wäre damit zu Ende. Aber zum Glück vergessen einen die Menschen recht bald wieder, denn anders könnten sie nicht ein, zwei oder noch mehr Verluste in der Familie überleben."

Dann rechnete sie ganz nüchtern: „Der Florian wird noch wenigstens fünf Leute aufnehmen müssen, sonst kann er die Arbeit nicht so packen, wie es sein soll. Dass die Burga und die Christina jemals noch als seine Mägde auf den Hof heimkommen werden, kann ich nicht glauben. Der Jürgen wird ihm bestimmt die wichtigsten Maschinen preisgünstig überlassen, aber noch allerweil ist halt der Mensch dadurch nicht zu ersetzen." Und sie beschloss, so oft wie nur möglich wieder heimzukommen. Das führte sie zu der Frage: „Ob ich mich in Langen jemals daheim fühlen kann? Den Jürgen hab ich wirklich lieb, mit seinen Eltern werd ich mich schon seinetwegen im Schwarz-Haus zusammenfinden. Aber wenn ich statt Pferden, Kühen, Schafen, Schweindln und Hühnern nur allerweil lauter Maschinen um mich hab, könnt mit der Zeit sogar unsereins zu einer leblosen Maschine werden."

In der vergangenen Nacht hatte sie vor glücklicher Aufregung kaum schlafen können. Auch jetzt bot ihr die ungestillte Sehnsucht nach dem Jürgen, die Sorge um ihre Familie und das Mitleid für den „Scheckl" kein gutes Ruhekissen, aber irgendwann drückte sie die Erschöpfung nieder. Erst konnte sie die Wirklichkeit nicht mehr so genau von den geträumten Bildern unterscheiden, dann stürzte sie in ein großes schwarzes Nichts.

Sie träumte von einem blauen Frühlingshimmel, von blauem Wasser und blauen Augen. Als sie erst blinzelte, sich dann zum Schauen zwang, veränderte sich der Traum langsam zur Wirklichkeit. Ganz nahe vor ihrem Gesicht erkannte sie die blauen Augen des Franz Laithofer. Sie schreckte zusammen und setzte sich auf der harten Kiste kerzengerade auf. Der Knecht wollte ihr aber nichts Böses, sondern stellte nur lachend fest: „Bäuerin, so hab ich mir schon allerweil einen Wachter gewünscht. Dir hätten sie jetzt den ‚Scheckl' forttragen können, ohne dass du was gemerkt hättest!"

Schlagartig wurde sie munter. „Unser ‚Scheckl'! Wie geht's ihm?"

Aus dem Knecht brach alle Freude und Erleichterung mit einem viel zu lauten Schrei. „Der Urgroßvater Jeremias hat ein Wunder vollbracht! Schau nur!"

Der „Scheckl" erschrak zwar von dem Gebrüll,

stand jedoch aufrecht in seiner Box und konnte mit dem bandagierten Bein schon fest auftreten. In ihrem aufwallenden Glücksgefühl sagte die Martha: „Franz, du kannst dir gar nicht vorstellen, um wie viel mir jetzt leichter zu Mute ist! Das verdank ich nur dir!"

Sie versorgten den „Scheckl" noch mit viel Heu und kleinen Leckerbissen, dann gingen sie zum Wohnhaus.

Inzwischen war Nebel aufgestiegen. Über den Wiesen gegen den Fluss zu tanzten schon Feen in ihren Schleiergewändern durch die nasskalt gewordene Luft. Das brachte den Laithofer auf den Gedanken: „Dafür, dass ich jetzt noch bis Windeck renn, ist es längst zu spät geworden. Bäuerin, könnten wir vielleicht die Heilung des ‚Scheckl' hier auf dem Hof mit einem Schluck Bier feiern? Ein Obstler tät uns bestimmt recht gut, wir haben ihn uns verdient. Meinst du's nicht auch?"

Nach allem, was der Knecht in den letzten Stunden für sie getan hatte, konnte sie ihm diesen Wunsch nicht so leicht abschlagen. Zuletzt war auch ihr recht fröhlich und ein bissel nach Feiern zumute, also sagte sie ihm zu. Dennoch führte sie den Franz nicht in die Stube, sondern holte von drinnen aus dem großen Schrank die Flasche mit dem Rotwein, ein Bier und dazu Schnaps.

In der Küche stellte der Knecht schon Gläser auf dem Tisch zurecht. „Nicht so große", sagte er recht einsichtig, „wir wollen doch nur den Jeremias Brunnhauser hochleben lassen!"

Seiner Bäuerin schenkte er ein Glas Rotwein ein, für sich nahm er zum Beginn einen kräftigen Schluck

Obstler, hintennach das Bier. Sie prostete ihm zu: „Dank noch einmal, du hast mir viel geholfen."

Wohlig seufzte er: „So ein Bier tut gut! Ich bin innerlich beinahe ausgedörrt. Jetzt kann das Blut in den Adern wieder leichter fließen!"

„Nur noch ein zweites Glas Wein", fügte sich die Martha, weil er sie gar so hartnäckig dazu drängte. Langsam wich von ihr die schwere Sorge, wie es weitergehen sollte, sie fühlte sich fröhlich, denn alles um sie erschien ihr wieder schöner. Es machte sie unbeschreiblich glücklich, dass ihr Pferd schmerzfrei und gesund auf allen vier Beinen stand. Am nächsten Sonntag würde sie den Jürgen wiedersehen. Schnaps und Bier lehnte sie ab. „Mischen mag ich nicht. Damit kann ich nicht feiern, denn davon wird mir höchstens übel."

Noch einmal ließ also die Bergheim-Bäuerin den Schafhirten Brunnhauser selig hochleben, denn ihm verdankte sie, dass der junge, übermütige Hengst so schnell gesund geworden war und bestimmt keinen dauernden Schaden erlitten hatte. Flüchtig dachte sie an die arme Reni, der nach ihrem Unfall vor einem Jahr das leichte Hinken fürs ganze Leben zurückbleiben würde. Außerdem hätte das Dirndl schon längst aus Windeck zurück sein müssen! Gleich wieder erwachten in der Martha Sorgen, von denen sie erst abgelenkt wurde, als auch der Franz dem Jeremias zuprostete und mit einer schon ziemlich schweren Zunge sagte: „Dank dir, Urgroßvaterl! Heute hab ich es wieder erlebt, dass ich die beste, tüchtigste und schönste Bäuerin von der ganzen Welt hab."

Nach seinem vierten Trinkspruch entschied die Martha überraschend energisch: „So, das langt!" Sie fühlte sich plötzlich so nüchtern, dass sie dem Knecht nur noch im Tonfall einer großzügigen Dienstgeberin zusagte: „Für die heutige Sonntagsarbeit entlohn ich dich zusätzlich. Erinnere mich am Zahltag!“

Der Franz hielt die Ellbogen so schwer auf den Tisch gestützt, wie wenn er sich kaum mehr aufrecht halten könnte. Von den Augenwinkeln heraus beobachtete er die Martha, denn der plötzliche Wechsel in ihrer Stimmung und Stimme verletzte seine Gefühle als Mann. Leise grollte er vor sich hin: „Ich hätt aber lieber heute, gleich jetzt, den Zahltag. Wie wär's, Bergheim-Bäuerin?“

Sie hätte es nicht mit Vernunft erklären können, aber ein Gefühl warnte sie zur Vorsicht, denn der Laithofer hatte zweifellos mehr als nur ein Glas zu viel getrunken. Langsam ging sie zur Tür. Ohne nach ihm zu schauen, sagte sie ruhig: „Ich hab kein Geld im Haus, aber wenn's dir so eilt, musst du halt noch eine kleine Weile zuwarten. Der Florian wird bald heimkommen. Der zahlt dich aus.“

„So bald kommt der Florian heute nicht heim!“, widersprach ihr der Knecht. Sein Lachen klang überhaupt nicht mehr freundlich, eher drohend. „Und ich möcht's viel lieber von dir haben!“

Darum griff die Martha schnell nach der Türklinke. Plötzlich wusste sie, dass jemand nahe hinter ihr stand, ohne sie körperlich anzurühren. Der Franz war einen halben Kopf größer und bestimmt stärker als sie, und ein Rauschiger konnte leicht derb werden. Noch einmal versuchte sie es mit gutem Zureden: „Was willst du schon von mir kriegen?“

Jetzt leuchteten seine wasserblauen Augen glücklich auf. Er glaubte sich nahe seinem Ziel. „Bei deinem Ross hab ich dir halt nicht als dein Knecht geholfen, sondern als der Urenkel vom Jeremias Brunnhauser. Dafür kannst du mich auch mit keinem Knechtslohn bezahlen. Martha Bergheim, beweis mir, dass du in mir einen Menschen siehst! Nicht als Bäuerin den Knecht, sondern den Mann!“

Unwillkürlich machte sie einen Schritt von ihm weg und fuhr ihn zornig an: „Bist ganz spinnert geworden, Franz? Was denkst du dir? Nein, und wenn du ein Schlossherr wärst!“

Er lenkte ein: „Denk dir nichts, Martha! Nur ein Bussel! Von mehr könnt ich doch nicht einmal träumen!“

Dennoch kam er ihr langsam, beinahe drohend, immer näher. Nun erkannte auch sie, dass sie noch am ehesten wegkommen würde, wenn sie einlenkte. Sie streifte eine Haarsträhne, die ihr in die Stirn gefallen war, zurück und zwang sich zu einem Lacher. „Was sagst du das nicht gleich? Alsdann, ein Bussel in Ehren darf niemand verwehren.“

Er streckte die Hände nach ihr aus, doch bevor er richtig zugreifen konnte, nahm sie ihn schon am Kopf und drückte ihm auf jede Wange ein Bussel. Damit, meinte sie, habe sie ihre Schuld mehr als beglichen, denn einen klingenden Lohn würde er ohnehin noch außerdem bekommen.

„Martha“, flüsterte er kurzatmig. „Du siehst halt doch in mir den Menschen und den Mann! Glaub nicht, ich wär vom Schnaps rauschig, vor Glück bin ich's!“

Bevor sie noch etwas dagegen tun konnte, hatte er

sie gepackt. So stark, dass sie ihm nicht entkommen würde, und so zart, dass er ihr kein bissel weh tat, hielt er sie fest und gab ihr ein ganz wildes Bussel. Die Martha würgte ein Ekel. Sie hätte so zuschlagen mögen, dass er sie loslassen musste, doch sie ahnte, dass sie ihm dabei unerträglich wehtun würde. Nicht nur körperlich. Also griff sie nur nach seinen Fingern und bog sie nach außen, bis er sie freigeben musste. Dann sagte sie ruhig: „Das reicht, Franz. Du hast dir deinen Lohn geholt, jetzt sind wir quitt, und du wirst wieder vernünftig." Noch versuchte er, seine Finger aus dem schmerzhaften Griff zu lösen, darum blieb ihr keine andere Wahl, sie musste ihm noch ärger wehtun. „Vergiss nicht, Laithofer-Knecht, ich bin noch allerweil deine Bäuerin! Lass mich in Frieden, oder ich muss dich vom Hof jagen! Auch wenn's mir Leid täte."

Erst fuhr er noch verzweifelt wütend auf sie los. „Mich wolltest du vom Hof jagen? Das ist deine Dankbarkeit von Mensch zu Mensch?" Doch langsam wurde ihm bewusst, was er aufs Spiel setzte, zwang sich zu einem breiten Lacher und tröstete sich: „Wenigstens Leid tät's dir. Also geht's zwischen uns weiterhin gut als Mensch zum Menschen?"

„Passt schon", stimmte sie ihm zu und glaubte sich schon aus dieser peinlichen Lage gerettet. Sie hoffte sogar, der Laithofer würde später, wenn er wieder nüchtern geworden war, von alldem nichts mehr wissen wollen.

Er nickte ihr noch zu und sagte mit der gebührenden Achtung: „Gelt, Bäuerin. Es wird bald dunkel, und da beißen die Fisch in der Gösing am schnellsten an. Ich weiß schon die richtigen Stellen, wo ich sie mir packen muss!“

So unbefangen, als hätte er nicht soeben die Martha Bergheim bedrängt und bedroht, nickte er ihr zu. Ohne sie weiter zu beachten, ging er an ihr vorbei in seine Kammer. Dann holte er sein Angelzeug aus dem Versteck im Stadel. Als ihn die Bäuerin noch warnte, gerade am Sonntag würden die Gendarmen besonders genau kontrollieren, dass niemand ohne Anglerkarte fischen ginge, beruhigte er sie lachend: „Mich hat nie einer erwischt. Für den Schindler Max und die anderen Krautwachter bin ich noch allerweil viel zu gescheit! Pfüat dich, Bäuerin. Wünsch mir lieber Petri Heil!“ Als sie ihn schweigend weggehen ließ, kam er noch einmal zu ihr zurück und erinnerte sie beinahe drohend: „Weißt du nicht, dass du mir Petri Heil wünschen sollst?“

Weniger aus Angst, als um ihn möglichst schnell loszuwerden, fügte sie sich: „Petri Heil.“

Sie sah nämlich gerade die Reni von der Wirtschaftsstraße herüberkommen. Ein Stein fiel ihr vom Herzen, denn in ihrer düsteren Stimmung hatte sie beinahe schon befürchtet, dem zwanzigjährigen Dirndl könnte der unbekannte Sittenstrolch auf dem Uferweg etwas angetan haben. Jetzt aber war ihr nichts mehr so wichtig, als dass sie möglichst bald erfuhr, wie der Jürgen ihre diesmalige Absage aufgenommen habe.

„Komm in die Stube“, lud sie ihre Dirn ein. Weil der Laithofer zum Fischen gegangen und außer der Reni niemand auf den Hof gekommen war, blieb die Martha dabei: „Im Haus kannst du mir alles erzählen, ohne dass jemand ein Ohr ans Schlüsselloch legt.“

Die Reni zögerte ein paar Sekunden, dann blieb sie in ihrem Bericht bei der Wahrheit, auch wenn die ihrer Bäuerin nicht so recht gefallen würde. „Erst ist eine Frau am Telefon gewesen, der es bestimmt nicht viel ausgemacht hat, dass du heute auf dem Hof geblieben bist. Nach meinem dritten Anruf hat sie ihren Sohn an den Apparat geholt, und ich kann dir sagen, der hat sich ehrlich um dich gesorgt. Am liebsten wäre er noch heute gekommen, doch ich hab ihm gesagt, dass du schon einen Helfer hast. Wen, hat er wissen wollen, und wie er gehört hat, dass sich der Franz um dich und das Ross annimmt, ist er beruhigt gewesen. Den Laithofer kenn ich, der ist ein tüchtiger und anständiger Mensch, hat er gesagt." Soweit atmete die Martha Bergheim erleichtert auf, doch dann sagte die Reni noch: „Damit du dich schon freuen kannst: Der Jürgen Schwarz wird dir an einem der nächsten Tage, am ehesten, wenn ihn die Arbeit in deine Nähe führt, einen Besuch machen."

„Wann, hat er nicht gesagt?", erkundigte sich die Martha, aber darüber konnte ihr die Dirn nichts Genaues sagen. Sie meinte nur, ihre Bäuerin sollte sich darüber wenigstens ein bissel mehr freuen. Die aber hoffte nur, sie würde auch das noch heil überstehen.

Binnen einiger Tage beruhigte sich das Leben auf dem Bergheim-Hof wieder, als wäre manche unerkennbare Katastrophe an den Menschen nicht nur um Haaresbreite vorbeigegangen.

Am nächsten Sonntag hatte die Burga in der „Goldenen Krone" einen freien Tag bekommen, und damit alle wieder einmal beisammen sein könnten, war auch die Tina heimgefahren. Sie sah beinahe aus wie früher das Bauerndirndl Christina, trug ein schlichtes Trachtenkleid, die Haare recht kurz geschnitten und im Gesicht keine Spur von Malerei. Als sie das glückliche Aufleuchten in den Augen der Mutter bemerkte, bat sie gleich an der Tür, sie sollte ihr keine Fragen stellen. Ihr ginge es jetzt gut, sie sei sogar recht glücklich.

„Die erfreulichste Nachricht für einen guten Morgen!“, verkündete der Laithofer Franz schon beim Frühstück, sobald sie alle in der Küche zusammentrafen. „Der ‚Scheckl‘ ist wieder ganz gesund und springt in der Koppel gleich neben dem Stall wilder herum als alle anderen!“

Die Martha zeigte sich aus manchen Gründen versöhnlich und lächelte ihm dankbar zu. Auch der Florian bewies an diesem Morgen seine gute Laune. Er seufzte tief und sagte recht gaudig: „Ich müsst halt auch einen Urgroßvater haben, der mir einflüstert, wie man heutzutage einen Hof so führt, dass er nie in Schwierigkeiten kommt. Ich stolpere allein schon bei Verhandlungen mit unserem Bürgermeister von einem Loch ins andere, und dass ich mir dabei noch nicht wenigstens die Füße gebrochen hab, ist ein Wunder.“

Am fröhlichsten gab sich der Franz. „Mir scheint, da ist mir schon wieder einer um meinen Jeremias neidig“, gab er lachend zurück. „Das tut mir aber nicht weh. Hauptsache, unsere Bäuerin hat ihr junges Ross wieder und ist mit mir zufrieden.“

Niemand bemerkte es, als die zwei Bergheim-Töchter einander bedeutungsvolle Blicke zuwarfen. Auch wenn sie es nicht darauf anlegte, hörte nämlich die Burga in der „Goldenen Krone“ genug Tratsch. Zur

Christina war eine ganze Menge davon ein paar Dörfer weiter bis in die entlegenste Einschicht gedrungen. Wenn aber auch eine gewisse Witwe so männernarrisch geworden war, dass man sich als anständige Frau für sie schämen musste! Ihr Name wurde selten genannt, doch nicht zuletzt deshalb fanden es die Töchter für unbedingt notwendig, dass sie wieder einmal heimkamen, der Mutter halfen und auf dem Elternhof für Ordnung sorgten.

Erika Huber, die rehaugerte Magd, saß still bei der Herrschaft in der Küche, redete nichts und hörte alles. Während der ganzen Zeit war die Reni mit dem Zubereiten und Auftragen des Frühstücks voll ausgelastet. Dennoch fiel ihr ebenso das unsichere Flackern in den Augen ihrer Bäuerin wie das übertrieben zur Schau gestellte Fröhlichtun des Florian auf. Was sie davon hielt, konnte sie ohnehin niemandem sagen, denn das stünde ihr nicht zu, und kaum jemand hätte auf sie gehört. Sie jedenfalls sah den Himmel über dem Bergheim-Hof nicht wolkenlos.

Keiner von der Bergheim-Familie und den Dienstleuten ahnte zu dieser Stunde noch, was an diesem Tag Grausliches geschehen könnte. Erst hielten sie es sogar für ein glückliches Zusammenspiel des Schicksals, dass in der nächsten Stunde noch ein Gast zu ihnen traf.

Diesmal fuhr er mit dem Auto durchs Hoftor, hielt beim Brunntrog und kam langsam aufs Haus zu gegangen. Offensichtlich wartete er darauf, von der Martha willkommen geheißen zu werden. Die kam ihm wirklich bis an die Tür entgegen. Um ihm kein Bussel geben zu müssen, reichte sie ihm die Hand und erklärte ihm das hastig: „Ich hab das ganze Haus voll. Meine Töchter sind gekommen."

Der Jürgen Schwarz merkte scheinbar die Zurückweisung nicht, sondern sagte sogar: „Das trifft sich gut. Die ganze Familie! Höchste Zeit, dass wir uns zusammengewöhnen. Oder hast du es dir wieder einmal anders überlegt?"

Als sie hörte, dass jemand aus der Küche kam, bat sie nur noch flüsternd: „Tu mir doch nicht unrecht! Ich hab's nicht verdient."

„Ein unerwarteter Besuch!", hörte der Jürgen von der Küchentür her sagen. Der Florian kam heraus und reichte ihm die Hand.

„Hoffentlich nicht auch ein unerwünschter", scherzte der Schwarz. „Ich hab nichts davon gewusst, und jetzt fürchte ich, es könnt stören, wenn ich da so unangemeldet in ein Familientreffen hereinbreche."

Recht kühl erklärte ihm der junge Bauer: „An unserem Tisch sitzen nicht nur zwei Mägde, sondern auch der Laithofer-Knecht. Mit dem Familientreffen ist es also nicht so heikel, und da findet sich auch für dich noch ein Platz auf der Eckbank. Sollen halt unsere Dienstleut ein bissel zusammenrücken."

Der Martha zuliebe überhörte der Jürgen auch diese kaum versteckte Geringschätzung in Florians Worten und sagte zu ihr: „Ich hab dir einen Besuch versprochen."

Sie ergänzte schnell: „Und ich freu mich, dass du gekommen bist."

In der Küche reichte er zuerst der Burga die Hand, nachher der Christina, wobei er kein Hehl daraus machte, dass ihm ihre nun wieder bäuerliche Aufmachung gefiel. Zur Reni sagte er recht freundlich hin: „Dich erkenn ich an der Stimme: Du bist das Dirndl am Telefon gewesen.“ Der Erika und dem Laithofer-Knecht nickte er nur zu, wie das für Dienstleute reichte.

Bald ging dem Jürgen der unverbindliche Gesprächsstoff aus, denn die beiden Bergheim-Töchter redeten kaum, erzählten nichts, und er wusste, dass er ihnen besser keine Fragen stellte. Auch wenn sie das verbergen wollten, belauerten sie jeden Blick zwischen ihrer Mutter und ihm. Der Florian hingegen gab sich so gelassen, dass die Martha ahnte, wie feindselig er in Wahrheit dem Jürgen war. Darum getraute auch sie sich kaum zu sprechen, denn sie fürchtete, bei ihren Töchtern, beim Sohn oder beim Jürgen ungewollt auf einen empfindlichen Nerv zu treffen, und dann wäre zumindest ein Familienstreit kaum mehr zu verhindern gewesen.

Diese gefährliche Stille durchbrach ausgerechnet der Laithofer Franz. Es wäre ihm nicht zugestanden, aber die Martha war ihm dafür dankbar, als er sie daran erinnerte: „Bäuerin, du hast mir versprochen, dass du mit mir noch in den Stall gehen willst. Zu unserem ‚Scheckl‘.“

„Meinetwegen“, sagte sie ihm zu. Noch rechtzeitig fiel ihr ein, dass es unvorsichtig gewesen wäre, den Jürgen mit ihren Töchtern allein zu lassen, denn er könnte zu offen über gewisse Zukunftspläne reden. Also fragte sie ihn: „Du willst doch auch sehen, wie prächtig es unserem Sorgenkind schon geht? Bitte!“

Gerade wollte der Jürgen zusagen, da kam ihm die Burga zuvor: „Tut mir Leid, Mutter, aber ich hab dem

Hans versprochen, spätestens um elf in die ‚Krone' zu kommen. Eine Kellnerin ist krank geworden, da muss ich wieder einmal aushelfen. Der Bus fährt um halb elf hier vorbei, also gerade recht."

„Ich komm gleich mit dir", entschied sich die Christina verdächtig überraschend. Die Mutter nahm diese Entschlüsse mit einem Kopfnicken zur Kenntnis und erinnerte ihre Töchter nicht daran, dass sie noch beim Frühstück angekündigt hatten, sie könnten bis zum Abend bleiben und müssten erst mit dem letzten Bus wegfahren.

Nun meldete sich noch der Florian: „Schwarz, nimmst du auch mich nach Windeck mit?"

Der Jürgen warf einen scharfen Blick erst auf die Martha, zuletzt auf den Laithofer-Knecht. „Wolltest nicht auch du in die Stadt fahren?" fragte er den, und es klang beinahe wie ein Befehl. „Wenn alle zusammenrücken, hab ich leicht für fünf noch genug Platz im Wagen."

Aber der Franz ließ sich von seinem Plan nicht so schnell abbringen, schon gar nicht durch einen, der gar nicht auf den Hof hergehörte. „Dank dir, Herr Schwarz", sagte er beinahe höhnend freundlich. „Aber ich hab meiner Bäuerin versprochen, dass ich mit ihr den ‚Scheckl' besuche, das Pferd, das wir miteinander wieder gesund gemacht haben. Und was ich versprech, das halt ich allerweil noch. Wenn ich nachher über den Uferweg nach Windeck geh, langt mir die Zeit noch leicht für das bissel armselige Gaudi in der Stadt."

Die Bergheim-Mutter begleitete die Töchter und den Sohn bis zum Auto. Als sie die Burga zum Abschied umarmte und auf die Wange busselte, flüsterte die ihr zu: „Sei vorsichtig, Mutter. Deinem so diensteifrigen Knecht trau ich nicht über den Weg." Und für alle hörbar sagte sie: „Komm doch auch einmal in die ‚Krone' auf einen Kaffee mit Kuchen. Zu einem Tratsch! Ich hätt dir eine Menge zu erzählen. Pfüat dich, Mutter, und gib auf dich Acht!"

Zur Christina sagte die Mutter: „Ich wüsst noch allerweil so gern, wo und wie und mit wem du lebst."

„Nicht nachforschen!" flehte sie das Dirndl an. „Erspar's dir und mir."

„Wenn ich mich aber um dich sorgen muss!", klagte die Mutter beinahe schon zu laut, denn man konnte ihre Worte bis zum Haus hin verstehen, wo auf der Treppe noch der Jürgen und, ein Stückl abseits, der Laithofer standen.

Die Christina drückte ihr ein Bussel auf den Mund. „Viel mehr sorg ich mich um dich. Am besten wär's, du fürdest niemandem mehr vertrauen. Nicht einmal ..." Sie zögerte, dann sprach sie doch den Namen aus: „Nicht einmal dem Florian."

„In spätestens einer halben Stund bin ich zurück", versprach ihr der Jürgen. Die Warnungen ihrer Töchter hatten sie so misstrauisch gemacht, dass sie meinte, aus seiner Stimme hörte sie neben einem Versprechen auch eine Warnung, wenn nicht sogar eine Drohung heraus.

Als das Auto oben vom Wirtschaftsweg in die Waldstraße einbog, winkte noch ein Dirndl mit dem weißen Taschentuch. Welches, konnte die Martha nicht mehr so genau erkennen. Und schon war der Knecht neben ihr. „Komm, Bäuerin", bat er geradezu demütig. „Der Schwarz Jürgen fahrt bestimmt wie ein

Schwärzer." Er lachte über sein Wortspiel. „Ein Gefühl warnt mich: Er sieht mich bestimmt nicht gern mit dir im Rossstall. Es ist besser, wir bringen es hinter uns."

„Denk dir nichts!" tuschte ihn die Bergheim-Bäuerin für solche Worte zornig nieder.

Mit einem traurigen Lächeln rechtfertigte sich der Franz: „Was sich ein Knecht so denkt, ist gar nicht wichtig. Aber den Jürgen Schwarz hast du doch lieb. Oder? Der sollt sich halt nichts Unrechtes über dich denken dürfen. Beeil dich lieber, Bäuerin."

Inzwischen hatte der Laithofer den „Scheckl" schon von der Koppel in den Stall zurückgebracht, denn er meinte, am späteren Nachmittag oder frühen Abend könnte von den Bergen Schlechtwetter einbrechen. Der Martha tat das junge Pferd Leid. „Die großen haben draußen bleiben dürfen, nur der Arme muss wieder im Stall sein!"

Als Rossknecht durfte der Franz in vielem, soweit es die Pferde betraf, eigenmächtig entscheiden, aber ein letzter Einspruch stand seiner Bäuerin noch immer zu. Darum rechtfertigte er sich: „Wenn's plötzlich hagelt und donnert, kümmern sich die erfahrenen Gäule überhaupt nicht darum, aber so ein junger Springer könnte leicht draufzahlen. Wo ich früher im Dienst war, hab ich es mit ansehen müssen, wie sich ein Fohlen vor lauter Schrecken auf einen Pfahl gespießt hat. Mir hat es das Herz fast abgewürgt!"

Dagegen wandte die Martha ein: „Man sagt mir nach, ich würde das Leben viel zu schwarz sehen. Heute seh ich am Himmel grad nur ein paar kleine ungefährliche Wolken."

Der Franz ging schon zwei Schritte vor ihr her. Darum verstand sie ihn kaum, als er vor sich hinbrummelte: „Wenn man im Leben nicht allerweil draufzahlen will, muss man rechtzeitig auch sehen, was man gar nicht sehen kann."

Im Stall war es ziemlich dampfig und roch scharf, denn der Franz hatte alle Fenster zugemacht, nur bei der Tür kam ein bissel frische Luft herein. Als ihm die Martha dies vorhielt, dachte er nicht daran, wenigstens ein Fenster zu öffnen, sondern beharrte auf seiner Entscheidung, die er mit einem breiten Lachen rechtfertigte: „Erfroren sind schon viele, erstunken ist noch keiner."

Für den Augenblick verzichtete die Martha darauf, ihren Willen durchzusetzen, denn da drängte sich in der Box schon der „Scheckl" an sie und rieb den Kopf an ihrer Schulter, als wollte er ihr damit für die liebevolle Pflege danken. Den Franz begrüßte er nicht weniger zärtlich, was diesen zur Bemerkung veranlasste: „Da sieht man's: Tiere sind für alles, was man ihnen Gutes tut, dankbar. Von denen könnt mancher Mensch was lernen!"

Wieder befiel die Martha ein beunruhigendes Gefühl, der Franz würde von ihr noch einen weiteren Beweis für Dankbarkeit erwarten. Sie machte schon einen Schritt von der Box weg, und der Knecht schloss daran die Tür ab. Da kam aus dem Dunkeln eine Stimme. Es klang nach Erleichterung: „Hier seid ihr also noch!"

„Erst haben wir ein bissel geratscht, nachher sind wir in den Stall gegangen", antwortete die Martha erleichtert, aber eigentlich ärgerte sie sich auch, denn ihre Worte klangen wie eine Entschuldigung, zumindest Rechtfertigung. Darum redete sie schnell weiter: „Ich hab dich gar nicht mit dem Auto kommen gehört."

Der Jürgen trat zu ihnen, warf einen prüfenden Blick auf den „Scheckl", erst dann erklärte er ihr: „Du hast mich auch gar nicht hören können, denn ich bin nicht auf den Hof hereingefahren, sondern hab das Auto gleich draußen unter drei größeren Weiden stehengelassen."

Viel fehlte nicht, und sie hätte ihn gefragt, ob er sie vielleicht im Stall hätte überraschen wollen. Mit dem Franz Laithofer! Denn eines war ihr schon seit dem Vormittag klar: Der Jürgen misstraute dem Knecht ebenso wie dieser ihn nicht leiden konnte. Nur aus Rücksicht auf die Hausfrau zeigten beide ihre Abneigung nicht noch deutlicher. Damit es keinen offenen Unfrieden geben würde, schlug sie nun dem Jürgen vor: „Wie wär's mit einem längeren Spaziergang? Ich möcht so gern aus dem Haus kommen, mich wieder einmal richtig müde laufen!"

Damit war der Jürgen sofort einverstanden. Er meinte dazu: „Der Florian hat mir von einem Wehr beim Fluss erzählt. Darauf wäre ich neugierig, das wollt ich mir gern anschauen."

Ohne gefragt zu sein, bekräftigte der Franz: „Dorthin ist es ein schöner Ausflug, nicht zu weit und auch für eine Frau leicht zu schaffen. Allerdings nicht ganz ungefährlich, tät ich sagen! Da ist erst unlängst ..."

„Nicht das Wehr und nicht zum Fluss!", weigerte sich die Martha unerwartet heftig. Als sie am Jürgen Verständnislosigkeit und beim Laithofer-Knecht etwas wie ein boshaftes Lächeln zu beobachten meinte, erklärte sie: „Wenn wir länger ausbleiben, ist im Dunkeln der Weg beschwerlich, und ich will dann nicht so arm daliegen wie der ‚Scheckl'."

Zu spät wurde ihr bewusst, dass sie damit ein Stichwort gegeben hatte, das der Jürgen sofort zu einem nur scheinbar arglosen Scherz aufgriff: „Im Notfall könnte auch dich dein Knecht verarzten."

Diesmal wehrte der Franz energisch und hastig ab: „Das tät ich mir nie zumuten. Sogar mein Urgroßvater selig hat sich nur an Schafln und Ziegen versucht Das Einrenken und Schienen verletzter Beine ist eine schmerzhafte Sache. Meiner Bäuerin zuliebe hab ich mich sogar an ein junges Ross gewagt, aber einem Menschen könnt ich nie wehtun."

Das glaubte ihm der Jürgen einfach nicht und hielt ihm vor: „Auch dann nicht, wenn du damit jemandem hilfst?"

Der Knecht überlegte ein paar Sekunden lang, wie er dieser Fangfrage entwischen könnte. Dann wandte er sich an die Martha und bat: „Gib halt auf dich Acht. Bring mich besser nicht in einen Zwiespalt, denn dir wollt ich bestimmt nicht wehtun." Zuletzt beruhigte er sie noch: „Du kannst auch länger wegbleiben, Bäuerin, ich schau einstweilen an deiner Stelle auf den Hof."

„Lieb von dir, Franz."

Dem Jürgen erklärte sie auf dem Weg ins Haus: „Heute wär ich mit der Hofwache an der Reihe gewesen, aber manchmal kommt eben alles schöner, als man es erwartet hätte. Jetzt bin ich erst richtig glücklich, dass du bei mir bist. Ich möchte dich so gern davon überzeugen, warum ich nirgendwo anders leben wollte als auf diesem Hof in der Einschicht."

Er unterbrach sie: „Überzeuge mich lieber, dass du mich noch allerweil magst! Nur das ist für uns wichtig."

Sie gingen den Wiesenweg hinauf. Als sich der Jürgen hinter den letzten Scheunen von ihr zu bald ein Bussel holen wollte, drängte sie ihn von sich weg. „Nicht", bat sie. „Hier kann man uns vom Hof her sehen."

Zwar ließ er gleich von ihr, aber er warf ihr beinahe feindselig vor: „Ich pack's nicht! Da komm ich zu der Frau, die mich angeblich so lieb hat, aber ich krieg kaum mehr als ein flüchtiges Bussel! Manchmal frag ich mich allen Ernstes, was ich für dich bedeute!"

„Mehr als du ahnst", versicherte sie ihm, und in ihrer Stimme klang so viel Zärtlichkeit mit, dass er ihr eigentlich hätte bedingungslos glauben müssen. Als er zögerte, gestand sie ihm auch noch: „Vor lauter Sehnsucht nach dir komm ich kaum mehr zum Schlafen. Aber …"

„Aber? Kannst du mir eine Erklärung dafür geben, warum du so ängstlich bist? Kaum rühr ich dich an, ziehst du dich erschrocken zurück wie ein Schnecke in ihr Haus."

Mit Vernunft hätte sie nichts glaubhaft begründen können. Darüber, dass in letzter Zeit auch schon nahe bei ihrem Hof Erschreckendes geschehen sei, für das sie weder eine Erklärung noch einen Täter fand, wollte sie gerade jetzt nicht reden. „Jürgen, es wär doch schade um die Zeit, wenn wir an lauter Hässliches denken und dabei das Schöne versäumen!"

Der hölzerne Steg über den Sölla-Bach war so schmal, dass sie hintereinander gehen mussten, doch auf dem Wiesenweg legte der Jürgen gleich den rechten Arm um ihre Mitte und führte sie zärtlich weiter. Am Waldrand hatte der Fremdenverkehrsverein von Windeck drei Bänke aufgestellt, von denen aus man bis zum Bergheim-Hof und weiter über die Au bis zu den Vorbergen auf der anderen Seite des Tales schauen konnte.

Die Martha erklärte ihm: „Wo dort drüben der dichteste Nebel aufsteigt, fließt die Gösing übers Wehr. Flussaufwärts siehst du unterhalb von unserem Hof nur die Auwälder."

„Unter diesen drei hohen Weiden habe ich meinen Wagen abgestellt", spielte nun auch er den Fremdenführer.

„Warum?", überfiel ihn die Martha geradezu mit ihrer Frage.

Er überlegte flüchtig. „Vielleicht habe ich einfach Lust gehabt, die letzten hundert Meter zu gehen."

Christinas Warnung, sie sollte niemandem mehr aufs Wort vertrauen, auch nicht dem Florian, trat Martha flüchtig ins Bewusstsein. Sie wollte solche Gedanken zwar gleich wieder verdrängen, aber ein Gefühl überzeugte sie, nun habe der Jürgen gelogen. Aus irgendeinem Grund, aber bestimmt ohne böse Absicht gegen sie, sagte er über diese ohnehin unwichtige Sache nicht die Wahrheit.

Um das ungute Gefühl loszuwerden, erklärte sie weiter: „Jürgen, siehst du die Stelle, wo sich von unserem Ufer her Felsen bis nahe an den Burgberg drängen? Durch diesen Zwang schiebt sich der Fluss schneller. Ein spielender Bub ist dort ins eiskalte Wasser gefallen. Der Martin, mein Mann, hat ihn gerade noch ans Ufer bringen und somit retten können. Dann hat es ihn fortgerissen, und erst einen Tag später haben sie ihn tot gefunden. Beim Wehr.“

Die Martha fröstelte es auch noch, nachdem ihr der Jürgen seinen Janker um die Schultern gelegt hatte, denn ihre Kälte kam von innen her. Darum schlug er ihr auch nicht mehr vor, sie sollten sich auf eine der Bänke setzen. Sie gingen auf einem schmalen Waldweg weiter. Plötzlich war es dann Martha, die ihre Arme um Jürgens Nacken legte. Ihr Bussel war geradezu verzweifelt wild und voller Sehnsucht. Beinahe ebenso unvermittelt löste sie sich wieder von ihm und ging wortlos weiter. Er ahnte, dass es besser sei, ihre starken Gefühle durch keine Worte zu stören.

Nach ein paar Schritten hielt sie an. „Hast du nichts gehört?“, fragte sie flüsternd. „Schritte im Unterholz!“

„Bestimmt ein Waldtier“, versuchte er sie von ihrer Angst zu erlösen. „Am ehesten ein Vogel in den Zweigen? Ich hab nichts gehört.“

Daran glaubte sie nicht. „Jemand schleicht hinter uns her“, flüsterte sie und getraute sich kaum, zum nächsten Buschwerk zu schauen. Sie fürchtete weniger, überfallen zu werden. In ihr war eher panische Angst, sie könnte etwas entdecken, das ihr Glück bis ans Lebensende zerstören würde.

Jürgen zog sie noch enger in seine Arme, hielt sie fest, aber sie konnte sich nicht beruhigen, sondern bat: „Ich möcht umkehren, auf den Hof heimgehen.“

Er verzichtete auf jeden weiteren Widerspruch und

machte ihr auch keine Vorhaltungen mehr. Ohne es zu wollen, horchte nun auch er auf verdächtige Geräusche, aber nichts war zu hören. Langsam beruhigte sich die Martha wieder. Als sie an den Waldrand kamen, blieb sie stehen und sagte: „Mein Hof liegt dort drüben so ruhig und friedlich. Beinahe könnte man sagen: Eine Insel der Glücklichen. Im Haus und in den Stallungen brennt Licht. Wahrscheinlich sind der Florian und meine beiden Mägde heimgekommen. Sie helfen dem Franz im Stall."

Auch der Jürgen Schwarz war in Gedanken schon nicht mehr ganz bei ihr und sagte nur scheinbar heiter: „Da wird es auch für mich Zeit zum Heimfahren."

Ein Unterton in seiner Stimme verriet Enttäuschung über den Tag, den er sich anders gewünscht hätte. Beinahe zu spät erkannte die Martha, dass die Stunden vergangen waren, ohne dass sie ihnen das erträumte Glücksgefühl gebracht hätten! Einer plötzlich aufwallenden Sehnsucht nach Zärtlichkeit folgend, schlug sie ihm vor: „Wollen wir uns jetzt noch ein bissel auf eine Bank setzen? Im Haus werden wir kaum allein bleiben, aber ich möcht dir so gern noch etwas Wichtiges sagen."

Sie setzten sich, und ihre Bedrücktheit löste sich langsam in ihnen auf. Er legte die Arme um sie, schmiegte seine Wange an ihre. Dann drückte er ihr eine ganze Kette kleiner Busseln aufs Gesicht, von der Stirn über die Augen, die Nasenspitze, die Wangen und zuletzt auf ihre Lippen. Dafür dämmte die Martha ihre Sehnsucht nicht länger zurück und machte ihn mit einem einzigen, kaum mehr endenden leidenschaftlichen Kuss so glücklich wie noch nie.

Feierlich, als wären sie schon in der Kirche vor dem Traualtar, versprach der Jürgen: „Was immer auch geschehen könnte, ich werd für dich da sein, dich lieb haben, nur dich allein! Martha, du bist die Frau, mit der ich leben will! Nichts und niemand wird uns jemals auseinanderbringen!"

Sie antwortete ebenso ergriffen: „Ich gehör dir, Jürgen, in schönen wie in schweren Zeiten. Nur der Tod könnt uns trennen!"

Eine Weile lang suchten sie den Himmel vergeblich nach Sternschnuppen ab, denen sie ihre sehnlichsten Wünsche mit auf die Reise geben könnten, bis die Martha unruhig wurde und meinte, sie sollte sich besser wieder um den Hof und ihre Mitbewohner kümmern.

„Die stellen sonst am Ende noch Unfug an!" Sie sagte aber nicht, ob sie dabei an einen übermütigen Hengst, an ihren Sohn oder an ihre Dienstleute dachte. Zuletzt erwähnte sie noch: „Ich versteh's nicht, aber in letzter Zeit werden die Erika und der Franz einander so feindselig. Ich denk mir, vor ein paar Jahren haben sie miteinander eine Liebschaft gehabt, doch das dürfte schon lang nicht mehr gut laufen."

„Ein Glück für dich, dass es noch etwas gibt, worüber du dich sorgen kannst!", spöttelte der Jürgen, vor Seligkeit noch immer übermütig. „Du bist doch nur glücklich, wenn du was zum Unglücklichsein findest!"

Das bestritt sie ganz energisch, aber ganz so Unrecht mochte er vielleicht doch nicht haben.

Hand in Hand gingen sie den Wiesenweg zum Hof. Beim Steg über den Sölla-Bach bat ihn die Martha: „Noch ein ganz besonders gutes Bussel! Dem Florian und meinen Dienstleuten mag ich dann nicht gern ein

Schauspiel abgeben, und wenn die mir auch nur von weitem zuschauen könnten, wäre meine ganze Freude dahin."

„Ich sag's dir aber schon heute voraus: Beim Bussel am Traualtar wird dir eine ganze Kirche voller Leut zuschauen!"

Dafür warnte sie ihn: „Wenn du mich vor unserem Pfarrer auch so wild packst und schamlos busselst, renn ich dir noch aus der Kirch davon. Nachher gilt unsere Ehe erst recht nicht als vollzogen!"

Beinahe wären sie darüber streitend geworden, ob schon der Ringwechsel oder erst das Bussel die Trauung gültig macht. So wurde es mit der Versöhnung ziemlich spät. Der Jürgen trug ihr auf: „Ich lass noch den Florian schön grüßen, aber ins Haus komm ich jetzt nicht mehr. Alle würden es mir von den Augen ablesen, dass wir zwei uns einig geworden sind, und genau das geht niemanden was an. Martha, träum von mir nur was Schönes!"

„Träum du von mir nur was Liebes!", bat sie sich aus. Ein letztes recht wildes Bussel, dann schaute sie ihm noch nach, wie er die Wirtschaftsstraße zu den drei Weiden hinunter lief.

Sie flüsterte hinter ihm her: „Nie hätt ich mir gedacht, dass ich mich auf meine alten Tage noch einmal so narrisch verlieben könnt!" Doch da war in ihren Worten kein Tropfen Bitterkeit dabei, denn sie wusste ganz sicher, dass der Jürgen sie ehrlich liebte, auch wenn sie ein bissel älter war als er. Heute hatte sie sich zumindest so sehr verliebt und glücklich gefühlt wie ein junges Dirndl!

In der Küche traf sie ihre beiden Mägde. Die Huber

Erika streckte beide Beine weit von sich und jammerte: „Tun mir die Füße weh! Fünf junge Burschen, so richtige Schlägertypen, sind im Autobus wie festgeklebt gesessen, aber wir zwei Dirndln haben beim Heimfahren stehen müssen. Nicht nur dass ich hundsmüde bin, ist mir der Holzinger Lois, der Dodel, beim Tanzen dauernd auf die Zehen gelatscht! Wenn er beim Wildern auch ständig danebentrifft, muss ihn unser Jäger nie packen!"

Marthas Gedanken waren noch beim Jürgen, aber sie fragte nebenbei: „Warum hast du nachher so viel mit dem Lois getanzt?"

Gleich kriegte die Erika wieder verträumte Augen und lispelte: „Er ist halt ein gar so wilder Teufel. Heute nur beim Tanzen, das nächste Mal vielleicht auch beim Busseln."

Die Reni stand auf. Sie sagte: „Ich hab zwar nicht getanzt, aber mir hat schon allein der Wirbel in der ‚Goldenen Krone' gelangt. Gute Nacht, Bäuerin." Nachher kam sie gleich noch einmal in die Küche zurück. „Beinahe hätt ich es vergessen: Von der Burga einen schönen Gruß auf dich. Und der Florian lasst dir sagen, er kommt heute vielleicht ein bissel später heim. Wenn er keinen Bus mehr kriegt, wird er halt auf dem Uferweg gehen."

Die Martha schaute ihr mitleidig nach, denn sie fand, die Arme hinkte in dieser Nacht noch mehr als sonst. Eigentlich fand sie es als eine Ungerechtigkeit des Schicksals, und es tat ihr beinahe weh, dass sie als eine reife Frau noch einmal die große Liebe erleben dürfe und das Glück an diesem recht hübschen jungen Dirndl vorbeigehen sollte.

Die Martha war kein bissel müde, aber sie wollte die schönsten Stunden des vergangenen Tages in Stille und Einsamkeit noch einmal nacherleben. Damit sie später nicht mehr aufstehen musste, zog sie im Schlafzimmer schon jetzt die Vorhangl von den beiden Fenstern zurück. Auch wenn sie der Florian oft genug leichtsinnig und unvorsichtig schimpfte, lehnte sie einen Flügel nur an. In dieser Nacht kam eine linde, beinahe zärtlich schmeichelnde Waldluft zu ihr herein. Der honiggelbe Mond stieg langsam über die Baumwipfel herauf. Martha verkroch sich unter die Decke. Nach den Aufregungen des Tages fand sie erst dann Frieden, als sie die Augen schloss und sich doch hellwach in ein wunderschönes Leben mit dem Jürgen träumen konnte. Sie sah sein Gesicht …

Mit einem Entsetzensschrei fuhr sie auf. Drohend starrte er zum Fenster herein. „Nicht schreien!“, zischte er ganz seltsam.

Mit ein paar schnellen Schritten war sie am Fenster und konnte sich dann plötzlich kaum bewegen. Im Mondlicht sah sie Blut, das ihm über seine Stirn bis in die Augenhöhlen heruntersickerte. „Um Himmels willen!“, klagte sie. „Ein Unfall mit deinem Auto?“

Er konnte nur mühselig sein Stöhnen unterdrücken, verbesserte sie aber doch: „Ein Unfall beim Auto. Sperr mir schon die Tür auf!“

Sie warf sich nur einen Umhang über die Schultern, ertastete im Dunkeln die Schuhe nicht und lief barfuß durchs Vorhaus. In ihrer Verwirrung fand sie nicht gleich den Schlüssel am Brett. Es dauerte eine Weile, bis sie die Tür aufbrachte.

„Jürgen, um Himmels willen, was ist geschehen?“

Er hatte sich mit der Hand das Blut von der Stirn wischen wollen, und nun sah es aus, als wäre sein ganzes Gesicht eine einzige Wunde.

„Mach nicht so viel Aufsehen“, beschwor er sie flüsternd und verfiel immer mehr in ein mühseliges Lallen. „Mich müssen nicht alle vom Hof in dem Zustand sehen. Mir langt's! Ich brauch weder Mitleid noch Tratsch! Frag nicht viel weiter: Mir hat einer beim Auto aufgelauert, und wie ich grad aufsperren will, eine mit dem Prügel von hinten über den Kopf gezogen!“

Die Martha konnte auch jetzt ihren Schrei nicht unterdrücken, denn in diesem Augenblick war hinter dem Jürgen ein Schatten aufgetaucht. Nur an der Stimme erkannte sie ihn: „Zum Teufel, was ist da geschehen?“, schrie er.

Dem Jürgen brachen die Knie ein, aber der Florian fing ihn gerade noch auf. Zu zweit trugen sie ihn beinahe mehr ins Haus, als er noch gehen konnte. In der Küche saß er wie benommen auf einem Stuhl.

„Leise sein!“, bat die Martha ihren Sohn. „Wenn einer von den Dienstleuten was gehört hat und kommen will, verjag ihn gleich vor der Tür. Der Jürgen will nicht, dass ihn jemand so sieht.“

Mehr konnte sie weder denken noch entscheiden. Sie fand sich halt überhaupt nicht mehr zurecht. Vor höchstens zehn, zwanzig Minuten ein Überfall bei Jürgens Auto, und plötzlich stand nun der Florian hinter ihm. Aber ihr blieb keine andere Möglichkeit, denn niemand als der Sohn konnte ihr im Augenblick helfen.

Sie ließ in eine Schüssel Wasser laufen, tauchte ein

Tuch hinein und wusch damit vorsichtig Jürgens Gesicht ab. Er ließ es mit geschlossenen Augen geschehen und zuckte nicht einmal schmerzlich zusammen. An seiner Stirn fand sie keine Wunde, erst unter seinem Haar sickerte Blut hervor. Also presste sie das nasse Tuch auf seinen Hinterkopf, und jetzt bäumte er sich unter dem Schmerz auf. Seine Finger verkrallten sich in ihren Arm, doch nach wenigen Minuten versiegte die Blutung.

„Ein Schluck Schnaps?" Ihr fiel nichts Besseres ein, sie fühlte sich wie tot, unfähig, auch nur einen vernünftigen Gedanken zu fassen.

Jürgen konnte schon wieder die Augen aufmachen und klar sehen. „Nein. Ich muss doch mit dem Auto heimfahren. Martha, wasch mir das Blut möglichst auch aus dem Haar. Sieht mich meine Mutter bluten, so trifft sie vielleicht der Schlag, und der Vater telefoniert nach der Polizei. Beides will ich dir und mir ersparen."

Er sprach verständlich klar. Darum getraute sie sich, ihn zu fragen: „Hast du von dem Lumpen nichts gesehen oder gehört? Er kann nicht aus dem Fluss gestiegen und darin wieder untergetaucht sein!"

Der Jürgen schüttelte nur den Kopf, aber jetzt erinnerte sie der Florian beinahe fröhlich: „Mit geschlossenen Augen sieht man nichts. Außerdem hat ihn jemand von hinten her angefallen und niedergeschlagen. Also wirst du von dem nicht viel Aufklärendes erfahren."

Im Herd gloste noch die restliche Glut. Jürgen verlangte: „Florian, bring mir von dir ein Hemd!"

„Was willst du damit?", fragte die Martha, doch ihr

Sohn hatte begriffen, was der Jürgen beabsichtigte. Er ging aus der Küche fort. Inzwischen riss der Jürgen sein Hemd vom Leib und schob es ins Herdfeuer.

Schon war der Florian wieder zurück. „Hoffentlich taugt dir das Würfelmuster an einem Bauernhemd, aber auch in Langen geht man wahrscheinlich nicht mit der letzten Mode."

Jetzt erst fiel es der Martha auf: „Wo ist dein Janker?"

Der Jürgen stand von seinem Stuhl auf, schaute sich erst in der Küche um, dann von der Martha zu ihrem Sohn, bis er zuletzt langsam, jedes Wort bedenkend, sagte: „Den hab ich nur über die Schultern hängend getragen. Ich muss ihn auf dem Weg herauf verloren haben. Hoffentlich hat ihn der Verbrecher nicht mitgenommen, denn wie sollt ich nachher meiner Mutter vorlügen, ich hätt mir den Kopf nur an einem Weidenast blutig gestoßen? So ein Schaden! Aber immerhin hab ich jetzt dafür ein schönes Bauernhemd bekommen, und wenn ich das nächste Mal zu dir komm, Martha, pass ich wenigstens so richtig zu euch. Das gleicht sich einstweilen aus, auch wenn meine Rechnung mit dem Verbrecher noch nicht ausgeglichen ist!"

Sogar die Martha hörte aus diesen Worten einen Verdacht, beinahe eine Anschuldigung gegen den Florian. Um darüber hinwegzureden, fragte sie weiter: „Hat dir der Lump was geraubt?"

Der Jürgen zog seine Brieftasche hervor. „Geld und Papiere trag ich allerweil bei mir in der Hosentasche." Er überlegte laut: „Wahrscheinlich hätt er mich ausrauben wollen, der Lump, aber ich denk mir, gleich nach dem Überfall müsste doch der Florian vom Fluss heraufgekommen sein. Vielleicht hat der Verbrecher ihn gesehen, deswegen aufgegeben und ist ohne Beute verschwunden."

Er wandte sich zum Gehen. Als die Martha bettelte, er sollte sich von ihr zum Auto begleiten lassen, riet er ihr: „Rühr dich heute nicht mehr ins Freie, die Luft könnt noch von Schlechtigkeit vergiftet sein!"

Der Florian beobachtete ohne besonderes Mitleid, dass der Jürgen seine ersten Schritte immer noch recht unsicher setzte. Erst als sie schon über den Wirtschaftshof gingen, bot er ihm an: „Soll ich dich mit deinem Wagen nach Langen heimfahren?"

Langsam drehte sich der Jürgen nach ihm um, antwortete eine ganze Weile nicht, bis er sich entschied: „Lieber nicht. So spät fährt kein Bus mehr von Langen nach Windeck. Du wirst doch nicht die dreißig Kilometer hierher zurückgehen wollen? Wenn du bestimmt ohnehin vom Uferweg entlang der Gösing her müde sein wirst. Oder bist du nicht vom Fluss herauf gekommen?"

„Ich fahr mit dir!", entschied die Martha plötzlich verzweifelt. „Es gibt bestimmt auch in Langen ein Bett für mich?"

Der Jürgen trat noch einen Schritt näher an sie heran und flüsterte ihr zu: „Sag solche Worte nicht zu laut!"

Bevor ihm die Martha darauf antworten konnte, ging er schon mit großen, beinahe wieder sicheren Schritten in Richtung zum Fluss, zu den drei großen Weiden, wo er sein Auto abgestellt hatte.

Sie schaute ihm so lang nach, wie sie ihn sehen konnte, und flüsterte hinter ihm her, als ob er ihre

Warnung noch hören würde: „Jürgen, gib auf dich Acht!"

Sie horchte in die Nacht. Bald konnte sie seine Schritte im Gras nicht mehr hören, aber da gellte auch kein Schmerzensschrei auf. Erst nachdem der Motor angesprungen war und die Lichter in der Nacht verschwanden, ging die Martha ins Haus zurück. Als sie hinter sich Florians Schritte hörte, schreckte sie aus ihren Gedanken auf. Sie hatte seine Anwesenheit beinahe vergessen.

Im Hausflur standen an der Küchentür die beiden Mägde Erika und Reni. In diesem Augenblick schreckte ein hässlicher Verdacht die Bergheim-Bäuerin. „Warum seid ihr noch hier und nicht auch der Franz?"

Es war an der Erika zu antworten: „Wir haben gehört, was dem Schwarz Jürgen zugestoßen ist. Wie er nachher geröchelt und gestöhnt hat, haben wir gemeint, du würdest unsere Hilfe brauchen."

Ohne darauf etwas zu sagen, fragte die Bäuerin kurzatmig die Reni: „Wenn's sich doch angehört hat, wie wenn ich Hilfe gebraucht hätte, warum ist dann nicht auch der Franz gekommen?" Jetzt konnte und musste sie einfach fragen: „Ist der am Ende noch draußen?"

„Das kann ich mir nicht denken", antwortete die Reni ausweichend, denn sie hatte der Bergheim Martha einen schweren, gefährlichen Verdacht von den Augen abgelesen. „Was sollt er um diese Zeit noch draußen wollen?"

Die Erika kannte eine andere Wahrheit. Um nicht alles am Laithofer-Knecht allein hängen zu lassen, musste sie ein Geständnis ablegen. „Denk dir nichts Schlechtes, Bäuerin“, baute sie behutsam vor. „Aber der arme Lotter hat heute das heulende Elend gekriegt. Warum, weiß ich nicht so genau, das geht mich auch nichts an. Er hat's mir nicht gesagt, alsdann hab ich ihn nicht danach gefragt. Schon beim Abendessen ist es mit ihm so arg geworden, dass ich ihn eine ganze Weile hab trösten müssen. Ich beicht's dir lieber gleich: Der narrische Teufel hat seinen Kummer in Wein und Schnaps ertränkt, und ich hab ihm dabei geholfen. In seiner Kammer, aber nicht so, wie du vielleicht glaubst, Bäuerin! Wir haben nichts angestellt, denn schon um acht ist er vollrauschig ins Bett gekippt. Ich hab ihn sogar ausgezogen. Eh nur bis auf die Unterhosen. Den hätte vorhin kein Jammern und Schreien mehr aufwecken können.“

Die Martha machte der Huber Erika keinen Vorwurf, aber sie sagte: „Wir können ihn doch nicht einfach liegen lassen. Ich schau nach ihm.“

Seine Kammertür war unversperrt. Halb reuig, halb spöttelnd, erklärte ihr die Erika das so: „Der Saufkopf hat keinen Schlüssel mehr im Schloss umdrehen können. Hätt also ich ihn einsperren sollen? Nach einem Liter Rotwein und einer halben Flasche Schnaps? Wenn der aufwacht, hat er's bestimmt eilig!“

Die Bäuerin gab ihr zwar mit einem Kopfnicken Recht, ging aber doch in die Kammer. Der Laithofer-Knecht lag in seiner Bettstatt und schnarchte röchelnd, wie wenn er schon am Ersticken gewesen wäre. Wieder sorgte sich die Bergheim-Bäuerin aus gutem Herzen und schüttelte ihm die Decke zurecht. Dabei stellte sie fest, dass er noch immer nur ein Netzleiberl, keine Socken und dafür die langen Unterhosen anhatte. Genau so, wie die Erika ihn ausgezogen hatte. Die Martha klopfte ihn auf den Rücken. Zwar hörte er zu schnarchen auf, aber er brummelte im Schlaf vor sich hin: „Busseln ja, doch keine Liebe ist auf der Welt. Erika, du bist ... du bist auch nicht besser als die andere. Euch Weiber soll alle der Teufel holen!"

Die Bergheim Martha hatte genug gehört und war kein bissel verärgert, denn auch seine Worte hatten einen grauslichen, zum Glück falschen Verdacht entkräftet.

„Morgen gehen wir's nicht so zeitig an", entschied sie darum recht fröhlich. „Es wird bestimmt seine Zeit dauern, bis der Franz wieder nüchtern auf den Beinen steht. Gute Nacht!", wünschte sie ihren beiden Mägden, und in die Richtung zur Reni hin sagte sie noch betont herzlich: „Heute ist zwar kein besonders schöner Tag gewesen, aber zuletzt ist doch alles gut ausgegangen. Schlaft gut!"

Am nächsten Morgen strahlte die Sonne vom tiefblauen Himmel so makellos rein, als hätte das nächtliche Gewitter alles Schmutzige verjagt und von der Welt abgewaschen.

Das Frühstück war schon zu Ende, die Reni trug das Geschirr ab und spülte es gleich sauber. Die ganze Zeit über warf die Bergheim-Mutter immer zornigere Blicke zur Tür, wollte zu reden anfangen und zögerte doch. Zuletzt sagte sie recht verärgert zur Reni über den Tisch hinüber: „Mir scheint, der schneidige Laithofer ist doch an seiner Alkoholvergiftung gestorben. Der gibt mit seiner Trinkfestigkeit mächtig an, dabei weiß er auch nicht, wann er mit der Sauferei aufhören müsste. Jeder Dodel hält sich für besonders männlich, wenn er noch einen Schluck mehr macht, als er mit aller Gewalt hinunter bringt! Kriecht er nicht bald aus seiner Bettstatt, so fangen wir einfach ohne ihn an."

Inzwischen schaute der Florian schon ein paar Mal ungeduldig auf seine Uhr, verglich sie mit der Küchenuhr, aber die zeigte auch nicht weniger an. „Mutter, gehen wir endlich aufs Feld?", drängte er sie verärgert. „Oder haben wir endlos viel Zeit zu vertrödeln, nur weil der Saufkopf nicht daherkommt? Mir langt's. Ich weck ihn auf, aber bestimmt mit keinem Bussel!"

„Darauf versteh ich mich besser", behauptete die Erika und schickte zum Spaß dem Florian mit vorgespitzten Lippen ein Luftbussel. Schon war sie an der Tür, griff nach der Klinke, da stand plötzlich der Laithofer Franz vor ihr.

Er brachte die noch schlafmüden Augen gar nicht so richtig auf, aber er umfing die Erika mit ausgebreiteten Armen und scherzte: „Dirndl, kannst du's gar nicht mehr erwarten? Ich erinnere mich zwar an nichts mehr, aber es ist bestimmt schön gewesen. Oder?"

„Nichts ist gewesen!" tuschte ihn die Erika wütend nieder. „Mit deiner unverschämten Angeberei bringst du mich noch ins Gerede!"

Um den drohenden Streit zu verhindern, befahl ihm die Reni: „Ratsch nicht schon am frühen Morgen so dumm daher, sondern hock dich an den Tisch, denn ab Mittag werd ich auch dir kein Frühstück mehr hinstellen."

Zwar setzte er sich, aber mit dem Essen war es doch nicht soweit, denn nun entschied die Bäuerin: „Wer nicht kommt zur rechten Zeit, muss warten, ob was überbleibt. Auf jeden Fall ist erst etwas anderes an der Reihe. Nur eine Minute!“ Sie ging in die Stube, holte aus dem Schrank einen in Schmuckpapier gewickelten Karton. Die beiden Dirndln schauten ihr erwartungsvoll entgegen, sie aber legte das Paket auf den Tisch, drückte ihrem Florian auf jede Wange ein Bussel und sagte: „Dir alles Gute zum vierundzwanzigsten Geburtstag! Ich weiß, dass dir dieses Geschenk mehr bedeuten wird als alles andere, du wirst es in Ehren halten.“

„Geburtstag?“, ärgerte sich am Tischende der Laithofer-Knecht. „Der gute Florian hat Geburtstag, aber unsereinem hat keiner was davon gesagt!“

Die Erika klatschte sich mit der flachen Hand gegen die Stirn. „Ich hätt’s wissen müssen. Aber vielleicht hab ich ohnehin daran gedacht und dir vorhin deshalb durch die Luft ein so leidenschaftliches Bussel geschickt! Alles Gute, Florian! Nie hätt ich auf deinen Geburtstag vergessen können!“

Sie ging zu ihm und machte Anstalten, ihn zu umarmen.

„Lieb von dir, Erika!“, spielte er gaudig mit, hielt sie aber doch in einiger Entfernung. „Nur kein zweites Bussel, denn falls so etwas zwischen uns zur Gewohnheit wird, müssen wir womöglich noch heiraten!“

Jetzt war es an der Zeit, dass er Mutters Geschenkpaket aufmachte. Wie es seine Art war, riss er die Verschnürung mit dem farbigen Seidenband nicht auf, sondern löste behutsam jeden Knoten. Dafür rügte ihn die Erika: „Willst du, dass ich vor Neugier zerplatze? Zu Weihnachten kriegst du von mir ein Bussel im goldenen Zuckerlpapier, und das musst du nachher auch so liebevoll auswickeln!“

Der Florian hob vom Karton den Deckel ab und starrte fassungslos auf den Inhalt. Weil sich die Erika neugierig auf die Zehen stellte, konnte sie ihm über die Schulter schauen. Verständnislos lispelte sie der Reni zu: „Eine lederne Kniebundhose hat er von der Bäuerin gekriegt. Dazu nicht einmal ein neues Stück! Einen alten Fetzen! Ich versteh's nicht! Mir scheint, der Florian fangt ohnehin vor Enttäuschung zu trenzen an!“

Tatsächlich kriegte er Tränen in die Augen. Er nahm die recht abgeschabte, speckige Lederhose aus dem Karton und stammelte ziemlich mühselig: „Mutter, das hätt ich mir nicht erträumt.“

Die Bergheim Martha sagte: „Am liebsten hätt ich sie mir zum Andenken an ihn aufheben wollen, aber du bist sein Sohn und Erbe, dir gebührt sie.“

„Vom Vater!“

Die Martha verbesserte ihn: „Noch älter: Von deinem Großvater ist sie, auch der hat sie an seinen Sohn vererbt. Florian, jetzt gehört sie dir. Es kann nicht mehr so lang dauern, bis du auf dem Hof der Bauer bist.“

Er umarmte sie und brachte kein Wort mehr heraus.

Der Laithofer-Knecht aber flüsterte der Erika zu: „Du willst aus der Gegend sein und weißt nicht einmal, dass eine so alte lederne Kniebundhose in der Bauernfamilie mehr zählt als ein ganzer Haufen Gold? Tradition!“

Die Erika schämte sich wirklich und konnte nur hoffen, niemand sollte etwas mitgehört haben. Damit war die Beschenkung noch nicht abgeschlossen, denn da kam die zweite Magd, die Reni, und legte ihr Packerl vor dem Florian auf den Tisch. Dazu sagte sie: „Alles Gute von Herzen. Es ist nicht viel, aber ich hab die Bergsteigersocken allein gestrickt, nur zum Ab- oder Zunehmen bei den Fersen hat mir die Bäuerin geholfen."

Noch einmal war der Florian wirklich gerührt. Er sagte zwar nur ein paar der üblichen Dankesworte, aber nachher sah es beinahe aus, als wollte er die Reni zum Dank auf die Wange busseln. Das ließ er doch sein und versprach ihr statt dessen: „Wenn's das Wetter zulässt, können wir einmal zur Röserl-Alm hinauf wandern und dabei die Socken einweihen. Hol ich mir keine Blasen an den Füßen, so musst du mir zu Weihnachten noch drei Paar stricken."

„Ja!" Sie flüsterte nur, aber es klang nach Jubel, denn über sein Versprechen freute sie sich beinahe noch mehr als über zehn Busseln.

Das Feiern war vorbei, etwas verspätet brachen sie zur Arbeit auf. Nur der Laithofer-Knecht würde nachkommen, denn der hatte noch nicht gefrühstückt und entschuldigte sich: „Vorher taug ich ohnehin nichts, denn wie sagt der alte Müller? Ein leerer Sack steht nicht!"

Die Bäuerin entschied lachend: „Wir alle sind heute zu spät aufgestanden. Ausnahmsweise gönnen wir ihm noch die Viertelstund. Dafür fällt für ihn die Brotzeit kürzer aus."

Wieder kam es nicht ganz so, wie es die Bergheim-Bäuerin geplant hätte. Der Franz war nach seiner aufregenden Nacht noch nicht wieder voll zu Kräften gekommen. An diesem Vormittag musste er sich bei der Feldarbeit öfters aufrichten und den Rücken durchstrecken. Dabei entdeckte er, dass sich nahe dem Uferweg an der Gösing etwas bewegte. Vor seinen Augen lag angeblich noch einen leichter Alkoholschleier, weshalb er nicht sofort erkannte, was dort unten im Gras herumkroch. „Ein großer Hund?“ meinte er auf den ersten Blick.

Die schärfsten Augen von allen hatte der Florian. Er sagte so leise, dass ihn nur die Mutter verstehen konnte: „Kein Vieh, eher ein Mensch.“ Im nächsten Augenblick begehrte er auf: „Was will denn der schon wieder bei uns?“

Aus seinem Tonfall schloss die Mutter, dass ihm dieser Mensch nicht willkommen sei, und so glaubte sie zu erraten, wer dies sein könnte. Doch was zog den Jürgen nach dem gestrigen Überfall so bald wieder auf den Bergheim-Hof? Und warum kroch er auf Knien?

Es litt sie nicht länger auf dem Feld, weshalb sie zur Reni sagte: „Die Brotzeit ist ausgefallen, also müssen wir zwei schon das Mittagessen vorbereiten. Komm mit mir!“

Sie hörte gerade noch, wie der Florian zu sich selbst sagte: „Dass der sich überhaupt noch in unsere Gegend traut! Dem haben die Prügel nicht gelangt! Könnt sein, dass er noch so eine Abreibung kriegen will!“

Von dem Augenblick an quälte sie schon wieder ein Verdacht, den sie für ihr Leben gern verdrängen wollte. Sie hastete so rasch auf den Hof zurück, dass die Reni mit ihr kaum Schritt halten konnte. Als sie dann zum Küchenfenster hinausschaute, sah sie den Jürgen zu Fuß auf den Hof zukommen.

Somit war es an der Zeit, ihm entgegenzugehen. „Du bleibst in der Küche!“, befahl sie der Reni.

Die junge Dirn hatte schon manchen Tratsch über ihre Bäuerin und den Jürgen Schwarz gehört, auch selbst einiges beobachtetet, und deshalb konnte sie nicht verstehen, warum sich die Martha über sein Kommen so wenig freute.

Auch er gab ihr zur Begrüßung nur ein so flüchtiges Bussel, als fürchtete er, von seinem unsichtbaren Feind belauert zu werden. Um weder Zeit zu verlieren noch Missverständnisse aufkommen zu lassen, erklärte er ihr sofort: „Keine Angst, ich störe deinen Betrieb nicht. Außerdem bin ich nur über die Mittagspause vom Steingruber-Gut herübergekommen. Ich hab der Monika ... der Monika Steingruber versprochen, in längstens einer Stunde zurück zu sein.“

Also ging es ihm jetzt zwar nicht mehr allein um den Überfall in der vergangenen Nacht, aber dass er sich schon beim Kommen darum sorgte, wieder rechtzeitig zu der eleganten Gutsherrin zurückzufahren, störte sie beinahe noch mehr. Sie gestand sich kein bissel Eifersucht ein. Es verletzte einfach ihren Stolz und kränkte sie, dass für ihn die Monika Steingruber so viel mehr zählte als sie.

Tatsächlich überlegte sie auch, was er schon wieder unter den drei Weiden und auf dem Weg herauf zum Hof die ganze Zeit über gesucht haben mochte. Es war nicht Absicht gewesen, dass ihre Frage beinahe feindselig klang: „Was suchst du nachher bei mir?“

„Du erinnerst dich an den altsilbernen Ring, den du mir zum Zeichen unserer Liebe geschenkt hast?“

Sie ahnte noch mehr Ärger und Kränkungen. Darum betonte sie: „Ja, nur aus Altsilber. Für einen, der davon nichts versteht, ganz sicher nicht recht wertvoll. Echter Bauernschmuck ist selten aus Gold, aber mir hat er besonders viel bedeutet, denn meine Großmutter hat ihn mir gegeben. Jetzt sollte er deine und meine Liebe besiegeln, so habe ich das verstanden."

„Ich doch auch", unterbrach er sie nervös. „Es ist mir deshalb so Leid, dass ich ihn nicht mehr finde. Ich muss ihn vom Finger verloren haben!"

„Daheim in Langen oder auf dem Steingruber-Gut?" Sie wollte ihn eigentlich um nichts merken lassen, wie sehr sie sich kränkte, aber die Worte waren gesagt. Um sie abzuschwächen, versuchte sie zu scherzen, aber das klang erst recht besonders bitter: „Eigentlich ist es nur bei Langdienenden üblich, den Ehering rechtzeitig vom Finger zu ziehen."

„Ich finde dich heute nicht besonders witzig!", schlug er unerwartet hart zurück. Gleich darauf bat er viel ruhiger: „Darf ich noch im Haus suchen? Ich weiß nicht, seit wann er mir fehlt, also könnte ich ihn schon am Vormittag verloren haben."

Somit langte es der Martha. Eisig kühl riet sie ihm: „Es wäre vielleicht klüger, bei einer Bank am Waldrand zu suchen, aber dazu würde dir kaum die Zeit reichen, die du vom Gut wegbleiben darfst."

Er war nicht bereit, die Erinnerung an wunderschöne Stunden mit einem unsinnigen Streit zu verderben. „Tut mir Leid, Martha, ich wollte nur auf jeden Fall fragen, ob hier jemand diesen Ring gefunden hat."

Damit versuchte er, vor dem Wegfahren noch einen friedlicheren Ton zu finden, aber sie war so aufgeregt, dass sie auch darauf scharf antwortete: „Du hast dich vergeblich herbemüht. Hätte jemand von meinen Leuten diesen Ring gefunden, so wüsste ich es, denn auf meinem Hof leben nur anständige, ehrliche Menschen. Wenn das anderswo auch so ist, darfst du hoffen, ihn wiederzubekommen."

So konnte und wollte er nicht von ihr weggehen. Mit einem schnellen Blick überzeugte er sich, dass ihn von den Fenstern her niemand beobachtete. Er legte seine Arme leicht um die Martha, küsste sie behutsam auf die Lippen und sagte ihr zum Abschied: „Unsere Liebe kann nicht vergehen, und so bin ich mir ganz sicher, dass ich den Ring eines Tages wiederbekommen werde."

Ihr verletzter Stolz sank zusammen. Mit einem bittenden Blick, er sollte ihr glauben, versprach sie: „Meine Liebe zu dir hält noch viel länger und treuer als sogar jeder Bauernschmuck aus Altsilber."

Am nächsten Sonntag bewies die Martha Bergheim, dass sie der Reni am ehesten vertraute. Während das Dirndl noch für alle das Frühstück bereitete, bat sie: „Sollte in den nächsten zwei Stunden der Jürgen Schwarz auf den Hof kommen, so richt ihm aus, er möge auf mich warten. Wenn's ihn bei dem schönen Wetter nicht im Haus leidet, könnt er auch zum Wald hinauf vorausgehen. Er weiß schon, wohin."

Die Reni kriegte vor Verlegenheit rote Wangen. Es kostete sie Überwindung, bis sie es über sich brachte, ihrer Bäuerin diesen Wunsch abzuschlagen. „Ich tät's gern", versicherte sie ihr, „aber heute ist die Erika für die Hofwache eingeteilt. Ich müsste eigentlich gleich nach dem Frühstück weggehen."

Ein bissel wartete die Martha zu, doch als ihr die Dirn nicht mehr verriet, wollte sie auch nicht weiter fragen. Weder den Florian noch gar den Franz hielt sie für genügend diplomatisch, den Jürgen um zwei, drei Stunden zu vertrösten. Außerdem würden die zwei Männer bei dem schönen Wetter bestimmt schon am Vormittag vom Hof weggehen, der Florian zum Wehr schwimmen, der Franz entweder auf die Kegelbahn oder zu einem Schatzl, von dem einstweilen niemand auf dem Hof etwas Genaues wusste. Verärgert sagte sie sich vor: „Typisch, ich reiß mir für jeden den Haxen aus, aber wenn einmal ich mit einer wichtigen Bitte komm, hat niemand für mich Zeit."

Beinahe hätte sie aus Verbitterung und um den Jürgen auf keinen Fall zu verfehlen, für diesen Sonntag den Kirchgang abgesagt. Zuletzt wollte sie weder auf den Herrgott noch auf den Jürgen verzichten und wandte sich doch mit ihrer Bitte an die Erika. Die fühlte sich durch das Vertrauen ihrer Bäuerin so geschmeichelt, dass sie bereitwillig versprach: „Verlass dich auf mich! Ganz bestimmt lauere ich ihm auf und halt ihn fest. Wenn es notwendig sein sollte, sogar über ein paar Stunden."

Schon musste die Martha wieder lachen, und so klang es auch nicht beleidigend, als sie sich ausbat: „Gelt, aber weder darfst du ihn mir rauschig machen, noch ihn gar in der Schlafkammer lieb trösten!"

Die Erika hob die beiden Schwurfinger, also konnte sich die Martha beruhigt auf den Kirchgang machen. Als sie noch einmal zum Hof zurückschaute, sah sie gerade die Reni zum Wald hinaufgehen. Aber die war nicht allein.

Jetzt erst fiel es der Bergheim-Mutter wieder ein, dass der Florian dem Dirndl zum Dank für die selbstgestrickten Bergsteigersocken eine Wanderung auf die Röserl-Alm versprochen hatte. Sie sah ein, dass die Reni auf diesen Ausflug mit dem Florian nicht verzichten konnte, nur um dem Jürgen Schwarz eine Botschaft auszurichten. „Wenn man ohnehin nicht einmal genau weiß, ob er sich heute von seiner Monika Steingruber losreißen kann!", grollte sie auf dem weiteren Weg zum Fluss hinunter.

Als sie an den drei großen Weiden vorbeikam, suchte sie unwillkürlich im Gras nach dem altsilbernen Liebesring, und wieder kam sie zu dem grauslichen Verdacht: „Wer weiß, wo er ihn vom Finger gezogen und wieder anzustecken vergessen hat!"

An diesem Sonntag erschien ihr der Weg aus der Einschicht nach Windeck besonders weit. Das mochte daran liegen, dass ihr unterwegs kein fröhlicher Gedanke kam, sondern nur Ärgerliches einfiel. Sie erinnerte sich, wie selig die Reni den Florian an dessen Geburtstag angehimmelt hatte. Vorhin sah es von weitem aus, als hätten die zwei jungen Leute einander beim Gehen an den Händen geführt. Auch das war in ihren Augen noch lang keine Todsünde, aber die nächsten Überlegungen führten sie zu dem Schluss: „Ich mag die Reni, denn sie ist ein liebes, hübsches und anständiges Dirndl." Dass ein Mann von vierundzwanzig Liebe brauchte, schien ihr nur natürlich, also gestand sie das auch ihrem Sohn zu. Er hätte sich kaum eine bessere Gefährtin finden können als die Magd Reni Greindl. Aber die Bergheim-Bäuerin dachte noch weiter: „Soll er sich doch ausleben und seine Jugend genießen. Nur zu bald wird er auf dem Hof der Bauer sein, und nachher gehören dazu eine Bäuerin samt einer Schar von Bauernkindern. Deshalb wär's weder für ihn noch für die Reni gut, blieben sie zu lang beisammen. Die beste Magd ist eine Magd, doch ihre Kinder wären die Kinder einer Magd und keiner Bäuerin." Zuletzt befreite sie sich von allen Gewissensbissen: „Außerdem hinkt sie."

Von dem Augenblick an machte sie sich auch keine Sorgen mehr, denn bisher hatte der Florian noch nie den Wunsch nach einer Ehe erwähnt. Um allen denkbaren Schwierigkeiten auszuweichen, beschloss die Martha: „Die Geschichte mit der Reni darf auf keinen Fall zu ernst werden, denn eine Magd, die sich aus enttäuschter Liebe in der Gösing ertränkt, würde mir gerade noch fehlen."

Zuletzt erschien ihr diese Überlegung doch recht herzlos.

Auf der Hauptstraße von Windeck kam sie nicht mehr viel zum Nachgrübeln, denn auf dem Kirchenplatz begrüßten sie recht viele Bekannte. Sogar der Pfarrer Josef Breit ging auf sie zu und reichte ihr sehr herzlich beide Hände. Erst als sie im Betstuhl saß und eigentlich hätte zum Altar vorschauen müssen, gingen ihre Gedanken auf die Röserl-Alm, zu ihrem Sohn Florian und der verliebten Dirn. Ihr einziger Trost blieb, dass ausgerechnet er sich nie recht viel aus Liebschaften gemacht hatte. „Vor dem Heiraten und den ehelichen Pflichten hat er nicht weniger Angst als vor den Pflichten als Bauer!"

Nun kam sie doch zur Überzeugung, dass solche Überlegungen nicht gerade in eine Kirche passten, und war deshalb heilfroh, als der Pfarrer Breit die Gemeinde der Gläubigen mit einem Schlusssegen entließ.

Vor dem Tor drängten sich ein paar Großkopferte um sie: der Kaufmann, der Bäcker, der Postmeister und sogar der Schindler-Gendarm. Sie alle meinten, eine so aufregend gutaussehende Frau müsse für den Rest des Tages unbedingt einen Begleiter haben, und jeder von ihnen hielt sich für den zuverlässigsten. Der Bürgermeister Hofner wich ihr erst von der Seite, als er auf dem gegenüberliegenden Gehsteig seine Sekretärin, die Resa Tiewald, rufen hörte: „Huhhu, Bärli, da bin ich!"

Bevor sie ihn noch weiterhin als ihr „Bärli" in Windeck zur Spottfigur für die nächste Faschingszeitung machen konnte, gab er seine besseren Pläne auf. Er ging zu ihr und ließ sich tatsächlich wie an einem unsichtbaren Nasenring fortführen.

Die Martha Bergheim ging wieder auf dem Uferweg entlang der Gösing auf ihren Hof zurück. Auch wenn sich an manchen Stellen die steilen Felsen so nahe ans Wasser drängten, dass kein Sonnenstrahl hierher kam, blieb das Licht hell und freundlich. Nicht einen Augenblick lang kriegte sie Angst vor dem unbekannten Gewalttäter, den die Polizei auch nach wenigstens zehn Belästigungen von Verliebten noch immer nicht entlarvt und unschädlich gemacht hatte. Den Gedanken daran, dass sich zur Tatzeit beinahe immer der Florian in der Nähe der Opfer befunden hatte, verdrängte sie bei Tag als unsinnigen Verdacht. Viel mehr Sorgen bereitete ihr die Feststellung, dass sich die Spuren des Verbrechers in letzter Zeit eher in der Nähe des Bergheim-Hofs verloren.

„Er überfällt meistens junge Dirndln oder Liebespaare," wiederholte sie flüsternd, was ihr einmal der Florian gesagt hatte, und dachte an die beiden jungen Leute vom Hof, die am Morgen zu einer einsamen Wanderung aufgebrochen waren. „Vielleicht sind die schon wieder daheim!", hoffte sie, ging schneller weiter, hetzte plötzlich über den Weg dahin. Zuletzt lief sie, bis Seitenstechen sie zwang, sich an einen Baum zu lehnen und zu rasten. Nach ein paar tiefen Atemzügen konnte sie ihren Weg zum Bergheim-Hof ein bissel langsamer fortsetzen. Erst über die Hauswiese hinauf lief sie und spürte keine Schmerzen mehr.

Als sie durchs Tor auf den Wirtschaftshof kam, stand plötzlich ein Mann vor ihr und packte sie. Ihren Schreckensschrei erstickte er mit einem leidenschaftlichen Bussel. Er fand auch schneller als sie erklärende Worte. „Dass ich dich nur wieder hab", flüsterte er ihr zu und küsste sie noch einmal. Dass die Erika vom Obstgarten zu ihnen herschaute, störte ihn überhaupt nicht. „Martha, ich bin so glücklich, dass nun alles zwischen uns wieder gut ist. Der unsinnige Streit ..."

Jetzt verschloss sie ihm die Lippen mit einem Bussel, und er kam eine ganze Weile nicht mehr zum Reden.

Die Erika lief vom Garten herauf und scherzte: „Du siehst, Bäuerin, es ist mir gelungen, ihn länger als eine Stunde auf dem Hof festzuhalten. Aber ohnehin nur so, wie es sich gehört!" Dann fragte sie: „Für wann soll ich das Mittagessen richten?"

Ohne die Antwort richtig überlegen zu müssen, entschied die Martha: „Meinetwegen überhaupt nichts!"

Dagegen lehnte sich die Erika leidenschaftlich auf.

„Bäuerin, wenn du bei lebendigem Leib verhungern willst, ist das deine Sache. Ich und der Jürgen kriegen schon jetzt einen echten Hunger auf panierte Schnitzel mit Erdäpfelsalat und nachher einen Marillenkuchen mit Kaffee! Wenn ich dir was raten darf: Bring den Jürgen nicht um solche Köstlichkeiten, denn dafür könnt er dich hassen lernen!"

Die Martha wiederholte die Speisenfolge genießerisch langsam und gestand: „Jetzt hab ich auch Hunger gekriegt!"

Mitten ins Lachen sagte die Dirn: „Siehst, Bäuerin, so gefallst du mir wieder. Und dem Jürgen auch!"

Beim Mittagessen ging es lustig her. Sogar die Martha vergaß alle ihre Sorgen und fragte nur einmal zwischendurch: „Haben unsere jungen Leut genug zu essen? Hoffentlich hat die Reni was mitgenommen!" Dem Jürgen erklärte sie: „Bei uns ist es nämlich Brauch, dass sich beim Wandern nur das Dirndl um die Brotzeit kümmern muss."

Der Jürgen machte ein ernstes Gesicht. „Gut, dass du mir das noch rechtzeitig sagst. Unlängst hat mir im Wald der Magen geknurrt, dass man hätte meinen können, der Bär wäre ausgekommen. So etwas lass ich dir künftig nicht mehr durchgehen!"

„Ich gelobe Besserung."

Als sie am späteren Nachmittag zum Waldrand hinaufgingen, vergaß die Martha schon wieder den Proviant für ein Nachtmahl, doch das fiel den beiden überhaupt nicht auf.

„Wo ist unser Futtersackerl?", fragte der Florian streng, obwohl er ohnehin gesehen hatte, dass sie keinen Rucksack, nicht einmal eine Tragetasche mitgenommen hatte.

„Was zu essen? Hätt ich dafür sorgen müssen?“, wunderte sich die Reni. „Sei mir nicht bös, das hab ich wirklich nicht gewusst. Ich bin halt noch nie allein mit einem Mann wandern gewesen. Was machen wir jetzt? Hoffentlich bist du nicht schon hungrig?“

Er spielte den Grantigen: „Deinetwegen möcht ich auch nicht vom Fleisch fallen! Sagen wir halt, das wär unsere Wanderung gewesen, und wir gehen wieder heim!“

Eine Weile ließ er sie in Reue und Verzweiflung büßen, dann griff er nach ihrer Hand und führte sie im Hochwald noch eine halbe Stunde lang weiter hinauf. Als sie zuletzt auf die Wiese traten, rief sie erleichtert: „Florian, dort seh ich eine ganz Kuhherde!“

„Das ist auf einer Alm ganz normal“, gab er trocken zurück.

Im nächsten Augenblick jubelte sie schon wieder auf: „Eine Hütte, aus dem Schornstein steigt Rauch! Da gibt's bestimmt etwas zu essen!“

„Auch das gehört sich so auf jeder bewirtschafteten Alm. Gelt, Reni, vorhin hast du so getan, wie wenn's ein Verbrechen wäre, nach zwei Stunden wandern einen Hunger zu kriegen! Jetzt bist du heilfroh!“

„Heilfroh bin ich“, gestand sie ein, „dass wir noch nicht durch meine Schuld heimgehen müssen. Hier heroben ist es wunderschön! Mit dir …“ Sie verstummte, aber er schien das nicht zu bemerken.

Die Herta, Sennerin auf der Röserl-Alm, kam durch die Tür, ein großmächtiges Frauenzimmer, dessen Bettstatt allein bestimmt schon die halbe Hütte ausfüllen würde. Der Florian schreckte sich kaum, sondern rief ihr sogar fröhlich zu: „Grüß dich, alte Berghex! Geht's dir noch allerweil gut? Du bist wieder recht gesund beisammen!"

Erst dankte sie ihm freundlich: „Grüß dich, Bergheim Florian!" Dann fragte sie messerscharf boshaft: „Bist du noch allerweil das armselige Knechtl deiner starken Mutter?" Ein recht liebes Lächeln legte sich über das im Bergwind vor der Zeit verwitterte Gesicht. „Freut mich trotzdem, dass du zu mir heraufkommst! Dich kenn ich schon, seit du dich mit deiner ersten langen Hose mitten in einen kuhwarmen Fladen gesetzt hast! Bist du inzwischen schon gescheiter geworden, oder tappst du noch allerweil in jede Falle? Wer ist das Stummerl an deiner Seite, das den Mund nicht aufbringt?"

Inzwischen hatte die Reni begriffen, dass die ziemlich derben Wortgefechte zwischen dem Florian und der Sennerin kein bissel bös gemeint waren, sondern zu ihrer besonderen Art von Herzlichkeit gehörten. Er schob sie ein Stück weiter vor. „Das ist die Reni, unsere jüngere Dirn auf dem Hof."

„Sauber", beurteilte sie die Sennerin nach einem prüfenden Blick von den Schuhspitzen bis zu ihrem rötlich schimmernden Haarschopf. Sie reichte ihr sogar die Hand, was eine ganz besondere Auszeichnung bedeutete. Zum Glück jammerte die Reni bei dem kräftigen Druck von Hertas Fingern nicht auf, und so blieb ihr die Sennerin gut gesinnt. Sie brummte sogar: „Genau so könnt ich mir die nächste Bäuerin auf dem Bergheim-Hof vorstellen!"

Für diese Worte hasste sie das Dirndl geradezu. Der

Florian lachte zwar, doch er sagte, eigentlich an die Reni gerichtet: „Herta, lass so einen Schmarren nie meine Mutter hören. Die ist allerweil noch der Überzeugung, Pferd und Ochs dürfte man besser nie zusammen vor einen Karren spannen, also darf der Bauer nur wieder eine Bauerntochter heiraten. Und für ihren Sohn wäre als Bäuerin grad nur die allerbeste gut genug!"

Darauf sagte die Sennerin kein Wort mehr, sondern fragte: „Habt ihr zwei schon Hunger? Wenn der groß genug ist, so wird euch sogar meine Brennsuppen schmecken. Alsdann?"

Jetzt übertrieb der Florian seine Begeisterung: „Herta, deine Brennsuppe ist über sieben Berge bekannt. Könnt allerdings auch sein, dass deshalb vom nächsten Tal niemand mehr zu dir kommt. Gelt, es gibt halt noch immer zu wenig Feinschmecker, die deine Küche würdigen."

Dafür murmelte die Sennerin ein recht derbes Wort und lächelte ihn herzlich an. Dabei stach sie zu: „Wenn's dir nicht passt, was ich euch auf den Tisch stellen kann, hockt euch vor die Hütte und esst, was dir deine künftige Bäuerin zur Brotzeit mitgenommen hat!"

Da waren gleich zwei Haken in ihrer freundlichen Rede versteckt. Der Florian beschloss, den kleineren zu schlucken, und bat um zwei Teller Brennsuppe. Damit stimmte er die Herta so versöhnlich, dass sie ihm nicht länger mit dem zweiten Haken die Reni als künftige Bäuerin anhängen wollte. Die Suppe schmeckte ihm dann sogar, und er bat noch um einen Nachschlag.

Erst als er mit der Reni weiterwanderte und aus der

Reichweite von Hertas Besenstiel war, brachte er der Sennerin ein Ständchen. Laut, schön und weit hörbar klangen Melodie und Worte: „Unsere Herta kocht eine Brennsuppen, wie die Brennsuppen halt ist, und der muss einen guten Magen haben, der die Brennsuppen gern isst!"

Dafür schrie sie ihm wutentbrannt nach: „Schau, dass du weiterkommst, du Bazi, falscher Teufel, du falscher! Zeig dich nie wieder in meiner Almhütte! ... Aber wenn ihr auf dem Rückweg bei mir einkehren wollt, mach ich euch einen guten Hüttenschmarren. Zumindest eine Portion für deine zukünftige Bäuerin!"

Als wollte der Florian solchen Reden um jeden Preis entkommen, packte er die Reni an der Hand und zerrte sie weiter. Wie zwei glückliche Kinder liefen sie den Almboden hinauf, aber mit der Zeit tat sich die Reni doch schwer. Auch wenn sie es ihn nicht merken lassen wollte, hinkte sie auf dem linken Bein immer ärger. Als sie nicht mehr genug Luft schnaufen konnte, blieb sie stehen, ließ sich um keinen Preis mehr weiterschleppen und hielt ihm vor: „Kein Ross würdest du hetzen! Wie kann man so unvernünftig bergan rennen? Hast du 'leicht Angst, einer könnt hinter dir her sein?"

Unwillkürlich schaute sich Florian um. „Weiß man es immer so genau?" Er lachte zwar, doch seine Worte klangen unsicher. „Es könnt einen auch etwas verfolgen, ohne dass man es sieht. Nicht um mich, sondern um dich müsst ich Angst haben, denn der Windecker Sittenstrolch überfallt immer nur junge Dirndln."

Sie fühlte sich viel zu glücklich, als dass er sie mit

seiner plötzlich düsteren Stimmung hätte anstecken können, aber sie erinnerte ihn: „Meinst du, den Jürgen Schwarz hätt er in der Nacht für ein Frauenzimmer angeschaut?"

Dafür hatte sich der Florian schon eine Erklärung zurechtgelegt. „Es könnt in der Gegend auch noch einen zweiten Gewalttäter geben. Meinst du das nicht auch?"

Somit langte der Reni so viel Schwarzmalerei. „Passt schon!", stellte sie den Florian ab, denn sie wollte sich auch von ihm den schönen Tag nicht verderben lassen. „Sogar die Kühe schauen dich ungläubig an."

„Dafür sind sie nur Rindviecher!", verteidigte der Florian noch einmal seine Bedenken. Nachher musste er doch über sich lachen und gestand ihr zu: „Vielleicht sind manchmal auf dieser Welt akkurat die Rindviecher am gescheitesten."

Nahe der Felswand stieg der Almboden immer steiler an. Die Kraftvergeudung beim Laufen rächte sich, aber der Florian wollte das nicht eingestehen. Die Reni kannte weniger Stolz und seufzte: „Mir tut schon alles so weh wie nach einem Tag heuen."

„Typisch!", spöttelte er dafür über sie. „Gestern hast du geredet, wie wenn du am liebsten über den Edelweiß-Steig auf den Sommerkogel gestiegen wärst. Heute kommst du nicht einmal den Almboden hinauf! Meinetwegen, hocken wir uns halt für eine Viertelstunde hin."

„Ich kann wirklich nicht mehr, ich muss mich setzen", gestand sie beschämt, denn keinesfalls wollte sie sich auf ihr linkes Bein ausreden.

Im nächsten Augenblick schrie er sie an: „Nicht da, Reni, wenn doch der Wiesenboden voller Kuhfladen ist!"

„Ich hätt schon aufgepasst", verteidigte sie sich.

Er war kaum weniger müde als sie und hätte sich auch gern gleich hier ins Gras gesetzt, aber er musste seine männliche Überlegenheit betonen und behauptete: „Hier haben sich schon Gescheitere als du mitten in den Spinat gesetzt!"

Ihr fiel ein, was die Sennerin erzählt hatte, und so kam es ihr mit einem Lacher über die Lippen: „Stimmt, Florian: Zum Beispiel du!"

Zur Vergeltung nahm er sie an der Hand und zog sie unentrinnbar noch gut fünfzig Meter den Almboden hinauf, wo er seitlich im Unterholz eine Lichtung wusste, zu der sich kein Rind durchzwängen würde. Sie stachen und zerkratzten sich zwar im Gebüsch, aber dann öffnete sich vor ihnen eine bemooste Kreisfläche wie das schönste Luxuszimmer. Auf dem letzten Schritt half ihr der Florian sogar. Sie stand deshalb ganz nahe vor ihm, so dass er nach den Anstrengungen ihren heftigeren Atem im Gesicht spürte. Ihnen wurde es nicht bewusst, dass sie einander noch immer an den Händen hielten. Ein wunderschöner Platz, nach allen Seiten hin abgeschlossen und geschützt. Wie von weit her hörte sie ihn fragen: „Magst du dich nicht setzen?"

Ihr war, als könnte sie sich plötzlich nicht bewegen. Wie gebannt schaute sie in seine Augen. Groß, dunkelgrün und unergründlich waren sie wie das Wasser der Gösing bei den Felsen, wo sein Vater ertrunken war. Ein Windhauch von der Felswand herunter spielte in seinem Haar. Auch während der kurzen vierundzwanzig Jahre hatte das Leben in sein Gesicht schon ein paar scharfe Runen gegraben, die Lippen waren zu oft in den Winkeln abwärts gezogen, wie wenn er jeder Freude misstraut hätte. Er hatte selten das Gesicht eines glücklichen jungen Menschen. Die Reni schüttelte kaum merklich den Kopf. Sie wollte von seinen Augen wegschauen und wollte es doch nicht. Ihr wurde plötzlich zur Gewissheit: Das Gefühl für ihn, das sie seit langem in sich trug und ihm doch nie gestehen durfte, war kein Strohfeuer, keine Verliebtheit! Dann schon eher ein Miterleiden. „Also Liebe?“ fragte sie sich in Gedanken.

Er stand ihr noch immer regungslos gegenüber, bis er unerwartet zu ihr sagte: „Du bist eigentlich recht hübsch, Reni.“

So behutsam, als fürchtete er, etwas sehr Kostbares zu verletzen, legte er die Arme um sie. Für die Dirn gab es keine Möglichkeit mehr zum Davonrennen. Sie wollte das auch gar nicht und verlor das letzte bissel Kraft. Sehnsüchtig las sie in seinen Augen. Langsam kamen seine Lippen auf ihre zu, und es war nur ein zartes Bussel, das sie kaum spürte. Aber es durchfuhr sie wie ein elektrischer Schlag.

„Florian“, flüsterte sie. „Du weißt nicht, wie lieb …“ Sie wollte gar nicht mehr zu Ende sprechen, sondern schlang die Arme leidenschaftlich um seinen Nacken. „Ich hab dich so lieb, du weißt gar nicht, wie sehr! Nicht erst heut oder jetzt, schon lang!“ Als er sie wieder küsste, brach alle Sehnsucht aus ihr. Es war eine geradezu schmerzhafte Erlösung von der Ungewissheit zwischen Hoffen und Verzweiflung, und sie fragte, wie eine Verdurstende einen Schluck Wasser erbetteln mochte: „Hast du mich auch ein bissel lieb, Florian? Wirklich lieb?“

Nicht der Verstand, sondern ein Gefühl warnte ihn, dass die Reni mit solchen Küssen ihre Liebe nur für immer vergeben würde. Doch einigermaßen ernüchtert, versuchte er, sich aus ihrer Umarmung zu lösen. Bestimmt wollte er ihr nicht wehtun und sie einfach kalt zurückweisen. Vor lauter Glück merkte sie seine Unsicherheit gar nicht. Um zwischen ihnen wieder Klarheit zu schaffen, musste er sie schon eher mit nüchternen Worten aus ihrem Traum reißen und in die Wirklichkeit zurückführen. Er sagte darum: „Die Berghexe aus der Sennhütte hat Recht: Du müsstest nicht immer nur Magd bleiben, sondern könntest auf einem schönen Hof die Bäuerin werden. Such dir halt einen Bauern.“

„Florian“, flüsterte sie eher verwirrt, denn sie fühlte, dass er sie mit seinen Worten bestimmt nicht glücklich machen wollte. „Du meinst doch nicht, dass ich es darauf anleg, Bäuerin zu werden? Du sollst mich nur lieb haben!“

Er stieß sie so plötzlich von sich, dass sie beinahe hingefallen wäre. In ihrem Gesicht zeigte sich Unverständnis bis zum Entsetzen. „Komm!“ befahl er ihr mit heiserer, gepresster Stimme. „Steh nicht so da, sträube dich nicht allerweil gegen mich, sondern komm mit!“ Sie konnte sich nicht von der Stelle rühren und stürzte erst aus allen Träumen, als er sie hart anschrie: „Wenn du nicht gehen willst, bleibst du allein hier! Deine Schuld!“

Schon rannte er den Wiesenboden hinunter. Auch wenn die Reni jetzt außer der Kränkung noch Angst weitertrieb, konnte sie mit ihm nicht Schritt halten, sondern blieb immer weiter zurück.

Die Tür der Sennhütte brach auf, die Herta sprang heraus und stellte sich dem Florian in den Weg.

„Was hat's? Bist du narrisch geworden?“, schrie sie ihm entgegen.

Es sah aus, als wollte er an ihr vorbeirennen. Er prallte gegen sie, denn sie war ihm keinen Schritt ausgewichen, aber umgeworfen hatte er sie doch nicht. „Telefon“, schrie er sie an. „Herta, hast du in der Hütte ein Telefon?“

Sie begriff, dass etwas geschehen sein musste. „Nur zur Bergrettung“, sagte sie hastig. Jetzt sah sie die Reni angerannt kommen, dem Dirndl konnte also nichts zugestoßen sein.

„Zum Gendarmen!“ Schon wollte der Florian weiterrennen, da fiel ihm ein: „Führer der Bergrettung ist unser Bürgermeister! Ruf ihn an, und wenn er noch im Amt hockt, gib ihn mir! Los, schau nicht so langsam, es kann binnen Minuten um Tod oder Leben gehen!“

Schon verschwand sie in der Hütte, der Florian drängte sich hinter ihr nach. Nur die Reni lehnte draußen an der Holzwand und kam sich zum Verzweifeln arm vor. Sie hörte ihn durch die offene Tür schreien: „Ja, der Bergheim Florian! Bei der Sennerin auf der Röserl-Alm. Frag nicht so viel, Bürgermeister, sondern schick alle Gendarmen zu den Wegen von der Alm herunter! Da wird der Verbrecher kommen, den ihr schon so lang sucht. Ihr könnt ihn gleich ungeschaut festnehmen! Mein Gott, Hofner, begreif's doch endlich: Ich hab ihn erwischt, wie er sich an die Reni und mich angeschlichen hat.“

„Wer?“, vergewisserte sich der Kurt Hofner noch einmal und diesmal schon ein bissel ernüchtert. „Hast du ihn wieder nicht erkannt?“

Der Florian konnte seine Wut kaum mehr bezähmen. „Vorgestellt hat er sich bei mir nicht und ganz deutlich hab ich seine Fratze im Unterholz auch nicht gesehen. Angeschlichen hat sich der Verbrecher, der Saukerl, der dreckige! Hätt ich ihn erwischt, nachher würde ich deine Gendarmen ohnehin nicht mehr brauchen!“

Solche Reden spornten den Diensteifer des Bürgermeisters keinesfalls an. Er vergewisserte sich sogar: „Wenn er dir und der Reni nichts angetan hat, bist du dir sicher, dass er euch hätte überfallen wollen?“

Der Florian musste sich mühsam beherrschen, um den Telefonhörer nicht an die Wand zu schmeißen. Er brüllte nur: „Das ist typisch für alle unsere Helfer: Erst muss einer umgebracht worden sein, nachher rückt ihr aus! Passt schon, das nächste Mal schlag ich nicht mehr Alarm, sondern mach mir den Richter selbst. Zuletzt auch noch den Henker!“

„So kann es nicht weitergehen!“, tuschte der Bürgermeister Kurt Hofner den Schindler Max, seinen Gendarmen, zusammen. „Wenn das nicht aufhört und vielleicht sogar durch die Zeitungen bekannt wird, kommen bald überhaupt keine Urlaubsgäste mehr zu uns nach Windeck! Max, du musst noch ein paar Leut anfordern und eine Ringfahndung, oder wie das heißt, nach dem Sittenstrolch organisieren!“

Der Postenkommandant wand sich verzweifelt wie ein Regenwurm im Schnabel der Amsel. „So einfach wie du meinst, Herr Bürgermeister, geht das auch wieder nicht. Wenn ich mir von irgendwo auch nur ein paar Helfer ausborgen will, muss ich das bei meiner vorgesetzten Behörde ansuchen und begründen. Was soll ich sagen? In unserer Gegend schleicht sich ein Spanner herum, der Liebespaare belauern will? Deswegen rückt noch lang keine Hundertschaft mit Suchhunden aus, und ich erreich nur, dass man in der ganzen Gegend über uns lacht!"

Für gewöhnlich war der Hofner Kurt ein ruhiger Mensch und konnte nur feindselig werden, wenn ihn jemand beim Diktat mit der Tiewald Resa störte. Jetzt aber ging es um mehr, nämlich um die Sicherheit der Menschenleben im Umkreis von Windeck. „Max Schindler!", sprach er ihn deshalb beinahe förmlich an. „Der Lump hat auch schon Fremde überfallen und blutig geschlagen! Ich hab einmal gelesen, dass Spanner nur zuschauen wollen und nie gewalttätig werden. Also ist unser Mann nicht einfach einer, der was sehen will! Verstehst du, was ich damit sagen will?"

„Ich versteh dich, Herr Bürgermeister, aber du bist nicht mein Vorgesetzter. Ich müsste also dort anfragen, wo die Leute wissen …"

„Damit es alle wissen und am nächsten Tag über uns in der Zeitung die ärgsten Raubersgeschichten stehen!"

Beinahe wäre es zwischen den beiden Amtspersonen zu einer lautstarken Auseinandersetzung gekommen. Im heikelsten Augenblick verschluckte sich in der Vorkanzlei die Resa Tiewald vor Aufregung an ihrem Himbeerzuckerl und kriegte einen Hustenanfall, den man bis in die Chefkanzlei hörte. Somit fiel wieder einmal die schicksalhafte Entscheidung infolge eines nebensächlichen Zufalls. Der Hofner-Bürgermeister legte warnend den Zeigefinger über seine Lippen, und der Schindler-Gendarm beachtete das Zeichen.

Sobald aus der Vorkanzlei kein Hüsteln und Würgen mehr zu hören war, flüsterte der Hofner: „Nicht zu viel Wind machen, Schindler, denn damit könnten wir mehr Schaden anrichten als so ein armer Narr mit seinem Spannen. Wir brauchen keine Helfer von auswärts, sondern horchen selbst herum."

„Wie meinst du das?", fragte der Gendarm bereitwillig nach und fühlte sich wesentlich erleichtert. „Sollen wir vielleicht von Haus zu Haus gehen und die Leut ausfragen?"

„Nicht nötig!" Der Bürgermeister sah sich wieder als den Gescheiteren bestätigt, was ihn gegen den Postenkommandanten nachsichtig machte. „Wenn wir's geschickt anstellen, müssen wir nicht einmal Fragen stellen, nachher singen gewisse Leut von ganz allein so eifrig wie die Vögel im Wald. Geh halt manchmal bei der Nacht den Kirchberg hinauf. Dort sitzen bestimmt genug Liebespaare, die sich verstecken müssen: vor den Eltern, einem anderen Partner, vielleicht sogar dem Ehepartner! Schau sie dir gut an, Schindler!"

Dagegen wehrte der sich geradezu entsetzt: „Nachher heißt es bald in der ganzen Stadt, ich wär der Spanner!"

„Du doch nicht, Max", beruhigte ihn der Hofner. „Du bist eine Amtsperson, und bei uns dürfen Amtspersonen beinahe alles. Dazu noch in Uniform!" Um den Schindler zu beruhigen, führte er ihm ein noch besseres Beispiel vor Augen: „Die Katze lasst das

Mausen nicht, ein Wildschütz wird nicht so bald zum heiligen Franziskus. Bringt dir der Jäger wieder einmal den Holzinger Lois wegen Wilderei, so dreh ihn anständig durch die Mangel! Gib dem Lumpen abwechselnd Zuckerbrot und Peitsche."

„Schlagen ist verboten!", wandte der Schindler zaghaft ein, denn er kam bei den kühnen Gedankengängen seines Bürgermeisters nicht so schnell mit.

„Nur bildlich gesprochen", erklärte der Hofner so nachsichtig und geduldig wie sonst nie. „Erst wenn er mürb geworden ist, wirst du zu ihm wieder freundlich, und dann erzählt er, was er weiß. Zumindest von einem bin ich felsenfest überzeugt: Der Holzinger Lois kennt in Windeck jeden Lumpen, also auch den von uns gesuchten Verbrecher."

„Und du, Herr Bürgermeister?", begeisterte sich der Gendarm Max Schindler schon für diesen Plan, wollte aber sicher gehen, dass nicht alle Arbeitslast samt der Verantwortung auf ihm lasten würde.

Mit großer Geste und geradezu feierlichen Worten erklärte ihm der Hofner, welch schwere Pflichten er auf sich nehmen würde: „Ich fahr mit dem Dienstauto in der näheren Umgebung von Hof zu Hof. Da kriegen fast alle Leut das Hemdsausen. Die einen brennen zu viel Schnaps, die anderen werfen ihre Abfälle auf fremden Grund, und bei der Viehzählung für die Steuer vergisst man leicht ein paar Schweindln. Wer mich mit meinem Amtsgesicht sieht, spürt auf jeden Fall ein schlechtes Gewissen und stimmt mich bei einer guten Bretteljause, die er mit Tratsch über alle Nachbarn würzt, freundlich. Schindler, ich könnt wetten, dass wir dabei mehr erfahren als die obergescheiten Herrn

Kriminalbeamten, und in spätestens einer Woche haben wir den Sittenstrolch am Kragen!"

Dafür sprach der Postenkommandant Max Schindler seinem Bürgermeister höchste Anerkennung aus: „Hofner, nie hätt ich angenommen, dass du so prachtvoll hinterhältig sein kannst!"

Zwar lächelte der Bürgermeister geschmeichelt, doch er bat sich aus: „Kein Wort darüber an die Öffentlichkeit oder an die Presse, denn allein schon das Wort ‚hinterhältig' könnte man im Zusammenhang mit mir bösartig auslegen."

Am nächsten Tag begann er seine Ausforschungen dort, wo ihm zuletzt eine heiße Spur des Verbrechers gemeldet worden war: auf der Röserl-Alm.

Die Störung durch den unerkannten Spanner hatte der Magd Reni Greindl alle zärtlichen Träume und die Hoffnung, der Florian könnte sie wirklich lieb haben, zerstört. Nur die Sennerin Herta glaubte genauer zu wissen, wobei der Sittenstrolch die beiden gestört hatte. Als der Bürgermeister Kurt Hofner nun ein paar Tage später die elektrische Melkmaschine, die Kühleinrichtung und die Abfüllung der Milch in der Sennerei kontrollierte, fand er nichts zu bemängeln. Nachher setzte er sich auf die Bank vor der Hütte. Die Herta tischte ihm einen Krug schäumende Milch und zwei Butterbrote über den ganzen Laib auf. Zuletzt rückte sie noch mit Schätzen heraus, die nur für bevorzugte Gäste bestimmt waren: „Von mir geräuchertes Fleisch und Hausbrot mit einem Stamperl Enzian!"

Fleisch und Brot nahm der Hofner bereitwillig an, beim Schnaps sagte er: „Tut mir Leid, Herta, aber als Bürgermeister von Windeck muss ich der Bevölkerung allerweil ein gutes Vorbild liefern. Das bedeutet: Kein Alkohol am Steuer! Damit du aber nicht meinst, ich würde deinen hausgemachten Enzianschnaps zu wenig würdigen, bitte ich: Gib mir das Schlückerl in einer Flasche mit."

Damit brachte er die Herta in Verlegenheit, denn sie konnte nicht so schnell mitdenken und meinte: „Ein Maul voll Schnaps verraucht dir zu bald in einer Flasche."

„Recht hast du! Trink du aus der Flasche einen Schluck, den Rest gibst du mir mit. Nachher passt es!"

„Du bist mir einer!", fügte sie sich lachend. Damit er aber nicht beinahe die ganze Flasche voll bekommen würde, zog sie so kräftig daran, dass für ihn kaum mehr die Hälfte blieb. Um so fröhlicher setzte sie sich zu ihm, ließ sich auch nicht lang bitten, sondern erzählte in allen Einzelheiten, wie der gesuchte Verbrecher die arme Reni-Dirn um die Gaudi mit dem Florian Bergheim gebracht hatte. Die Bewunderung durch den Bürgermeister und eine halbe Flasche Enzianschnaps machten ihr heiße Wangen, und als der Hofner ganz zufällig bewundernd über ihren nackten Arm streichelte, wäre sie beinahe schwach geworden. Gerade noch rechtzeitig fiel ihr ein: „Gelt: Auf der Alm, da gibt's keine Sünd! Das gilt erst recht für den Bürgermeister!"

Einerseits tat ihm das Leid, andererseits hatte sich die Autofahrt auf die Röserl-Alm ohnehin schon mit der Brotzeit und einer Menge aufregender Neuigkeiten ausgezahlt. Er verabschiedete sich also von der Herta mit einem Bussel und verschob die Fortsetzung für die nächste Inspektion auf der Alm.

Den ersten Stein brachte schon einige Tage später die Huber Erika ins Rollen, wobei sie allerdings nicht wissen konnte, dass sie damit eine ganze Lawine mit tragischen Folgen auslösen würde. Sie hatte noch immer nicht ihren Ärger darüber hinuntergeschluckt, dass sie am Sonntag den Stall ausmisten und den Hof bewachen musste, wogegen die Reni mit dem Florian auf die Röserl-Alm wandern durfte. Eigentlich hätte sie erwartet, die beiden würden zumindest noch während der nächsten zwei, drei Tage vor Liebesglück strahlen, aber so war es nicht. Diese Beobachtung brachte die Erika zur Erkenntnis, der Spanner musste sie noch vor dem Busseln gestört haben. Das minderte zwar ein bissel ihren Neid, aber sie nützte doch die nächstbeste Gelegenheit zur Bosheit.

Als der Florian am späten Nachmittag des nächsten Samstags nach Windeck zum Kegeln gehen wollte, spöttelte die Erika: „Mir scheint, du und die Reni, ihr seid zwei Scheinheilige! Ihr hättet euch auf die Röserl-Alm wenigstens eine Decke mitnehmen sollen. Jetzt hast du am Rücken vom neuen Janker einen Grasfleck! Gelt, da könnt sich einer mit schlechter Phantasie schon was denken!“

„Ich wüsste nicht, was man sich deshalb denken dürfte! Und dich geht's überhaupt einen Schmarren an!“, fuhr er so zornig auf sie los, dass es sich schon wie ein Schuldbekenntnis anhörte.

Für ihr unverschämtes Lachen hätte er sie am liebsten noch viel härter niedergetuscht, aber in dem Augenblick sah er die Mutter aufs Haus zukommen. Sie hatte ihm versprochen, diesmal auf die Kegelbahn mitzukommen, wenn schon nicht zum Mitspielen, so wenigstens als fachkundige Zuschauerin. Das wollte er nicht aufs Spiel setzen. Also zog er den Janker rasch aus und warf ihn der Magd zu. „Wenn du so scharfe Augen hast, kannst du auch den Grasfleck herausputzen."

Es tat ihr schon wieder Leid, ihn geärgert und sich selbst am Samstag eine Fleißaufgabe verschafft zu haben. Darum sagte sie schnell: „Gar so arg ist er nicht. Man sieht ihn kaum."

Da war er schon an der Tür und rief nur noch zurück: „Mir taugt's aber nicht, wenn vielleicht die ganze Keglerpartie über die Reni und mich so deppert daherreden tät wie du!"

Mehr Zeit konnte er sich nicht nehmen, denn die Mutter ging schon zum Tor hinaus. Er lief ihr nach und hatte den Ärger mit der Erika bald vergessen. Sie nahmen den Wiesenweg in Richtung zum Fluss hinunter. Während sie an den drei alten Weiden vorbeikamen, schaute sich die Martha so genau um, als müsste sie sich den Platz, wo man den Jürgen überfallen und niedergeschlagen hatte, für immer ins Gedächtnis einprägen. Dazu ging sie etwas langsamer weiter. Erst ein unangenehmes Gefühl, als beobachtete sie jemand in bösartiger Absicht, schreckte sie aus ihren Gedanken, und als sie sich umschaute, blickte sie in Florians starre Augen.

An diesem Nachmittag hatte er sich vorgenommen, einiges zu klären, was ihm an Mutters Verhalten nicht mehr richtig erschien. Seiner Überzeugung nach gab es in letzter Zeit zwischen ihnen offene Probleme zu lösen. Bis zum Uferweg wartete er damit zu, aber dort drängte er sich mit ein paar schnelleren Schritten an ihre linke Seite. „Du bist unvorsichtig und unbelehrbar!“ hielt er ihr vor. „Warum hörst du nie auf mich und gehst so nahe am Wasser? Jeder weiß, dass der Uferweg an manchen Stellen vom Fluss unterwaschen ist.“

„Du willst mich umsorgen, wie wenn ich schon ein altes, hilfloses Weiberl wäre!“, versuchte sie noch, sich seinen Belehrungen scherzhaft zu entziehen. „Warum?“

Damit hatte sie ihm ein Stichwort geliefert, wie er sich kein besseres hätte wünschen können. „Warum? Das solltest du am besten wissen, denn du umsorgst mich und hältst alle Probleme von mir fern, wie wenn ich ein junges, hilfloses Knechtl wäre.“

Martha Bergheims Laune verdüsterte sich. Beinahe tat es ihr schon Leid, dass sie zugestimmt hatte, mit ihm nach Windeck zu gehen. Feindselig wie sonst nie warf sie ihm vor: „Nur deine Schuld! Warum weigerst du dich so hartnäckig, erwachsen zu werden und die Pflichten eines erwachsenen Mannes zu übernehmen?“

Auch wenn er ihre Vorwürfe nicht gern ertrug, fand er, dass die Unterhaltung diesmal genau nach seinen Wünschen verlief. Im Gehen griff er nach Mutters Hand und gab sie nicht mehr frei. Dabei entwarf er ein Zukunftsbild nach seinen Überlegungen und Wünschen. „Mir geht es darum, einmal den Bergheim-Hof bestens zu führen, also genau so, wie sich das der Vater gewünscht hätte. Ich möchte hier ein guter Bauer sein.“

Die Martha Bergheim traute ihren Ohren nicht. Sie hätte darüber glücklich sein müssen, aber sie überlegte noch mit einem Rest von Argwohn, was seine Absichten so plötzlich verändert haben könnte. Als sie das nicht herausfand, bestärkte sie wenigstens seinen Gesinnungswandel: „Du wirst ganz bestimmt der beste Bauer sein."

Dafür redete er sogar weiterhin nach ihrem Willen: „Jeder Hof braucht nicht nur den richtigen Bauern, sondern ebenso die passende Bäuerin."

Am liebsten hätte sie ihn vor Freude über diese einsichtigen Worte umarmt, doch einstweilen hielt sie noch nicht an, sondern ging mit ihm langsam weiter, wobei sie ihm gestand: „Manchmal hast du mich beinahe zur Verzweiflung gebracht. Ich habe dich einfach nicht mehr verstanden." Jetzt aber fiel es ihr wie Schuppen von den Augen: Keine Zweifel, der Florian hatte sich verliebt! „Du wirst die beste Partnerin finden, heiraten und zu deiner Bäuerin machen."

Sie hörte ihm kaum zu, als er ihr gestand: „Ich muss nicht mehr suchen, ich habe schon meine Bäuerin für den Bergheim-Hof gefunden."

„Hoffentlich doch nicht die hinkende Dirn!", kam es ihr unüberlegt und gegen ihren Willen über die Lippen. Kaum hatte sie diese Worte ausgesprochen, merkte sie erst, wie herzlos sie klangen, und sie fürchtete, der Florian würde sie ihr verübeln.

Darum erlöste es sie, dass er über ihre mütterliche Eifersucht nachsichtig lächelte und sie beruhigte: „Die Reni ist ein liebes, gescheites und bestimmt tüchtiges Dirndl, aber halt doch eine Magd." Sie hätte ihn für solche Worte vor Erleichterung abbusseln mögen, doch er sprach schon weiter: „Du hast einmal gesagt, eine Magd würde sogar als Bergheim-Bäuerin ihr Lebtag eine Magd bleiben."

Nun konnte ihm die Martha doch nicht mehr so freudig zustimmen, denn sie ahnte, dass er gleich etwas von ihr verlangen würde, das sie ihm nie zusagen könnte. „Wie heißt also die Glückliche?", forschte sie nach. „Warum hast du sie mir noch nicht vorgestellt?"

Die Entscheidung würde in den nächsten Augenblicken fallen, denn er sagte: „Du kennst sie recht gut. Sie heißt ... Martha und gehört auf den Bergheim-Hof wie keine andere!"

Nie hätte sie angenommen, er würde ihr auch noch so unverblümt eingestehen, dass er sie nie im Guten würde fortgehen lassen. „Hast du den Verstand verloren?", fuhr sie mit einem zornigen Aufschrei gegen ihn los.

Ein Wort seines Vaters fiel ihm ein: „Wer schreit, setzt sich ins Unrecht und hat schon verloren!" Darum erklärte er ihr ruhig und überlegen, wie er seine Worte verstanden hatte: „Mein Vorschlag: Ich übernehme so bald wie möglich den Hof als Bauer, du führst ihn weiterhin als Bäuerin. In den nächsten zwei, drei Jahren werde ich bestimmt eine passende Braut gefunden haben. Keine hinkende Magd. Nach der Hochzeitsnacht schenke ich ihr als Morgengabe den halben Hof." Und mit einem scheinbar verständnisvollen Lächeln ergänzte er: „Von der Stunde an steht es dir frei zu gehen, oder noch besser, als liebevolle Großmutter auf dem Hof zu bleiben."

„Nein!" wehrte sie sich geradezu entsetzt gegen alle seine Vorschläge und erklärte ihm: „Ich lass mich von dir nicht länger einsperren! Noch bin ich ein freier Mensch und kann gehen, wann und wohin ich will!

Das werde ich auch: Mit dem Jürgen! Jetzt sogar früher als bisher geplant!"

Er lächelte, trat so nahe an sie heran, dass sie zu ihm aufschauen musste, und dabei irrte ihr Blick zu der Gedenktafel im Stein ab. An dieser Stelle war vor noch nicht ganz drei Jahren der Martin Bergheim im Fluss ertrunken!

Florian beobachtete ihre Unsicherheit, lächelte, verlor aber kein Wort darüber. Statt dessen sagte er beinahe so sachlich, als handelte es sich nicht um sein und ihr Schicksal: „Die Entscheidung liegt nur bei dir, Mutter. Selbstverständlich kann dich niemand auf dem Hof halten, aber ..." Er warf einen Blick auf den dunklen, sich langsam weiterschiebenden Fluss. „Wer ohne Abschied geht, ist vielleicht auch nach zwei Jahren noch nicht vergessen, aber er kann nie mehr zurückkommen."

Er sah, wie die Mutter plötzlich schauderte und ihr das Wasser in die Augen trat. So gern hätte er ihr die Tränen von den Wangen weggebusselt, doch um Erfolg zu haben, musste er stark und hart bleiben. Darum bestand er auch jetzt noch darauf, dass sie mit ihm auf die Kegelbahn mitkam.

Zur Begrüßung gab es dort ein übermütiges Freudengeschrei, das jedoch mehr der Martha als ihm galt. Frauen kamen selten zum Kegeln der Männer, aber auch die Martha schmälerte ihnen sofort all ihre Hoffnungen: „Ich schau nur eine Weile zu."

In den nächsten zwei Stunden zeichnete sich der Florian nicht gerade als Könner aus. Es gelang ihm einfach nicht, sich auf gute Leistungen zu konzentrieren. Erst bedauerte man ihn für sein Missgeschick, doch dann verlor man die Geduld mit ihm. Der Bäckermeister Fritz Kandl deutete mit dem gewissen Lächeln an: „Nur nicht mit ihm schimpfen, er ist halt auch einmal müde beisammen."

Der Siegel-Bauer wurde mit einem breiten Lacher noch deutlicher: „Ich weiß, Florian, das Bauernleben ist schwer, besonders wenn man zu viel noch nebenbei leisten muss."

Der Gendarm Max Schindler zahlte es ihm heim, dass er ihn schon dreimal aus dem gemütlichen Wachzimmer auf eine vergebliche Jagd nach dem Sittenstrolch gehetzt hatte. Er sprach es darum unmissverständlich aus: „Kein Wunder, dass der Florian fürs Kegeln nicht mehr so viel taugt wie früher. Wenn er doch mit den saubersten Dirndln busselt: Zum Beispiel auf der Röserl-Alm."

Eiskalt und salztrocken sagte plötzlich der Florian Bergheim: „Mir langt's für heute." Ob er damit das erfolglose Kegeln oder das dumme Spötteln meinte, kam nicht so deutlich heraus. Jedenfalls ließ er die recht schwere Kugel so achtlos aus der Hand auf den Boden fallen, dass sie den Viehhändler Merzer beinahe auf den Zehen erwischt hätte.

Als er von der Kegelbahn wegging, sagte er: „Ich muss mich gar nicht umschauen, sondern weiß es ohnehin, dass sie sich jetzt hinter mir an die Stirn tippen. Aber ich tät sagen: Eher sind sie die Deppen, denn es gibt keinen Grund, warum sie über mich spotten dürften! Mir tät nur die Reni leid, käm sie durch mich ins Gerede."

Dass ihm die Mutter diesmal Recht gab, stimmte ihn so versöhnlich, dass er ihr vorschlug: „Bevor wir auf den Hof zurückgehen, könnten wir der Burga einen Besuch machen. Willst?"

Die Bergheim Martha wollte nur zu gern wieder einmal ein paar Worte mit ihrer Tochter reden, so gingen sie auf den Hauptplatz und ins Wirtshaus „Zur goldenen Krone".

In der Schankstube war die Luft vom Bierdunst und Rauch so stickig, dass dem Florian bei jedem Atemzug ekelte. Am hintersten Tisch hockten vier alte Männer beim Karteln, acht standen um sie herum und erteilten gescheite Ratschläge. Zwei Kroaten aus dem Grenzland sangen schwermütige Volkslieder. Die Melodie war ergreifend schön, und vom Text verstand der Florian nur zwei Wörter: Herz und Kreuz. Zufällig spielte dann ihr Landsmann am Tisch die richtige Gewinnkarte aus.

„Alles auf dieser Welt ist Lug und Betrug", brummte der Florian so leise, dass ihn nur die Mutter verstand.

Die ihm unbekannte Kellnerin, offensichtlich eine Aushilfe, wollte ihnen einen Platz im Jäger-Stüberl empfehlen, doch er fragte: „Wo find ich die Burga? Die Bergheim Burga."

Sie wies mit einer weiten Handbewegung zum Fenster hinaus. „Am freien Tag ist sie ein bissel spazieren gegangen. In die gute Luft."

Die Martha wollte Genaueres vom Hellriegel Hans erfahren und fragte: „Wo ist der Wirt?"

Die Kellnerin wies mit der gleichen Handbewegung hinaus und sagte: „Auch spazieren."

„Und wo?", fragte die Bergheim, jetzt schon ungeduldig.

Darüber wusste die Kellnerin nun doch Bescheid. „Wo? Alsdann genau bei der Burga."

Die Bergheim-Mutter verzichtete auf eine weitere Befragung. Sie machten sich auf den Heimweg.

Auf dem Hof rieb zu dieser Stunde die Magd Erika Huber soeben zornig den Grasfleck aus dem Janker des Florian. „Die einen haben ihre Gaudi gehabt, aber unsereiner bleibt dafür die Mehrarbeit!", schimpfte sie vor sich hin. Mit drei verschiedenen chemischen Putzmitteln rieb sie daran herum, bis ihr eines davon in den Schnitt gelangte, den sie sich beim Geschirrspülen mit dem großen Messer am Finger zugefügt hatte. Das Zeug brannte höllisch, und der Fleck blühte nur noch besser sichtbar auf, so dass die Erika aus Wut und Schmerz den Janker ihres jungen Bauern einfach auf die Bank schmiss. Da schepperte am Holz etwas Metallisches, das eigentlich in kein Bauerngewand gehörte.

„Jessas, mir scheint, jetzt hab ich ihm auch noch seine Taschenuhr zerschlagen!" jammerte sie verzweifelt auf. „Ein Schaden kommt selten allein! Wenn die am Ende gar ein Geschenk von seiner Mutter ist, bringt er mich um!"

Auch wenn sie damit übertrieb, musste sie nachschauen, was sie angerichtet hatte. Sie holte den Janker wieder von der Bank und fingerte in alle Taschen hinein. Nirgends fand sie etwas, erst in der kleinen Innentasche stieß sie auf einen metallenen Gegenstand. Gebrochen fühlte sich dabei nichts an.

Sie atmete auf, aber ein Blick aus dem Fenster versetzte ihr den nächsten Stich, denn soeben kam der Florian Bergheim mit seiner Mutter durchs Hoftor herein. „Das auch noch“, beklagte die Erika ihr Schicksal, denn sogar von weitem erkannte sie, dass bei den Bergheimischen der Haussegen wieder einmal schief hing. „Wer wird das ausbaden müssen, wenn doch niemand außer mir im Haus ist.“

Als die Bäuerin und ihr Sohn in die Küche traten, beteuerte die Erika gleich ihren guten Willen: „Florian, ich putz schon die längste Zeit an dem Grasfleck in deinem Janker, aber der ist schon eingetrocknet.“

Sie verstummte unter seinem unwilligen Blick, bis ihr einfiel, darüber hätte sie in Gegenwart seiner Mutter besser nicht reden sollen. Die Bergheim Martha schien ohnehin kein Wort gehört zu haben. Sie starrte regungslos auf den Tisch. „Woher hast du das?“, fragte sie drohend leise.

„Bäuerin, ich hab das Zeug im Janker vom Florian gefunden“, verteidigte sich die Dirn. „Wenn ich ihm doch den Fleck ... Ich geb's gleich wieder in seine Tasche.“

„Woher?“, wiederholte die Martha und maß jetzt den Florian geradezu hasserfüllt.

Die Dirn atmete erleichtert auf, aber der Florian schaute gar nicht so genau hin, sondern sagte mürrisch: „Das weiß ich doch nicht. Erika, bring mir nachher den Janker, ich geh einstweilen schon in meine Kammer. Mir langt es für heute.“

„Da bleibst!“, schrie die Mutter plötzlich auf. „Jetzt wird mir manches klar, aber ich muss es noch von dir hören! Sonst glaub ich's nicht!“

Rechtzeitig wurde der Erika bewusst, dass zwischen Mutter und Sohn ein arger Streit ausbrechen würde, griff sich den Janker und schlüpfte zur Tür hinaus.

Der Florian machte einen Schritt näher zum Tisch. Erst jetzt schaute er genauer hin und fragte: „Ist das nicht der altsilberne Ring von deiner Großmutter?"

„Mein Ring!" Die Martha konnte das Zittern in ihrer Stimme nicht länger beherrschen.

„Also der Ring von meiner Urgroßmutter", verbesserte sich der Florian, denn er ahnte nicht, worum es hier in Wahrheit gehen könnte. Nachher fragte er schon mit etwas mehr Interesse: „Wie kommt der hierher? Du glaubst doch nicht, dass ihn die Erika gestohlen haben könnte?"

Die Martha schloss die Augen. Enttäuschung, Wut und Hass lähmten zwar ihre Kraft nicht, aber sie schloss die Augen, um ihrem erwachsenen Sohn nicht ins Gesicht schauen zu müssen. Voller Abscheu und Verzweiflung stöhnte sie: „Du also! Du bist der Lump! Du hast dem Jürgen aufgelauert und ihn hinterrücks niedergeschlagen! Dein Fehler, dass du ihm den Ring abgezogen hast, den ich ihm geschenkt habe!" Als er mit auch nur einem Wort zu seiner Verteidigung ansetzte, wollte sie ihn so arg verletzen, dass er wehrlos wäre. Sie machte zwei Schritte auf ihn zu und schrie mit grenzenlosem Hass: „Ja, den hab ich ihm geschenkt, zum Zeichen unserer Liebe, die ganz bestimmt die kindische Eifersucht eines nie erwachsen Gewordenen nicht zerstören kann! Florian, gnade dir Gott, wenn du auch all die anderen Überfälle und Gewalttaten begangen hast! Ich sollte Mitleid für dich fühlen, denn du bist krank, aber in mir ist nur Ekel! Man muss die Gesellschaft vor dir schützen! Du gehörst eingesperrt, und wenn du zu feige bist, dich der Polizei zu stellen, werd ich dich anzeigen!"

Als er sie plötzlich an den Armen unentrinnbar fest packte, schrie sie vor Schmerz und Entsetzen auf. Aber der Schock ihrer Anklage hatte ihn doch so hart getroffen, dass er nun kalt sagen konnte: „Sei still, Mutter! Du sollst mich reden lassen!“

Leise hatte sich die Tür geöffnet, die Reni stand auf der Schwelle und starrte entsetzt auf die beiden Menschen, die sie bisher so sehr verehrt hatte. Nur aus Rücksicht auf fremde Ohren verstummte die Bäuerin. Der Florian war jedoch viel zu erregt, als dass er die Gegenwart der Magd bemerkt hätte. Nur weil er die Mutter nicht mehr schreien hörte, nahm er die Hände von ihr, gab sie frei und sagte tief verletzt: „Auch wenn du mich für krank und entartet bezeichnest, schwöre ich bei allem, was mir heilig ist: Ich habe niemanden belauert, bin niemandem nachgeschlichen und habe noch viel weniger jemanden niedergeschlagen!“

Es wurde sogar noch ärger. Die Reni warf sich der Bergheim Martha entgegen, klammerte sich an ihr fest und schrie verzweifelt: „Nicht bös sein, ich hab's bis draußen gehört. Bäuerin, du verdächtigst den Florian ungerecht! Ich kann's bezeugen: Auf der Röserl-Alm sind wir grad recht nah beisammen gestanden, und da hat sich einer durchs Unterholz angeschlichen. Der Florian ist hingesprungen, ihm nachgelaufen und hat ihn packen wollen!“

Inzwischen war die Martha schon so nahe an einem Nervenzusammenbruch, dass sie unnatürlich ruhig fragen konnte: „Wie hat er ausgeschaut, der Sittenstrolch, der euch bei ... bei der Liebe hat belauern wollen?“

„Weiß ich nicht, Bäuerin. Ich hab ihn doch nicht gesehen, sondern nur der Florian."

Es war, als hätte sie der Martha Bergheim mit diesen Worten den letzten Dolchstoß versetzt, denn die sagte nur noch kraftlos: „Wie allerweil wieder: Niemand hat den Gewalttäter gesehen, aber zufällig taucht neben jedem Opfer mein … der Florian auf."

„Mutter, wenn du mir so etwas zutraust, können wir von nun an nicht mehr miteinander reden. Ich schwör aber bei allem, was mir heilig ist: Auch wenn's für dich vielleicht so ausschaut, ich bin nicht der Gesuchte!"

Plötzlich fehlte auch ihr die Kraft und Bereitschaft, das Unglück bis zur Katastrophe zu treiben. Sie blieb nur bei dem einen schrecklichen Verdacht: „Vielleicht bist du wirklich nicht der Sittenstrolch, aber den Jürgen Schwarz hast du niedergeschlagen und ihm den Ring vom Finger gezogen! Oder meinst du, die Erika lügt, wenn sie sagt, dass sie ihn vorhin in deinem Gewand gefunden hat?"

Er starrte sie schweigend an. Plötzlich wandte er sich ab und ging aus dem Zimmer. Für die Martha war der Glaube an die heile Welt auf dem Bergheim-Hof zusammengebrochen, und der Florian fühlte sich so elend, als wäre ihm sein liebster Mensch auf dieser Welt plötzlich gestorben.

Von der Stunde an blieb der Bergheim-Hof in der Einschicht ein Geisterhaus ohne Leben. Sogar Streit und Hass waren in Verzweiflung erstickt. Die Martha hatte nicht eine ihrer Verdächtigungen zurückgenommen, der Florian verteidigte sich mit keinem Wort mehr. Es schien, als seien alle Brücken zwischen Mutter und Sohn für immer, oder wenigstens lange Zeit, abgebrochen. Erst nach einer Woche konnten sie miteinander wieder das Notwendigste über die Arbeit reden, aber kein persönliches Wort kam ihnen über die Lippen. Sie vermieden es sogar, einander anzusprechen. Weder ein Schein von Freundlichkeit noch das kleinste Lächeln war für sie mehr vorstellbar.

Die drei Dienstleute wagten es nicht, zuerst das Wort an die Herrschaft zu richten. War es nicht zu vermeiden, so blieben sie schweigend im Raum stehen und warteten, bis jemand sie ansprach. Am grausamsten litt die Reni, denn mit den paar herzlichen Worten und Busseln auf der Röserl-Alm hatte der Florian in ihr so viel Sehnsucht und Zärtlichkeit erweckt, die nichts mehr ersticken konnte. Selbst der Gedanke, dass er Überfälle begangen haben könnte, hätte sie nicht erschreckt, sondern sie fühlte und glaubte daran: Mir hat er nicht weh getan, seine Liebe zu mir ist echt und gut gewesen.

Nicht weniger litt die Erika, denn sie quälte ein schlechtes Gewissen: „Wäre ich der Reni nicht wegen der Wanderung mit dem Florian neidig gewesen, so hätt ich niemals über den winzigen Fleck an seinem Janker gespöttelt. Dann wär das Herausputzen nicht an mir hängen geblieben, und ich hätt den depperten Kirtagsring nicht gefunden. Aber so geht's im Leben allerweil her: Die Herrschaft streitet sich, aber wir Dienstleut können's ausbaden!"

Am elendsten schien der Knecht, der Laithofer Franz, daran zu sein, denn er schlich wie ein lebender Leichnam auf dem Hof umher. Das Essen schmeckte ihm überhaupt nicht mehr. In der „Goldenen Krone" beschimpfte er nach einem Liter Roten und drei Maß Bier fremde Gäste. Weil ihn daraufhin der Hellriegel Hans zur Ausnüchterung in die Wäschekammer abschob, zerschlug er drei Regale und verschüttete eine große Trommel Waschpulver. Der Hauser-Gendarm sperrte ihn über Nacht in den Windecker Gemeindekotter. Als er ihn am nächsten Tag wieder in Freiheit setzte, sah der Laithofer zum Fürchten aus, und der Gendarm beschwor verzweifelt: „Glaubt mir, Leut, ich bin's nicht gewesen, ich könnt doch nie einen Menschen so schrecklich zurichten!"

Der Franz war im Kotter mehrmals mit dem Kopf gegen die Steinwand gerannt. Nicht nur sein Gesicht, auch das Gewand war voller Blut. Der Doktor Burger musste ihm die Wunden reinigen, zwei Risse nähen und einen Verband, so groß wie ein Turban, anlegen. Noch fünf Häuser weiter hörte man den unglücklichen Knecht vor Schmerzen schreien. Erst drei Tage später brachte ihn der Postenkommandant Max Schindler mit dem Dienstauto der Gendarmerie auf den Bergheim-Hof hinaus, wo sich die beiden Mägde rührend um sein Gesundpflegen bemühten.

Die zwei Dirndln gingen überhaupt nicht mehr vom Hof. Im Dunkeln hätten sie vor dem Sittenstrolch Angst gehabt, in Windeck zeigten sie sich erst recht nicht, denn sie wollten weder von sensationslüsternen Ratschkathln noch ehrlich Mitleidigen nach dem Leben auf dem Einschichthof ausgefragt werden. Also setzten sie sich meistens im Stall auf einen Strohballen, und die Erika weinte sich ihren Kummer bei der Reni von der Seele. Sie klagte: „Ist denn das überhaupt noch ein Leben? Der Windecker Friedhof ist zehnmal so groß, aber nur halb so tot wie unser Hof. Es gibt bei uns ohnehin keine Fröhlichkeit mehr, aber ich hab ehrlich Angst, mir könnt einmal ungewollt ein Lacher auskommen. Dafür würden sie mich steinigen!"

Als der Reni ein paar Tränen über die Wangen rollten, musste auch sie ihr Leid gestehen. „Ich hab vorher noch nie einen lieb gehabt und gar nicht gewusst, dass man so glücklich sein kann. Ausgerechnet im Augenblick, als ich gemeint hab, ich wär im Himmel, hat sich so ein dreckiger Spanner an uns herangeschlichen. Der Florian ..." Sie verstummte erschrocken, doch dann musste sie ehrlich weiterreden: „Der Florian ist zu mir nur lieb gewesen, hat mich gestreichelt und gebusselt, dass ich gemeint hab, es könnt auf dieser Welt gar nichts Schöneres mehr geben. Grad für mich nicht."

„Warum grad für dich nicht?", wollte die Erika genauer wissen, denn sie fühlte, dass sie Reden über fremdes Leid das ihre nicht mehr so schmerzhaft fühlen ließ.

Die Reni sagte nur: „Hinkebein. Wer will sich schon mit so einer zeigen, gar mit ihr tanzen? Erst recht nicht sie busseln."

„Wer sagt so etwas? Es ist nicht deine Schuld gewesen, dass dich das Pferd getreten hat. Der Grobian hätt es nicht so grausam peitschen dürfen!" empörte sich die Erika. Als sie darauf keine Antwort kriegte, dachte sie sich ihren Teil und beklagte wieder sich selbst: „Ich hätt im Leben wahrscheinlich immer zu viel kriegen wollen. Schon als Schuldirndl hab ich gemeint, ein Prinz müsste mich eines Tages auf sein Schloss holen.

Wie es nachher nur ein Knecht vom Bauernhof gewesen ist, bin ich bald unzufrieden geworden."

„Doch nicht der Franz? Der Laithofer?", riet die Reni.

Die Erika nickte, schaute ehrlich betrübt drein und sagte: „Das ist noch gewesen, bevor du auf den Hof gekommen bist. Heute tut's mir beinahe Leid um ihn. Wie's so richtig heißt: Der Spatz in der Hand ist allerweil noch mehr wert als die Taube auf dem Dach, und der Franz ist früher nicht so narrisch gewesen. Beinahe hab ich ein schlechtes Gewissen, denn mit der Sauferei hat er auch erst angefangen, wie's zwischen ihm und mir Schluss gewesen ist."

„Und warum?" Die Reni wollte halt noch ein bissel mehr über das Leben, die Liebe und deren Schicksalsfallen hören.

„Warum schon!", begehrte die Erika noch einmal in der Erinnerung an frühere Zeiten auf. „Mein Prinz hat oft auch am Feierabend nach dem Saustall gestunken, dreckige Fingernägel gehabt und bei der Nacht geschnarcht. Ich hätt ihn mir halt anders vorgestellt."

„Habt ihr euch denn gar nicht wirklich lieb gehabt?", bezweifelte die Reni.

Darüber redete sich die Erika recht knapp heraus: „Er mich schon."

Am Freitag radelte der Briefträger zum Bergheim-Hof. Gegen Mittag brannte die Sonne auf ihn hoch vom Himmel, weshalb er sich genug Schweiß von der Stirn wischen konnte. Der Erika schilderte er glaubhaft Plage und Gefahren seiner Fahrt: „Damit ich geschwinder zu euch in die Einschicht komm, bin ich gleich den Uferweg gefahren. Zweimal hätt's mich beinahe in die Gösing geschmissen, und ich kann nicht einmal schwimmen. Jetzt klebt mir vor Durst die Zunge am Gaumen, und der Magen knurrt ärger als ein Kettenhund. Schöne junge Frau, du wirst mich doch nicht verdursten und verhungern lassen?"

So schnell rückte die Magd nichts heraus, sondern verlangte herzlos: „Erst gib die Post ab, oder ich beschwer mich über dich auf dem Amt!"

Damit erpresste sie den Toni noch lang nicht, denn der triumphierte: „Ich bin ganz privat hier. Ohne schriftliche Nachricht, nur mit einer mündlichen Liebesbotschaft. Aber nicht für dich, sondern für deine Bäuerin, und die ist mit der Brotzeit nicht so geizig wie du!"

Die Bergheim Martha traf er in der Stube an. Sie stand am Fenster und schätzte in Gedanken die Ernte aus dem Obstgarten ab. Der besten Wirkung wegen rief ihr der Post-Toni gleich von der Türschwelle zu: „Ich bin der Liebesbote und bring dir eine Nachricht vom Jürgen Schwarz aus Langen. Ein gute: Er wird am Sonntag zu dir auf den Hof kommen und lasst dir schon ausrichten, dass er jetzt weiß, wie alles hergegangen ist."

„Alles?"

„Alles", bestätigte der Postler noch einmal. „Das wär's."

In der Martha überstürzten sich Angst und Hoffnung auf eine glückliche Befreiung aus allem Elend, das in letzter Zeit die Menschen vom Bergheim-Hof heimgesucht hatte. Rechtzeitig fiel ihr ein, worauf der Toni jetzt noch wartete. „Lass dir von der Erika eine Brotzeit zusammenrichten."

„Geht's nicht auch von dir? Du schneidest vom Speck dickere Scheiben ab. Wenn ich dir doch eine so gute Nachricht gebracht hab!"

Damit brachte er sie nach langer Zeit wieder einmal zum Lächeln. Bevor sie mit dem Postler in die Küche ging, schloss sie das Fenster in der Stube, und da sah sie den Laithofer-Knecht gerade noch beim Stall verschwinden. „Jetzt wird alles wieder gut", sagt sie sich leise vor. In ihr erwachten schon Zuversicht und Glaube an eine schönere, an eine glückliche Zeit.

Dementsprechend zufrieden war der Toni mit der Brotzeit. Er lobte sie: „Bergheim-Bäuerin, du bist halt die Beste, die man sich nur wünschen kann!" Mit den nächsten Worten verriet er allerdings, dass es schon einigen Tratsch über sie gab: „Bleib uns noch recht lang in Windeck erhalten."

Zwei Stunden später kam der Nächste mit einer Botschaft auf den Bergheim-Hof. Die Erika hatte die besten Augen und erkannte ihn schon von weitem. Sie richtete mit leichtem Stöhnen den vom Arbeiten krummen Rücken auf und sagte zur Reni, die neben ihr auf dem Rübenfeld arbeitete: „Der bringt keine gute Botschaft. Um Himmels willen, hoffentlich hat kein Rauschiger in der ‚Krone' der Burga was angetan oder kein Lump die Christina überfallen! Ich spür's bis in die Knochen, dass es mit dem Elend noch lang nicht vorbei ist!"

Damit er nicht gleich der Bäuerin die Unglücksbotschaft eiskalt sagen konnte, lief ihm die Erika entgegen. Er schaute nicht gerade freundlich drein, eher dienstlich streng. Ohne sich Zeit für einen Gruß zu nehmen, fragte sie: „Warum kommst du zu uns in die Au? Was ist geschehen?“

Max Schindler, der Postenkommandant der Windecker Gendarmerie, maß die Dirn mit einem schnellen Blick und fand, ihr müsse er keine Auskunft geben. Statt dessen vergewisserte er sich: „Der Laithofer ist doch bei euch Knecht?“

Die Erika spürte, dass ihr alles Blut aus dem Gesicht wich, wie wenn es binnen Sekunden erfroren wäre. „Ja, allerweil noch. Was hat er angestellt?“

Ein Stück weiter sah der Gendarm die Bäuerin stehen. Auf die ging er zu und sagte: „Bergheimerin, dein Knecht steht unten am Wehr und starrt regungslos ins Wasser. Ich hab ihn dreimal angeredet, aber er hört mich gar nicht. Alsdann sag ich es dir: Er schaut aus wie einer, der vom Leben genug hat und Schluss machen will. Ich weiß nicht, warum ...“

„Franz!“ schrie im nächsten Augenblick die Erika auf. „Das hab ich doch nicht wollen!“

Sie rannte schon los. Die Reni kam hinter ihr her, konnte aber mit ihr nicht Schritt halten, stolperte ein paarmal, erfing sich wieder und hetzte weiter. Als auch die Bergheim Martha die Wiese hinunter lief, sah sich der Postenkommandant genötigt, ihnen nachzukommen. Die beiden Mägde rannten schon durch den Wald. Gefährlich wurde es erst, wo der Weg steinig und steil zum Fluss hinunter führte. Schon von weit weg sahen sie den Laithofer-Knecht auf der Wehrmauer stehen und schrien durcheinander, er solle keinen Unsinn machen. Er schien sie aber nicht zu hören, was verständlich war, denn auch bei dem niedrigen Wasserstand rauschte die Gösing ziemlich laut über das Wehr dahin.

Darum hörte er sie auch nicht, als sie den Weg herunterrannten und auf den Felsblöcken zum Ufer kamen. Plötzlich schien er ihr Kommen zumindest geahnt zu haben. Wieder bettelte ihn die Erika an: „Bist narrisch geworden, Franz? Mach keinen Unsinn!"

Er drehte sich nur nach ihr um und schaute weder auf die Reni und die Bäuerin noch auf den Gendarm. „Wieso Unsinn?", fragte er lallend wie ein Betrunkener. Aber plötzlich schrie er ganz nüchtern auf: „Bleib stehen, ich fall auf dich schon längst nicht mehr herein! Einmal hab ich dir geglaubt, und was ist aus mir geworden! Nie wieder, Erika! Komm mir nicht näher! Bevor du mich noch einmal anrühren kannst, spring ich ins Wasser!"

„Geh, gar nicht!" redete sie ihm zu. „Ich will dir doch nichts Böses tun. Geh nur weg vom Wasser, komm her zu mir! Du wirst mir doch vertrauen!"

Das hätte sie nicht sagen sollen. Seine Stimme überschlug sich vor Aufregung, Hass und Leid. „Dir vertrauen? Warum akkurat dir?"

„Du sollst dich gar nicht so aufregen, Franzl!" So hatte sie ihn stets in den Zeiten ihrer Liebe angesprochen. „Alles wird wieder gut. Gib mir deine Hand!"

Er machte einen Schritt rückwärts, von ihr weg. Beinahe wäre er ins tiefere Stauwasser gestürzt. Die Erika stieß einen schrillen Entsetzensschrei aus. „Nicht!" Das brachte ihn einigermaßen zur Besinnung, und als er sich ein bissel beruhigt hatte, versprach sie ihm: „Franzl, ich weiß nicht, was geschehen ist, aber ich werd dir helfen. Das versprech ich dir. Der Hellriegel-Wirt hat schon gesagt, dass du ihm fast keinen Schaden angerichtet hast."

„Der Gendarm", keuchte er atemlos. „Dort wartet schon der Gendarm auf mich, aber ich lass mich nicht mehr in den Kotter sperren! Eher sterb ich!"

Mit wilden Handbewegungen deutete die Erika dem Schindler, dass er sich wenigstens ein paar Schritte zurückziehen sollte. Als ihm das sein Pflichtbewusstsein und sein Berufsstolz nicht erlaubten, hakten sich die Reni und ihre Bäuerin bei ihm unter und zerrten ihn über die Steine ans feste Ufer zurück. Die Erika konnte nachher sagen: „Siehst, Franzl, er geht schon weg. Jetzt komm zu mir! Ich hab dich noch allerweil gern und mag's nicht sehen, wenn es dir so schlecht geht."

Sein Starrsinn löste sich in Tränen auf. „Erika, nur du bist einmal gut zu mir gewesen. Ich hab dich so narrisch lieb gehabt und kann's noch allerweil nicht überwinden! Lüg mir aber nichts vor, du bist doch auch gegen mich und hast mich im Stich gelassen! Alle sind mir feindselig: auf dem Hof, in Windeck auf der Straße, auf der Kegelbahn und im Wirtshaus. Kein Hund nimmt mehr von mir auch nur ein Stückl Brot! Warum, Erika, warum?"

Behutsam ging sie in kleinen Schritten auf ihn zu. „Darüber red ich mit dir", versprach sie.

Aber er bemerkte das, durchschaute sie und war mit einem hastigen Schritt wieder am Rand der Wehrkrone. „Ich weiß gar nicht, warum, ich kann nichts dafür. Aber ich halt das Leben nicht mehr aus, ich muss springen!"

Nur noch zwei Meter wären es von ihr bis zu ihm gewesen, doch all ihr vernünftiges Zureden war gescheitert. In ohnmächtiger Wut schrie sie ihn an: „Du hast eben nie auf mich gehört! Nachher spring halt, du Depp, du depperter! Dir macht es ohnehin nichts aus, dass ich dir nachspringen muss, wenn ich doch überhaupt nicht schwimmen kann! Los, worauf wartest du noch?“

„Du auch?“, stammelte er plötzlich unsicher. „Warum du?“

Ohne dass sie überlegt hätte, brachen die Worte einfach aus ihr: „Weil wir zusammengehören und ich dich erst recht nicht da allein in dem kalten Wasser ersaufen lassen darf! Sterb ich halt mit dir!“

In diesen Augenblicken hatte sie sich so in Wut und Verzweiflung geredet, dass sie an die Wahrheit ihrer Worte glaubte.

Genau das fühlte der Laithofer Franz. Plötzlich warf er sich ihr entgegen, umschlang sie mit beiden Armen und beschwor sie: „Du doch nicht, Erika! Du darfst nicht sterben! Wieder wär's nur meine Schuld!“

Sie redete sich weiter in einen Rausch von Begeisterung. „Wenn du stirbst, möcht auch nicht mehr leben! Wir gehören zusammen und wollen von nun an immer beisammen bleiben!“ Als der Gendarm ohnehin nur hilfreich nach ihm greifen wollte, fuhr sie ihn an: „Hände weg, meinem Franzl helf allerweil noch ich, der braucht sonst niemanden mehr!“

Laut schluchzend ließ er sich willenlos von ihr über die Staumauer ans Ufer führen, aber erst als sie sich später im Gendarmerieauto neben ihn auf die Rückbank setzte und seine Hand hielt, seufzte er selig auf. Wie alles aus und verloren zu sein schien, glaubte er wieder an sein unerwartetes Glück.

Die Bergheim Martha und die Reni gingen langsam

zum Hof zurück, auf dem es von nun an noch einsamer sein würde. Als sie schon durchs Tor gingen, fragte die Dirn: „Wohin bringen sie jetzt den Franz? Wieder in den Kotter oder gar ins Gefängnis?“

„Bestimmt nicht. Der Schindler hat's mir zugeflüstert: Zum Doktor Burger, denn jeder muss doch erkennen, dass der Laithofer krank ist.“

Der Doktor Ernst Burger hätte das ärztliche Geheimnis gern wahren wollen, aber sogar aus seinem Haus führten nicht erkennbare Kanäle, durch die Gerüchte sickerten. Die Sensation raste wie eine Feuersbrunst durch die Straßen von Windeck, vom Kaufmannsladen am Hauptplatz aus bis zu den entlegensten Einschichthöfen. Um Gaffern und zudringlichen Fragern auszuweichen, rührten sich die Bergheim Martha, der Florian und die Reni in den nächsten Tagen keinen Schritt vom Hof weg. Noch schwieriger war es für die Erika. Hätte sie sich in Windeck gezeigt, so wären die Leute wie die Wespen über sie hergefallen und hätten sie nicht nur ausgehorcht, sondern auch schmerzhaft gestochen. Beinahe alle in der kleinen Stadt empörten sich über den Knecht, der die anständigen Menschen seit Monaten in Angst versetzt hatte. Sogar Urlauber waren nach Störungen durch ihn vorzeitig abgereist, was nicht nur für den Hellriegel-Wirt, sondern auch für die Geschäftsleute und die Stadtverwaltung Geldeinbußen verschuldet hatte!

„Mir hätt der Laithofer in die Hände fallen sollen!“, machte sich der Holzinger Lois beim Hellriegel in der Gaststube vor einer Menge Leute stark. „Da müssten wir ihn nicht noch für die nächsten Jahre durchfüttern! So einer gehört weggeputzt wie ein tollwütiges Vieh aus dem Wald!“

Solche Worte konnte der Schindler-Gendarm nicht unwidersprochen lassen, denn er hatte schon erlebt, wie bald gehässiger Tratsch einen verhängnisvollen Flächenbrand auslösen konnte. Darum hielt er dem stadtbekannten Wilddieb vor: „Hast du's vergessen, wie man vor drei Jahren einen Jäger im Perner-Graben erschossen aufgefunden hat?“

Der Holzinger lief im Gesicht grünlich an und verteidigte sich schreiend: „Willst du mir das vielleicht jetzt noch anhängen? Ich bin's nicht gewesen!“

Dem Gendarmen langte somit die Wirkung seiner Worte, darum konnte er schon versöhnlicher weiterreden: „Ich sag's doch nur, damit du dich erinnerst, wie gefährlich so ein Hassgeschrei werden kann! Viel hat damals nicht gefehlt, und ein paar Saubermänner hätten dich mit Prügeln halb totgeschlagen. Nachher wär's für dich auch nicht mehr wichtig gewesen, dass wir Gendarmen den Mörder drei Tage später festgenommen haben.“

In der Gaststube brach lautstarker Wirbel los. Nur noch ein paar von seinen zwielichtigen Freunderln ergriffen die Partei des Holzinger Lois, viele beschimpften den als Wilddieb Bekannten, der sich wieder einmal mit argen Sprüchen hervorgetan hätte. Die meisten Leute waren der Meinung, der kranke Laithofer-Knecht gehörte nicht einfach weggeputzt. Während der nächsten Tage erfuhr man immer mehr über diesen Sittenstrolch und Gewalttäter, doch bald überwog das Mitleid mit ihm beinahe die Feindseligkeit. Als man ihn mit dem Rote-Kreuz-Auto ins Landeskrankenhaus bringen musste, fand sich niemand mehr bereit, gegen ihn Anzeige zu erstatten. Sogar der Holzinger sagte beinahe versöhnlich: „Einen kranken Hund haut man nicht, denn sonst heißt es eines Tages, man hätt ihn erschlagen."

Besonders schwer hatte es in den ersten Tagen die Erika, denn sie getraute sich nur noch bei Dunkelheit nach Windeck ins Doktorhäusel. Weniger gefährlich wurde es für sie, nachdem man den Laithofer in die Landeshauptstadt verlegt hatte. Von nun an konnte sie schon in der Au nahe dem Bergheim-Hof in den Autobus steigen und durch Windeck weiterfahren. Die Martha gab ihr jeden Nachmittag frei, denn der Doktor hatte unmissverständlich gesagt: „Wenn ihr wollt, dass der Laithofer jemals wieder gesund wird, müsste sich die Erika viel um ihn kümmern. Ihre Liebe wär die einzige richtige Medizin für seinen wirren Verstand. Denn nur aus Leid über die Trennung von ihr ist der Franz in den letzten Jahren zum seelisch kranken Säufer geworden. Heilen kann ihn kein Doktor im Narrenhaus, sondern nur viel Liebe."

Die Erika jammerte: „Wie soll ich jeden Tag zu ihm ins Krankenhaus fahren? Meine Bäuerin braucht mich zur Arbeit, und mir fehlt sonst mein Lohn, denn das Geld reicht hinten und vorn nicht."

„Passt schon!" beruhigte sie der Dr. Burger. „Ich fahr wenigstens dreimal die Woche mit dem Auto ins Kankenhaus, da nehm ich dich gern mit. An den anderen Tagen musst du halt den Bus bezahlen. Das wird schon möglich sein, denn ich bin mir sicher, dass dir deine Bäuerin jetzt erst recht nichts vom Lohn abzieht."

Genau so redete ihr am Nachmittag auch die Bergheim Martha tröstend zu. „Was zählt schon das bissel Geld, wenn's davon abhängt, dass der arme Teufel wieder gesund wird? Der Burger hat mit mir gesprochen und mir alles erklärt. Dass der Franz weder bösartig noch gar verbrecherisch ist, haben die Psychiater in der Stadt inzwischen festgestellt. Angefangen hat das ganze Elend damals, wie ihr euch getrennt habt, der Franz und du. Er hat dir nie zeigen wollen, wie arg er sich darüber kränkt, sondern lieber alles in sich hineingeschluckt. Davon ist er so krank geworden. Allen glücklich Verliebten ist er neidig, dann allerweil feindseliger, zuletzt todfeindlich geworden. In seiner Verzweiflung hat er zu viel getrunken und im Rausch nicht mehr gewusst, was er macht: Einfach zugeschlagen! Ist er wieder nüchtern geworden, hat er nicht ermessen können, was er angestellt hat, und so hat ihn sein Hass um den Verstand gebracht."

Das konnte sich die Erika nicht länger anhören. „Man wird ihn zuletzt doch ins Gefängnis stecken, und das wär sein Ende!", klagte sie. „Bäuerin, ich allein bin an seinem Elend schuld, und wenn er sich was antut, mag ich auch nicht mehr weiterleben."

„Das heißt, dir tut der Franz nicht nur leid, sondern du hast ihn noch ein bissel lieb?"

Aus der Erika brach das Geständnis: „Bäuerin, erst jetzt weiß ich, was ich an ihm gehabt hab! Ich versteh gar nicht mehr, dass ich so deppert nach einem Prinzen und dafür zum Franz, diesem guten Menschen, so grauslich gewesen bin! Ja, ich hab ihn lieb, und wenn er noch einmal gesund wird, tu ich alles, damit er auch wieder glücklich wird!"

So genau wusste es auch die Martha nicht, denn als Bäuerin hatte sie darüber nie etwas gelernt, aber nach dem Gefühl urteilte sie: „Verlier nicht den Mut, Erika! Wenn ihm jemand helfen kann, nachher bist du es. Aus enttäuschter Liebe zu dir ist er krank geworden. Wenn du ihn überzeugen kannst, dass es nicht nur Mitleid ist, sondern dass du ihn ehrlich lieb hast, wird er eines Tages wieder ganz gesund sein!"

Mit einem erleichterten Aufschluchzen warf sich die Erika der Martha an den Hals und stammelte: „Danke, dank dir, Bäuerin, du hast mir so geholfen!"

Die Bergheim bremste sie ein: „Vielleicht hab ich dir einen guten Rat geben können, ausführen musst ihn du allein!"

Wieder schien dem Glück ein Heimweg auf den Hof geöffnet zu sein. Das Leben schaute zumindest nicht mehr so hoffnungslos grau aus, aber der Alltag wurde den Menschen deswegen kaum leichter. Die Erika stand meistens lang vor Tagesanbruch auf und arbeitete bis Mittag durch. Oft nahm sie sich fürs Essen keine Zeit, denn um nichts in der Welt wollte sie den Autobus versäumen. Der Doktor fuhr am frühen Nachmittag ins Krankenhaus. Auch wenn es die Erika nicht dulden wollte, holte er sie dann vom Bergheim-Hof ab und verbat sich zu viel Dank. „Für mich kein Umweg", schwindelte er, „wenn ich doch in der Nähe Visiten machen muss. Red nicht so lang herum, sondern steig ein, wir dürfen den Laithofer nicht länger als nötig warten lassen, denn sonst wird er uns vor lauter Sehnsucht nach dir noch deppert!"

Arbeit, die früher sieben Leute gerade geschafft hatten, ohne sich bucklert arbeiten zu müssen, hatte sich nach dem Fortgehen der beiden Bauerntöchter auf fünf verteilt. Jetzt lag der Knecht im Krankenhaus, die Erika verbrachte beinahe die halbe Zeit bei ihm, also blieben für die Arbeit auf dem Hof nur noch drei Personen: die Bäuerin, ihr Sohn Florian und die junge Magd Reni.

Immer wenn die Martha nach Windeck fuhr, telefonierte sie von der Post aus nach Langen in die Werkstätte Schwarz. Meistens kam der Jürgen so schnell an den Apparat, dass man meinen konnte, er hätte schon auf Entfernung gefühlt, dass nun sie anrufen würde.

„Sag mir doch ein bissel was Liebes!“ bat er, doch das ergab für sie gewisse Schwierigkeiten, denn die Schmiedl Käthe hinter ihrem Schalter hatte bessere Ohren als jeder Luchs.

„Ja“, antwortete die Martha und hoffte so sehr, der Jürgen sollte verstehen, was sie damit meinte.

„Ich hab schreckliche Sehnsucht nach dir! Wann kommst du wieder zu mir nach Langen? Einfacher wär es, ich käm mit dem Auto auf den Hof und hol dich. Allerdings weiß ich nicht, wann mir das möglich sein wird. In der Erntezeit kann die Arbeit den Bauern nicht schnell genug weitergehen. Früher haben sie auf Ochsen und Pferde eingedroschen, jetzt sind sie modern und hetzen ihre Maschinen zu Tode. Ein glücklicher Zufall, dass du mich überhaupt noch erreicht hast. Die nächsten fünf Tage muss ich auf dem Steingruber-Gut arbeiten und komme nicht einmal über Nacht heim. Aber der Sonntag ... besser der übernächste Sonntag gehört uns. Ja?“

„Bis dahin werd ich vor Sehnsucht nach dir sterben“, drohte die Martha, doch in ihrer Stimme klang auch ein bissel Erleichterung mit. Ein großer Hof mit Viehbestand erforderte in der Woche sieben Arbeitstage. Und als sich jetzt auch noch die Postlerin unverhohlen neugierig durch ihr Schalterfenster herausbeugte, sagte die Martha schnell: „Ich ruf dich wieder einmal an!“

Noch ein hastiges Grußwort, dann legte der Jürgen schon den Hörer auf. Der Martha war es gewesen, als hätte sie neben ihm auch eine leise Frauenstimme gehört. Den kleinen Stich Eifersucht unterdrückte sie schnell und sagte sich in Gedanken vor: „Liebe Martha, sei nicht unvernünftiger als ein junges Dirndl! Eine Frau von fünfundvierzig Jahren müsste schon seelisch reifer sein!“ Allerdings ließ sie ausgerechnet dieser Einwand daran denken: „Und der Jürgen, der Mann, den du an dich binden willst, ist um eine ganze Weile jünger als du!“

„Ich hab nicht gehorcht und spioniert, aber ist es meine Schuld, wenn ich gute Ohren hab?“, verteidigte sich das Postfräulein Käthe Schmiedl gegen den Verdacht, an jedem Schlüsselloch zu lauschen und es mit der Wahrung des Amtsgeheimnisses nicht so genau zu nehmen. „Soll sich doch unser Postmeister die seinen besser auswaschen, nachher wird er auch mehr hören!“

Bestimmt hätte sie kein Wort davon weitergesagt, aber die alte Winkelhofer-Tant spöttelte: „Spiel dich vor mir nicht gar so groß auf, nur weil ich mit fünfundsiebzig schon schlechter hör als du. Nix hättest du verstehen können, außer du hast auf dem Dienstapparat mitgehört.“

Diese ungeheuerliche Anschuldigung nahm der Käthe für ein paar Sekunden allen fürs Reden notwendigen Atem, worauf ihr die Alte noch beim Schalter hineinzischelte: „Vor lauter Markenabschlecken in deinem Glaskäfig versäumst du das wirklich Interessante. Ich weiß, zum Beispiel, dass der ehrenwerte Herr Jürgen Schwarz mit der Steingruber Monika eine Liebschaft hat! Mit der Gutsherrin, und die ist allerweil noch mehr als die Witwe nach einem Bauern! Hast mich?"

„Geh weiter! Wie hast denn du das ausspioniert?"

„Ausspioniert?", kreischte die Winkelhoferin empört auf. „Hab ich das nötig? Ich seh von meinem Ziegenstall grad zum ‚Fichtel-Wirt' in den Gastgarten hinunter. Weißt eh: Waldschenke, wo die Verliebten essen, trinken und manchmal auch schlafen. Mit meinen altersschwachen Augen hab ich den Schwarz Jürgen auf den ersten Blick beinahe nicht erkannt, aber die Dame hat in der vorigen Woche schon dreimal mit ihm gegessen und getrunken. Das hat mir gelangt."

„Und?", wollte die Postlerin unbedingt noch weiter erfahren.

„Und … sonst hab ich nichts mehr sehen können, denn die feinen Leut gehen weder ins Heu noch legen sie sich gleich auf die Wiese. Aber vielleicht kannst du dir ein bissel was denken. Oder?" Die alte Winkelhoferin war schon an der Tür, kicherte boshaft und bat: „Gelt, Käthe, ich hab's dir aber nur aus Freundschaft gesagt. Dass du's halt nicht weiterredest. Die Bergheim-Bäuerin hat zwar den armen Laithofer ins Narrenhaus bringen lassen, aber deswegen verdient sie's noch lang nicht, dass ihr der Jürgen danebenhupft!"

„Verlass dich auf mich", gelobte ihr die Käthe. „Oder schaust du mich für eine Ratschen an?"

Eine Stunde später erfuhr die Martha Bergheim auf nicht sofort erkennbaren Wegen vom schändlichen Verrat des Jürgen Schwarz.

„Nur einen Teller warme Suppe", bettelte die Höller-Mahm und würgte sich ein paar Tränen in die Augen.

Mehr oder weniger versteckte Anfeindungen während der letzten Tage hatten die Bergheim Martha hellhörig und misstrauischer gemacht. Ein Blick auf die armselige Gestalt des kleinen, vorgekrümmten Weiberls, das vor siebzig Jahren angeblich eine aufblühende Schönheit gewesen war, rührte sie, aber sie bezweifelte es doch: „Für einen Teller Suppe bist du den weiten Weg von Windeck her gegangen? Um was kommst du wirklich zu mir heraus?"

Flüchtig blitzte in den kleinen schwarzen Knopfaugen der Ärger auf, dann jammerte sie los: „Bevor wir Leut ins Armenhaus unsere Suppe kriegen, schütten sie noch einmal so viel Wasser in den Häfen. Wo sich's für ihn nicht mehr lohnt, ist der Bürgermeister recht geizig! Aber von dir wissen es viele in Windeck, dass du ein goldenes Herz für jeden hast, der deine Hilfe braucht."

Zwar taugte der Martha das Süßeln der Rosl Höller nicht, aber sie hätte die alte Frau ohnehin nicht von ihrer Tür gewiesen. „Setz dich halt in die Küche. Kannst du ein Surfleisch auch noch beißen?"

„Eh klar!", jubelte die Rosl auf. „Erst voriges Jahr hat mir der Hochwürden aus der Armenhilfe vom

Klingelbeutel neue Zähn gekauft. Mit denen könnt ich sogar Knochen durchbeißen!“

Für einen Teller Suppe, Surfleisch mit Rüben und Kartoffeln betete sie nachher die ganze Litanei von neuestem Tratsch herunter. „Die Frau vom Kandl-Bäcker hat gestern Zwillinge gekriegt und dem armen Fritz geschworen, dass wenigstens einer von ihm ist. Ja, Bergheim-Bäuerin, ihr wisst da heraußen gar nicht, wie schlecht die Menschen in der Stadt sind. Sogar im Armenhaus stiehlt uns mancher noch das letzte Stückl Brot vom Teller! Aber die Reichen sind kaum besser. Ist der alte Egon Steingruber nicht auf dem Gut, nachher holt sich seine Monika einen jungen Hengst. Man muss aber auch Verständnis für sie haben, denn sie ist erst fünfunddreißig. Eh klar, dass ihr ein Junger besser taugt. Aber eines Tages wird der Gutsherr auch noch dahinterkommen, warum der Mechaniker seine Traktoren allerweil über Nacht repariert!“

Für ein paar Augenblicke musste die Martha um Luft ringen, dann konnte sie einen Lacher herauswürgen. Auch wenn sie es sich nicht anmerken lassen wollte, hörte man Angst und Wut aus ihrer Stimme, als sie der Höller Rosl vorwarf: „Ihr Alten habt auch nichts anderes mehr zu tun, als jedem was Schlechtes nachzusagen.“ Noch immer war sie dann gescheit und vorsichtig genug, ihr diplomatisch nur vorzuhalten: „Wer könnte schon über die Monika Steingruber so eine Schlechtigkeit erfinden?“

„Erfinden?“, begehrte die Rosl auf. „Schon genug viele Leut haben sie im Gastgarten vom ‚Fichtel-Wirt‘ sitzen gesehen. Erst essen, dann trinken, zuletzt …

Aber nachher haben sie sich von niemandem mehr zuschauen lassen.“

In genau diesem Wortlaut war der Tratsch von der Winkelhofer-Tant zur Postbeamtin Käthe Schmiedl gekommen. Die konnte nicht vergessen, dass die Martha Bergheim vor ihr gar so kränkend geheimnisvoll telefoniert hatte, und ihre Rache kostete sie nur Kleingeld aus der Portokasse, denn schon dafür machte die Rosl Höller aus dem Armenhäusl an der Bergheim Martha den Judas.

Tagsüber beherrschte sich die Martha Bergheim so gut, dass man ihr die Verzweiflung wenigstens nicht mit Sicherheit von den Augen ablesen konnte. In den zwei folgenden Nächten fand sie erst Ruhe, nachdem sie sich in den Schlaf geweint hatte. Dem Florian konnte sie sich nicht anvertrauen, denn er schaffte auf dem Hof die meiste Arbeit und verschwand gleich nach Feierabend entweder in seine Kammer oder suchte noch in der Natur Erholung vom schweren Tagwerk. Die Reni hätte den Jahren nach ihre Tochter sein können. Das blutjunge Dirndl wollte sie, die lebenserfahrene Bäuerin, nicht um Rat für ihre Liebesprobleme fragen. Die Erika war von aller Herrgottsfrüh an bei der Arbeit und von den Krankenbesuchen beim Laithofer auch seelisch schwer belastet. In dieser Zeit fand die Martha Bergheim somit niemanden, der ihr hätte beistehen können. Darum hielt sie schon am dritten Tage nicht länger durch.

„Ich hab einen dringenden Behördenweg. Sag das dem Florian!“, trug sie der Reni auf und ging schnell davon, damit sie nicht auch noch ihrem Sohn etwas vorlügen musste. Sie erreichte gerade noch den Autobus.

Der Fahrer schnalzte bei ihrem Anblick anerkennend mit der Zunge und seufzte: „So gut wie der Laithofer möcht ich es einmal im Leben haben. Legt sich der faule Knecht einfach ins Krankenhaus und lasst sich von den schönsten Frauenzimmern verwöhnen!“

„Einmal nach Windeck und zurück“, verlangte die Martha humorlos.

„Jetzt kenn ich mich überhaupt nicht mehr aus“, jammerte der Fahrer zum Spaß, aber die Bergheim-Bäuerin war nicht in der Laune, ihn über die Wahrheit aufzuklären.

Auf dem Weg zum Postamt war sie schon nicht mehr zu allem entschlossen, sondern wartete vor der Tür, bis sich ihr wilder Herzschlag einigermaßen beruhigte. In der qualvoll schlaflosen Nacht hatte sie den unwiderruflichen Entschluss gefasst, alles abzubrechen, was sie bisher für ihr Glück gehalten hatte. Bis ihre Welt zusammengestürzt war, schöpfte sie aus ihrer Liebe zum Jürgen genug Kraft, all die Enttäuschungen und Schicksalsschläge zu ertragen. Nun stellte sich auch diese Liebe als innerlich leer heraus, war zusammengebrochen, und die Martha Bergheim wollte nur noch eines: die Scherben ihres Glücks für immer beseitigen. Der Bürgermeister Hofner würde sagen: Altes, unnützes Gerümpel entsorgen, bevor man sich daran wehtut.

„Bürgermeister!“, sagte sie fassungslos, denn plötzlich stand er vor ihr wie von ihren Gedanken gerufen und vom Schicksal hingestellt.

„Grüß dich, Martha! Wie geht's dir, wie dem Florian und dem Laithofer? Nicht bös sein, ich hab keine Minute Zeit, denn ich muss zu einer Bauverhandlung aufs Steingruber-Gut. Die errichten eine neue großartige Maschinenhalle.“

„Tag und Nacht arbeiten sie daran!“, ergänzte die Martha bitter. Und dann rief sie dem Hofner nach: „Herr Bürgermeister, tust du mir einen Gefallen? Wenn du auf dem Gut den Jürgen Schwarz siehst, so richt ihm von mir aus: Er sollt auf keinen Fall mehr auf den Bergheim-Hof kommen. Dort gibt es keine Traktoren, die man bei der Nacht richten müsste! Bitte, Herr Hofner!“

Eigentlich konnte er mit diesen Worten nichts anfangen, aber ein verzweifelter Blick aus den Augen der Martha ließ ihn sagen: „Ich werd's ihm ausrichten. Verlass dich auf mich. Bestimmt treff ich den Jürgen, denn der ist schon die ganze vergangene Woche bei der Steingruber Monika auf dem Gut.“

„Besser könnt's nicht kommen!“, rief sie ihm noch fröhlich nach, dann erstickte ihr die Stimme.

Hochwürden Josef Breit kam gerade vorüber und fragte teilnahmsvoll: „Martha Bergheim, ist was geschehen? Hat dich jemand gekränkt?“

Sie schreckte zusammen und versicherte viel zu schnell: „Nichts ist geschehen. Wer sollt denn akkurat mich jemals kränken? Vielleicht wein ich aus lauter Freude.“

Der Pfarrer merkte zwar, dass sie ihm nicht die Wahrheit sagte, aber er nahm sich nicht das Recht heraus, sie peinlich zu befragen. Als er weiterging, sagte er sich mit einem Seufzer der Erleichterung: „Vielleicht ist es doch zu etwas gut, dass ich niemals heiraten darf.“

Die Reni kam in den Kuhstall gelaufen. Wenn sie sich besonders beeilte und aufgeregt war, merkte man ihr Hinken recht deutlich. „Bäuerin!“ rief sie schon von der Tür aus. „Da kommt eine Frau zum Hof. Ich kenn sie zwar nicht, aber wie sie herrisch daherstapft, sagt mir ein Gefühl: Die bringt uns nichts Gutes!“

Sofort dachte die Martha an die Herrin vom Gut. Erst wurde sie vor Aufregung leichenblass, dann schoss ihr das Blut in die Wangen, aber sie war entschlossen, mit der Monika Steingruber nicht um den Jürgen zu feilschen. Wenn er sich für die andere entschlossen hatte, sollte es dabei bleiben. Eine Bergheim-Bäuerin hatte auch ihren Stolz!

Vom schnellen Gehen und der Aufregung war die Fremde kurzatmig geworden und konnte nur sagen: „Tut mir Leid, Martha, dass ich dich so überfalle, aber es ist wahrscheinlich besser, wir lassen die Missverständnisse zwischen uns nicht alt werden.“

„Grüß dich, Frau Schwarz“, sagte die Bergheim, und auch sie brachte vor Befangenheit kaum ein ruhiges Wort über die Lippen. „Der Weg zum Hof ist halt ein bissel beschwerlich.“

Während ihr die Gretel Schwarz die Hand reichte, gestand sie sogar lächelnd: „Zweimal so beschwerlich, wenn man sich in der Gegend nicht auskennt und schon in Windeck aus dem Bus steigt. Aber der Uferweg entlang der Gösing ist schön. Ich hab auch die Votivtafel am Felsen gesehen. Martin Bergheim, ist das ein Verwandter von dir?“

„Mein Mann selig“, erklärte die Martha ehrlich stolz. Auch wenn sie noch immer nicht wusste, mit welcher Absicht die Gretel Schwarz zu ihr gekommen war, bat sie: „Gehen wir ins Haus. Du sollst bei mir nicht vor der Tür stehen müssen."

Sie saßen in der Stube unter dem Herrgottswinkel einander gegenüber. Der große Tisch aus Eichenholz trennte sie. Die Schwarz-Mutter hatte nur um ein Glas Wasser gebeten, nahm einen Schluck daraus, dann sagte sie plötzlich eher unfreundlich: „Mir scheint, auf diesem Hof legen's alle darauf an, ihr Glück zu zerstören: erst die Erika mit ihrer Spinnerei von einem Prinzen, dann deine Töchter. Und dein Sohn wird ewig auf der Suche nach einer Frau sein, die so unfehlbar prächtig ist wie du. Aber jetzt hat auch noch dich der ekelhafteste Tratsch verrückt gemacht!"

Die Martha meinte, es wäre an der Zeit, sich und ihre Lieben zu verteidigen. „Tut mir Leid, Frau Schwarz, wenn du den beschwerlichen Weg von Windeck zu mir vergeblich gemacht hast. Über Abwesende, die sich nicht verteidigen können, red ich nicht."

„Lobenswert, Bergheim-Bäuerin, sehr gescheit!", übertrieb jetzt die Schwarz-Mutter geradezu spöttisch. „Doch alles Schlechte über meinen Sohn hast du dir nicht nur angehört, sondern glaubst es sogar. Da gibt's für mich nur eine Erklärung."

„Jetzt ist alles aus!", dachte die Martha verzweifelt, vergaß, wie stark sie sein wollte, und hätte beinahe losgeweint.

Die Gretel Schwarz fuhr schon fort: „Du hast für meinen Jürgen so viel Gefühl, dass dein Verstand ausgesetzt hat. Eigentlich hätte eine so gescheite Frau wie du nie glauben dürfen, was die Ratschen zusammenlügen. Nur darum bin ich zu dir gekommen: Mit Gefühl und Verstand wirst du mir noch allerweil mehr glauben als gewissen Leuten, die keine größere Freude kennen, als Glücklichere unglücklich zu machen. Damit du aber ganz sicher sein kannst, verrat ich dir noch etwas: Ich hab die Rosl Höller im Armenhäusl freundlich gefragt, wie viel sie für den Weg auf den Bergheim-Hof bekommen hat. Weniger als der Pfarrer am Sonntag in den Klingelbeutel kriegt! Für einen Zehner mehr hat sie mir sogar gesagt, wer sie zu dir geschickt hat."

„Wer?", fuhr die Martha zornig und beinahe schon wieder glücklich zugleich auf.

Jetzt enttäuschte sie die Schwarz Gretel. „Genau das werd ich dir nicht sagen, denn sonst geht die Feindschaft weiter. Einmal muss jemand die unselige Kette von Tratsch und Verleumdungen unterbrechen, und das bin halt diesmal ich. Vielleicht ist es auch dir viel wichtiger, wenn ich dir erzähl, wie tüchtig der Jürgen auf dem Gut arbeitet. Tag und Nacht, aber wer sich darüber etwas Schlechtes zusammendenkt, ist selbst schlecht. Wenn der Jürgen sein Geld auf die Bank bringt, sagt er jedesmal zu mir: Für mein Leben mit der Martha. Ich weiß, dass sie nicht anspruchsvoll ist, aber ich möcht sie verwöhnen können, meine ..."

Weiter konnte sie nicht reden, denn da fiel ihr die Martha um den Hals und würgte sie vor lauter Glück beinahe ab. „Dank dir für alles!", jubelte sie und fügte zum ersten Mal hinzu: „Danke, Schwarz-Mutter."

Die stille Adventzeit war auf dem Hof in der Au vom ersten bis zum letzten Tag mit lärmender Aufregung erfüllt. Es begann damit, dass am 5. Dezember, bald nach Einbruch der Dunkelheit, die Reni ein Schreckensgeschrei ausstieß, wie wenn der leibhaftige Teufel vor ihr gestanden wäre. „Bäuerin, er ist da!"

Die Bergheim meinte, nichts könnte sie mehr aus der Fassung bringen und machte die Haustür auf. Er stand armselig vor ihr. Von der nächtlichen Kälte schlugen ihm die Zähne aufeinander, weshalb er nur kaum verständlich hervorwürgte: „Ich hätt ohnehin gleich wieder gehen wollen."

Sogar die Martha musste erst einmal tief durchatmen, bis sie sagen konnte: „Wieder gehen? Warum, wenn du doch zu uns auf den Hof gehörst? Komm erst einmal ins Haus, und wie's nachher weitergehen wird, entscheiden du und ich miteinander."

Der Laithofer Franz wischte sich schnell die Tränen von den Wangen, denn bei der nächtlichen Winterkälte konnte darunter die Haut leicht frieren. Er nahm die Hand, die ihm die Martha entgegenhielt, und drückte ein Bussel drauf. „Du bist halt so viel gut, Frau Bergheim!", stammelte er. „Vergelt's dir Gott."

Er spielte ihr nichts vor, sondern seine Ergriffenheit war echt, und so hatte er schon gewonnen. Jetzt erst tauchte aus der Dunkelheit die Erika auf, denn sie hatte noch lang nicht mit Sicherheit daran geglaubt, dass der Franz, nach allem, was geschehen war, auf den Hof heimkehren dürfe. Hätte er den ersten Schritt nicht gewagt, so wäre sie mit ihm fortgegangen, ganz gleich, wohin. Vor Erleichterung laut weinend umarmte sie ihre Bäuerin immer wieder, bis der Florian zu ihnen kam, sie beide ins Haus zog und grollte: „Das taugt mir: Da stehen die zwei Frauen trenzend in der Kälte, und in der Küche heult der Laithofer wie ein Kettenhund!"

Die Reni stellte vor den Knecht eine Schüssel mit dampfender Suppe, nachher brachte ihm die Erika einen Teller mit Fleisch und Gemüse. Er konnte nur immer wieder sagen: „Ich hab gar nicht gewusst, dass für mich heute schon Weihnachten ist."

Auch die Martha wollte ihm zum neuerlichen Einstand noch eine Freude bereiten. „Willst du dazu eine Halbe Bier? Oder fürs Verdauen ein Schnapserl?"

Er starrte sie so entsetzt an, als hätte sie ihm etwas Böses antun wollen, und hob beschwörend die Hände: „Nein, Bäuerin, mein Lebtag keinen Tropfen Alkohol mehr. Ich möcht nicht wieder ..."

„Meine Schuld!", beruhigte sie ihn schnell. „Passt schon, so ist es besser und wird für allerweil gut bleiben. Franz, wir freuen uns, dass du heimgekommen bist!"

Wie ein Kind unter dem Christbaum schaute er immer wieder glücklich von einem zum anderen, wollte etwas fragen und traute sich doch nicht. Die Reni und der Florian machten in den Stallungen noch die letzten Arbeiten für die Nacht, die Erika war auch aus der Küche gegangen. Jetzt nahm der Laithofer Franz allen Mut zusammen und fragte leise: „Bäuerin, darf ich wirklich bei dir auf dem Hof bleiben? Nicht nur heut, sondern auch morgen, wenn ich mich gut aufführ, sogar für immer?"

Mit einem Ja hätte sie ihn beruhigen können, doch sie wollte bei der Wahrheit bleiben. Darum sagte sie: „Wenn's nach mir geht, allerweil. Das kann ich aber nicht entscheiden, denn ich werd nicht mehr lang hier die Bäuerin sein, sondern den Jürgen Schwarz heiraten."

„Den Jürgen“, wiederholte der Franz und schaute so erschrocken in alle Ecken, als fürchtete er, der könnte schon irgendwo im Raum sein. Es war beängstigend anzusehen, dass sein Gesicht plötzlich so aschfahl wurde wie das eines Toten. Als hätte er das nicht schon längst dem Doktor Burger, dem Bürgermeister Hofner und dem Schindler-Gendarm gestanden, leierte er auch noch vor der Bäuerin wie ein Angeklagter vor dem Richter herunter: „Ich hab dem Jürgen Schwarz aufgelauert und ihn von hinten mit einem Prügel über den Kopf geschlagen. Dann hab ich ihm den Ring vom Finger gezogen.“

„Warum?“, unterbrach ihn die Martha. „Geld und Uhr hast du ihm gelassen, warum nicht auch den Ring?“

Der Laithofer steigerte sich so sehr in Aufregung, dass es der Martha schon Leid tat, ihn überhaupt danach gefragt zu haben. Er ließ sich nicht mehr aufhalten und gestand ihr, was er bisher noch keinem anderen Menschen anvertraut hatte: „Es hat mir halt wehgetan, dass der einen Ring von dir getragen hat. Ich hab gemeint, er wär nicht der richtige Mann für dich!“

Mit der Zeit durchschaute die Martha, warum alles so und nicht anders hergegangen war. Sie stellte noch eine sehr gefährliche Frage: „Zuletzt hast du eines Tages den Ring in Florians Janker versteckt?“

In seine Augen trat ein wirres, beinahe gefährliches Funkeln. „Gut, dass du mich das noch fragst, Bäuerin. Wenn ich dir darauf die Antwort geb, wirst du mich vielleicht doch hinausschmeißen. Lasst du mich aber trotzdem hier, so muss ich nicht mehr Tag und Nacht zittern, du würdest mir auf meine Hinterhältigkeit kommen. Bäuerin, ich hab nicht mehr klar denken können, heute weiß ich, dass ich schuftig gewesen bin. In meiner Verrücktheit hab ich mir eingebildet, auch der Florian könnt hinter dir her sein, und der wär noch viel weniger der richtige Mann für dich gewesen. Alsdann hab ich den Ring in seinen Janker geschoben, nicht versteckt, sondern ich hab wollen, dass ihr ihn findet. Der Florian wär als der hinterhältige Lump für dich erledigt gewesen, und niemand hätt mich verdächtigt. Das ist die ganze Wahrheit, ich schwör's dir. Jetzt schmeiß mich hinaus, und ich werd mich kein einziges Mal umdrehen, denn ich hab's verdient, dass ihr alle mich zum Teufel jagt."

Eigentlich wollte ihm die Martha aus Mitleid ein paar beruhigende Worte sagen, aber sie brachte keines über die Lippen. Erst als er schon aufstand und zur Tür ging, war sie mit einem schnellen Schritt bei ihm. „Da bleibst!" herrschte sie ihn an. Milder sagte sie: „Ich werd bald den Jürgen heiraten und zu ihm ziehen. Nachher ist hier der Florian der Bauer. Er muss entscheiden, ob er dich künftig auf seinem Hof behalten will." Zuletzt beruhigte sie ihn: „Aber ich bin beinahe überzeugt, er jagt dich nicht fort. Schon allein der Erika wegen nicht, denn die würde mit dir gehen und hier das Zuhause verlieren. Also verdankst du alles ihr, und ich warne dich: Franz Laithofer, sei allerweil gut zu ihr und spiel nie wieder den Narren! Du würdest damit alles verspielen! Sie verdient deine Liebe, verdien du auch die ihre!"

In dem Augenblick kam die Erika in die Küche. Auf den ersten Blick erkannte sie, dass es zwischen ihrer Bäuerin und dem Franz ziemlich hart hergegangen sein mochte. Er triumphierte aber gleich: „Erika, ich darf auf dem Hof bleiben. Für immer!“ Schon ein bissel weniger sicher fragte er: „Krieg ich noch meine alte Kammer?“

„Die ist nicht mehr frei“, schockte sie ihn, dann bestimmte sie: „Ich hab in einer anderen aufgebettet. Für uns zwei. Warum nicht? Wenn wir doch vor ein paar Jahren beinahe schon wie ein Ehepaar gehaust haben!“

Das Wechselbad von kalt auf heiß, zwischen Verzweiflung und Hoffnung, setzte ihm arg zu, aber zuletzt jubelte er doch auf: „Erika, du bist dic Beste. Nach unserer Bäuerin, versteht sich!“

Somit waren auf dem Bergheim-Hof beinahe alle düsteren Geheimnisse aufgeklärt, aber noch lang nicht alle Hindernisse für eine Hochzeit Marthas mit dem Jürgen beseitigt. Da türmten sich recht mächtige Brocken vor ihrem Weg auf, und manchmal fürchtete sie noch immer, sie müsse auf ihre große Liebe verzichten, denn niemals hätte sie ihr Glück mit dem Leid eines ihrer Lieben erkaufen wollen.

Was so bald niemand erwartet hätte: Plötzlich konnte man meinen, unter den Menschen auf dem Bergheim-Hof sei das Heiratsfieber ausgebrochen.

An diesem Sonntag im Frühling hatte es der Florian so eingerichtet, dass er mit der Mutter in der Stube allein beim Frühstück saß. Das war ungewöhnlich, doch sie gab es auf, bei allem nach einem Grund und Zweck zu forschen. Er hingegen betrachtete sie recht wohlgefällig und stellte fest: „Mutter, du hast dich heut für den Kirchgang besonders hübsch gewandet.“

„Nicht nur für den Kirchgang“, verbesserte sie ihn mit einem glücklichen Lächeln auf den Lippen.

Ohne eine Spur von Bitterkeit gestand er ihr zu: „Ich kann's mir denken, dass du dich auch nicht nur für uns so schön gemacht hast. Aber der Jürgen Schwarz wird dich heute nicht von Windeck abholen. Das hab ich umgeändert.“

Sie packte es nicht. „Wie kommst du dazu? Ich verbiete dir ...“

„Erst abwarten und mich anhören“, bat er sich aus. „Als künftiger Bauer vom Bergheim-Hof hab ich für heute einen großen Familienrat angesetzt. Alle werden kommen, die zu uns gehören.“

„Alle?“ Die Martha traute ihren Ohren nicht.

Lächelnd fuhr er fort: „Darum, hab ich mir gedacht, sollte auch der Jürgen auf dem Hof sein. Meinst du nicht, Mutter?“

Hundert Überlegungen wirbelten in ihrem Kopf durcheinander, aber keine konnte sie zu Ende denken, denn vorher kam schon ein Auto durchs Hoftor gefahren. „Der Jürgen!“

Sie wollte ihm wenigstens bis zur Haustür entgegengehen, doch der Florian hielt sie an der Hand zurück. „Wart noch ein bissel zu, der findet heute auch allein den Weg in die Stube.“

„Was wird da gespielt?“, lehnte sie sich noch einmal argwöhnisch auf, doch schon hörte sie aus dem Vorhaus undeutlich Stimmen. „Die Burga?“

Jetzt war sie nicht mehr zu halten, riss sich vom Florian los und war an der Tür.

„Mutter?“ bat ihre Tochter, aber das war nicht die Burga.

„Kindl!“ Im nächsten Augenblick lagen sie einander in den Armen und waren so glücklich, dass sie ganz vergaßen, was ihnen dieser Tag noch an Aufregungen und Enttäuschungen bringen könnte. Tränen, Verzweiflung, den Abschied für immer? „Schön, dass du zu mir kommst!“

„Muss ich, wenn ich doch allerweil noch zur Familie gehör“, flüsterte die Christina. Stimme hatte sie keine mehr, die würgte ihr die Aufregung ab.

Gerade noch rechtzeitig schob die Burga ihre Schwester zur Seite, busselte die Mutter herzhaft ab und scherzte: „Wenn der Bergheim-Bauer einen Familienrat zusammentrommelt, darf sich niemand ausschließen. Immerhin hat er großspurig versprochen oder angedroht, heute würden Entscheidungen für die nächsten hundert Jahre gefällt. Nach dieser Ankündigung hab ich schon gemeint, sie hätten ihn zum Bürgermeister von Windeck gewählt, aber inzwischen bin ich dahintergekommen: Er nimmt nur wieder einmal den Mund zu voll!“

Der Florian blieb friedlich, umarmte seine beiden Schwestern und beobachtete aus den Augenwinkeln, wie gehemmt der Jürgen Schwarz die Martha Bergheim auf dem Hof und im Kreis ihrer Lieben auf die Wangen busselte.

Sie setzten sich in die große Stube. Damit sie sich leichter reden sollten, brachte ihnen die Erika zum Frühschoppen Bier, Rotwein und von ihr eingekochten Birnensaft. Dazu gab es kleine Appetitbissen mit Käse, Wurst und Speck, aber einstweilen griff niemand so richtig zu, denn in der Luft lag schon wieder Angst vor dem Ungewissen.

„Alsdann werde halt ich den Anfang machen, denn ich hab diesen ungewöhnlichen Familienrat einberufen." Der Florian gab sich stark und zuversichtlich, doch in seiner Stimme zitterte Unsicherheit mit. „Ihr kennt alle das Bauerngesetz, nach dem der Sohn vom Vater den Hof übernehmen soll. Bisher ist eine ganze Menge geschehen, das mich immer wieder davon abgehalten hat, dieses Recht mit allen seinen Verpflichtungen zu übernehmen. Mein Haupthindernis hat darin bestanden, dass ich lang genug nach der tüchtigsten und liebsten Bäuerin gesucht hab. Die ist für mich allerweil noch unsere Mutter gewesen und wird das immer bleiben. Alsdann hab ich die zweitbeste gesucht und gefunden." So laut, dass man ihn im ganzen Haus hören konnte, rief er: „Komm halt herein, künftige Bergheim-Bäuerin!"

Die Tür ging so bald auf, wie wenn man dahinter schon auf ein Stichwort gewartet hätte. Für einige war es noch eine Überraschung, aber die Martha stand auf, ging ihr entgegen und umarmte sie. „Ich hab's nicht schon allerweil erkannt, aber inzwischen ist es mir klar geworden: Reni, du bist die beste Frau für meinen … für deinen Florian und künftig die tüchtigste Bäuerin!"

Sie busselten einander glücklich und ohne Neid ab, bis der Florian protestierte: „Reni, gib jetzt lieber mir ein Bussel, denn euer zweifaches Tränenkrügerl langt mir schon!"

Immerhin holte er sich auch noch von seiner Mutter ein Bussel, und damit wäre das erste Problem gelöst gewesen. Wie es der Reihe nach weitergehen sollte, bestimmte der Zufall, denn wieder fuhr ein Auto durchs

Hoftor, der Wagen vom Gasthof „Zur goldenen Krone“. Die Burga kriegte brennheiße Wangen und wäre am liebsten aus der Versammlung davongelaufen, aber sie war ohnehin noch nicht an der Reihe. Mit dem Hans Hellriegel stieg nämlich noch ein Mann aus, groß und schneidig wie Siegfried, der heldenhafte Drachentöter. Er schaute selbstbewusst lächelnd zum Fenster her und entdeckte doch nicht die Christina, denn die hatte sich hinter dem Vorhangl versteckt. Sie wusste, dass nun die Reihe gleich an sie kommen würde.

Der Hans Hellriegel trat mit ihm in die Stube, grüßte der Reihe nach alle, und der noch immer vor Glück strahlenden Reni lächelte er verständnisinnig zu. Dann aber sagte er: „Wenn's schon die Christina nicht tut, muss ich ihn euch vorstellen: meinen lieben Freund, den Hannes Rieder, Großbauer aus Wolfstein und fanatischen Ehefeind. Wie er sich sein Leben mit der Christina weiterhin vorstellt, soll er unserer Bergheim-Mutter selbst gestehen, da verbrenn ich mir nicht einmal für einen Freund den Mund.“

In der Stube war es totenstill geworden, man hörte nur ab und zu eines der Dirndln aufgeregt schnaufen. Der Martha fiel es wie Schuppen von den Augen, und sie erkannte, warum es ihre Christina nie gewagt hatte, sie mit dem Hannes, dem Ehemuffel, zusammenzubringen. Der holte tief Atem und ging auf die Bäuerin zu. Plötzlich wirkte er gar nicht mehr so kühn und stark. „Frau Bergheim“, würgte er recht mühselig heraus. „Ich bitte dich … ich bitte dich um die Hand deiner Tochter.“ Und damit es nicht noch im letzten Augenblick zu Missverständnissen kommen sollte, fügte er hinzu: „Ich hab sie nämlich lieb, die Christina, und bevor ich sie wieder hergeb, heirat ich sie sogar. Dafür versprech ich auch ....“

Mehr konnte er nicht mehr sagen, denn da hing plötzlich die Christina so leidenschaftlich an seinem Hals, dass sie ihn beinahe erwürgte und mit ihren Busseln erstickte.“

Dazu konnte der Hellriegel Hans nur noch zufrieden sagen: „Na alsdann, das ist ihm doch nicht so schwer geworden, wie wir gemeint haben.“ Er bot dann die nächste Überraschung, denn bisher war es ihm nicht leicht gefallen, eine Bauerntochter als künftige Wirtin zu sehen. Nun stellte er sich feierlich vor die Martha und sagte es zwar liebevoll, doch kurz und knapp: „Liebe Bergheim-Mutter, wenn du mir deine Burga zur künftigen Wirtin der ‚Goldenen Krone‘ gibst, mach ich dich zu meiner künftigen Schwiegermutter. Passt dir das?“

„Passt!“, bestätigte die Martha mitten in Burgas Freudengeschrei.

„Da bleiben nur noch wir“, nutzte der Jürgen Schwarz die Gunst der Stunde. „Wie schon so oft vergeblich, bitte ich dich heute mit hoffentlich mehr Glück: Martha, werde meine Frau und komm mit mir nach Langen! Das ist auch nicht aus der Welt, und wenn künftig eines deiner Kinder oder Enkel nach deiner Hilfe einen Alpenschrei loslasst, kriegst du von mir wenigstens einen ganzen Tag Eheurlaub!“

Das Busseln, Jauchzen und Schluchzen schien kein Ende mehr zu finden. Also ging es nur noch darum, die Hochzeitstermine festzulegen. Plötzlich war die Burga an Mutters Seite und flüsterte: „Mutter, du weißt, der Hans und ich haben einander ehrlich lieb.